Für Dich.

Nott Darka

TRAUMFÄNGER

Abbadons Ruf

© 2021 Nott Darka

Autorin: Nott Darka
Lektorat: Elyseo da Silva
Umschlaggestaltung: Emilia Detering

Verlag & Druck: tredition GmbH, Halenreie 40-44, 22359 Hamburg

ISBN: 978-3-347-32495-4 (Paperback)
        978-3-347-32496-1 (Hardcover)
        978-3-347-35659-7 (e-Book)

Bibliografische Information der Deutschen Nationalbibliothek:
Die Deutsche Nationalbibliothek verzeichnet diese Publikation in der Deutschen Nationalbibliografie; detaillierte bibliografische Daten sind im Internet über http://dnb.d-nb.de abrufbar.

„Schließe die Tür zur Rede
und öffne das Fenster zur Liebe.
Der Mond benutzt nie die Tür,
nur das Fenster."

(Maulana Rumi, 1207- 1273)

Eine Geschichte beginnt, wenn eine Geschichte beginnt.

Ist das so? Gibt es ihn, diesen einen Funken, der aus dem Nichts ein Universum erschafft?

Oder ist das, was sie alle machen – alle Geschichtenerzähler der Welt –, nur die Illusion eines Anfangs? „Es war einmal"? Und abseits davon?

Vielleicht ist das, was du siehst – hier, zu Beginn – nur Licht, das vom Ende eines Tunnels einen Punkt beleuchtet. Der Punkt könnte ein Eingang sein.

Und das Universum, das sich vor dir aufbaut, hat Wände.

Aber du gehst trotzdem los. Du siehst zu, wie Schleier um Schleier fallen und der Weg immer bunter und heller wird.

Denn du glaubst an den Funken.

Die Wände des Tunnels sind grün, zumindest an dieser Stelle.

Wenn du näherkommst, siehst du, dass sie aus Blättern bestehen. Nicht aus irgendwelchen Blättern, sondern aus den Blättern der Lotosblume.

Manche schätzen hauptsächlich die Lotosblätter, weil sie vollkommen schmutzabweisend sind. An ihnen bleibt nichts haften – eine ideale Eigenschaft für Oberflächen, die leicht zu reinigen sein sollen.

Im Buddhismus ist es die Lotosblüte, die als heilig gilt. Sie wächst in der Trübseligkeit eines Sumpfes, stößt aus seinem Schmutz durch die Oberfläche des Wassers und entfaltet ihre Schönheit.

Ob es möglich ist, diese beiden Eigenschaften zusammenzuführen?

Dies Universum ist für dich.

In jener Nacht eilte Emily durch die Dunkelheit und dachte sich Entennamen aus.

„Stellt euch vor, ihr seid ein Lotosblatt."

„Aducktus", murmelte sie. „Bente, Centera, Duckmar."

„Lasst alles von euch abperlen!"

Emily sammelte ihre Spucke im Mund und rotzte sie auf den Gehweg. Es funktionierte nicht! Sie lief jetzt seit einer Stunde ziellos durch die Gegend, aber ihren Kopf bekam sie nicht frei.

„Also, wenn ich das mal so sagen darf, bei mir kommst du einfach ziemlich eingebildet rüber."

Ja, Tusse, same to you! Wenn schon jemand anfängt mit ‚wenn ich das mal so sagen darf'! Fuck, sie hätte sich gewehrt, aber zu dem Zeitpunkt saß sie auf dem verdammten Stuhl in der Mitte!

„Du tickst doch schon aus, wenn dir die Leute nicht gleich die Füße küssen."

Ich ticke vor allem aus, *wenn* mir Leute die Füße küssen! Steh ich gar nicht drauf, Günther oder wie auch immer du heißt.

„Entera." Schade, sie konnte sich an die meisten Kreationen nicht erinnern.

„Hast du eigentlich auch wirkliche Probleme?"

„Du hast doch gar keine Ahnung, was es bedeutet, echt im Arsch zu sein!"

Das war der Augenblick gewesen, an dem sie gesagt hatte, dass sie nicht an den Sinn dieser Veranstaltung glaubte, wenn man einander eh nicht zuhörte. Keine wirklichen Probleme? Alle dort kannten ihre Geschichte. Alle wussten, wieso sie das Bett angezündet und irgendwann Tabletten geschluckt hatte – leider nicht genug. Wieso sie sich geprügelt und Dinge zerstört hatte, bis keine Pflegefamilie der Stadt sie mehr aufnehmen wollte.

„Du kannst echt nur direkt zuschlagen oder passiv aggressiv ..."

„Friduck."

Das Treffen der Anti-Aggressions-Therapiegruppe endete wie so viele davor: mit schlechter Laune, die durch den Abschlusskreis gedeckt wurde. „Alles bleibt hier", pflegte Henning zu sagen. „Ihr tragt euch nichts nach. Denkt an das Lotosblatt ..."

Nein! Sie war kein Lotosblatt. Sie war das Wasser, das sich nicht halten konnte und hinuntertropfte in den Sumpf.

Und einmal mehr war es ihr egal, ob sie ihr Uni-Stipendium verlor, wenn sie nicht mehr zu den Treffen ginge. Sie war fix und fertig danach, und meistens reichte eine Nacht nicht, um sich zu beruhigen.

Ein misstrauischer Blick traf sie von einer anderen Spaziergängerin. Sie lief in dem Moment an ihr vorbei, bekleidet mit einem Leinenanzug, begleitet von zwei winzigen Hunden. Beim Herumschwänzeln verhedderten sie sich in den Leinen.

Emilys Augen verengten sich zu Schlitzen. „Was glotzt du so? Friduck ist ein sehr schöner Name!"

*

„Hoppla!"

Der Typ stand ihr einfach im Weg – wie auch immer er da hingekommen war. Emily lief direkt in ihn hinein. Er schwankte, während sie schon nach einem passenden Fluch suchte.

Grüne Augen sahen sie an, belustigt und frei von Groll. Die Verwünschung blieb ihr im Halse stecken.

„Hier steh ich doch schon", sagte der Typ.

Er war barfuß und trug schwarze Hosen. Lange schwarze Haare fielen auf ein schwarzes T-Shirt hinunter. Eine schmale Nase stach aus dem kantigen Gesicht hervor wie der Schnabel eines Raubvogels, und seine goldbraune Haut schimmerte.

„Ja, wieso auch immer!", sagte Emily. Ein Lächeln zeichnete die Gesichtszüge des Mannes weich. Um seine Augen bildeten sich Lachfältchen.

Und sie – sie lächelte tatsächlich zurück! Sie trug ein T-Shirt, auf dem eine Bulldogge abgebildet war und der Spruch *Mrs. Ochmonek is watching you*. Aber sie lächelte.

„Ich schaue mir die Sterne an", sprach der Mund unter den grünen Augen.

„Ist es dafür nicht ein bisschen zu hell hier?"

„Mitten in der Stadt ist es halt so."

Emily sah ebenfalls in den Himmel. Tatsächlich waren trotz der Straßenbeleuchtung ein paar Sterne zu sehen. Die Nacht war klar und wolkenlos.

„Draußen am See siehst du mehr", sagte sie. Aus den Augenwinkeln beobachtete sie sein Nicken.

„Eigentlich will ich mich in einen Werwolf verwandeln."

„Vollmond ist erst in zwei Wochen."

„Kein Vollmond?" Er zog die Augenbrauen hoch. „Das erklärt einiges."

Ein Prickeln glitt über Emilys Haut. Seit wann ließ sie sich einfach so in eine Unterhaltung verwickeln?

„Hattest du einen schlechten Tag?"

Ging ihn das irgendetwas an? Doch in seinem Blick lag nichts als aufrichtiges Interesse.

„Ich habe heute viele Namen für Enten gefunden, aber fast alle wieder vergessen. Also ein ganz normaler Tag in einem beschissenen Leben."

„Das tut mir leid", sagte er. „Wieso ausgerechnet Enten?"

Emily zuckte mit den Schultern. „Ich gehe alphabetisch vor, und bei ihnen ist das Q kein Problem."

„Verstehe." Er schien nachzudenken. „Viele Enten sind sehr nett."

Diesmal lachte Emily laut. „Das kommt hinzu. Nicht so wie die ganzen Arschlöcher, mit denen ich mich heute rumschlagen durfte."

„Was denn für Arschlöcher, wenn ich fragen darf?"

Durfte er? Die Therapiesitzung war an diesem Tag nicht das einzige Ärgernis gewesen. Zuvor hatte schon Roberts Studiengruppe sie runtergezogen. Er schleppte sie ständig mit, obwohl sie neben seinen High Potentials aus den hohen Semestern verblasste wie eine Schneeflocke im Nebel. Sie könne nur von ihnen lernen – bla

bla bla. Aber sie spürte die Herablassung der anderen, und heute war klar geworden, dass sie nicht etwa Emilys Leistungen schätzten, sondern allesamt dachten, dass Robert nur wieder mit ihr ins Bett wollte.

„Alles klar mit dir?"

Ihre Aufmerksamkeit kehrte in die Gegenwart zurück. Nach wie vor sah der Fremde sie an. „Entschuldige, wenn ich dir zu nahegetreten bin."

„Schon gut." Sie winkte ab. „Ich bin bloß schlecht drauf. Für heute ist mein Pensum Mensch mehr als erfüllt."

„Das geht mir auch oft genug so." Er zögerte. „Wollen wir uns vielleicht wann anders mal treffen?"

Wann anders? Emily wurde heiß. „Wie kommst du darauf, dass ich das wollen würde?"

„Gute Frage. Du magst Enten, das gefällt mir. Du riechst gut und ich habe das Gefühl, wir sind uns nicht fremd."

„Wie bitte?"

Emilys Hals schnürte sich zu. Das war wirklich nichts, was sie heute noch ertragen konnte! „Soll das eine blöde Anmache sein?" Sie trat einen Schritt zurück.

„Nein!", erwiderte er, seine Hände zuckten abwehrend nach oben. „Nein, das ist keine Anmache. Es ist lediglich ... mein Gefühl."

Er beugte sich vor und berührte sie leicht am Arm.

„Verzeih mir", sagte er leise. „Das war zu schnell. Du wirst bald klarer sehen, Emily."

Sie starrte ihn an. „Woher ...?"

Hinter ihr knallte es. Emily fuhr herum. Sie sah nichts als die unbelebte Fußgängerzone. Als sie sich wieder umdrehte, lag die Straße vor ihr da wie ausgestorben.

Der Fremde war verschwunden.

*

Emilys Weg führte sie aus dem Einkaufsviertel hinaus, an Wohnblöcken vorbei durch einen Park, in dem vereinzelte Laternen kleine Lichtoasen bildeten. Eine Holzbrücke spannte sich über einen schwarzen Abgrund. Dort unten plätscherte ein Bach.

An der Uferböschung nach unten klettern ... Die Füße ins Wasser halten ... Die Nacht war lau. Doch Emily gähnte. Sie war einfach nur fertig, verwirrt obendrein und das Wasser vermutlich saukalt. Ab nach Hause!

Hinter dem Park lag ein Campingplatz, der sich fast um das ganze Ufer eines Sees erstreckte. Die Rezeption an der Einfahrt war unbesetzt. Für heute würde Emily endlich ihre Ruhe haben.

Sie lief im Zickzack über die Wege, um die bewohnten Parzellen zu vermeiden. Schließlich erreichte sie das Gebiet, wo für Caravan-Urlauber das Ende der Welt begann. Für Emily jedoch waren die Brombeerhecken nur der Grund dafür, dass sie meistens lange Hosen trug.

Hinter dem Gestrüpp lagen die Brutgebiete der Wasservögel. Es wurde darauf geachtet, dass sich keine Touristen zum Campen auf diese Seite des Sees verirrten. Nur nach der Brutsaison waren die Plätze freigegeben. Meist waren es jugendliche Reisende, die sich über die Abgeschiedenheit freuten. Mit ihnen hatten Emily und die Enten keine Probleme. So hatte Emily ja selbst ihren kleinen Platz gefunden: während eines Zeltwochenendes mit Robert vor zwei Jahren. Er hatte sie beeindruckt mit seiner Art, andere Menschen nicht mit Fragen zu belästigen.

Alles, was er von ihr wissen wollte, war, ob sie wirklich das Abitur nachholen würde, um dann einen der Stipendienplätze der Uni zu erhalten. Er war Mitglied in dem Gremium, das darüber entschied.

Natürlich hatte sie es ernstgemeint. Vor allem deshalb, weil sie dann endlich die staatliche Betreuung hinter sich lassen konnte, in die sie seit ihrer Zeit im Jugendknast geraten war.

Roberts Interesse hatte ihr einen seltenen Energieschub verschafft.

Zwei Wochen nach dem Zeltausflug stand sie mit Heckenschere und Putzeimer vor einem verlassenen Holzwohnwagen, der eher eine Wohnung auf Rädern war. Sie hatte ihn gekauft und sich die

Erlaubnis geholt, ihn das ganze Jahr nutzen zu dürfen. Als sie den Wagen von wuchernden Ranken befreite, schwor sie sich, dass dies der Beginn eines neuen Lebens sein würde.

*

Emily erreichte einen Hügel, hinter dem sich der See schwarz in die Nacht erstreckte. Sie kannte hier jeden Zentimeter. Neun Schritte den Hügel hinunter, fünf weitere ebenerdig, dann stieß sie an die Rückseite ihres Wohnwagens, der von acht großen, hölzernen Speichenrädern getragen wurde. Drei Stufen führten hinauf zur Eingangstür.

Als Emily den Schlüssel ins Schloss steckte, zitterten ihre Finger. Mal wieder war alles zu viel gewesen heute.

Achtlos warf sie die Schlüssel auf eine Ablage, die Jacke auf den Boden, ging die paar Schritte im Dunkeln zu ihrem Schreibtisch direkt hinter dem kleinen Bad und zündete eine Kerze an. Im aufflackernden Licht ließ sie sich in einen alten Ohrensessel fallen und starrte eine Weile vor sich hin.

Wieso hatte dieser Typ ihren Namen gekannt?

Egal. Es war die einzige erträgliche Begegnung an diesem Tag gewesen. Vielleicht hatte sie ihm ihren Namen ja auch gesagt und es nur vergessen. Oder sie hatte mal wieder etwas gehört, was überhaupt nicht gesagt worden war. Manchmal spielte ihre Fantasie ihr Streiche.

Werwolf …

Ihr Blick glitt zu einem gerahmten Foto neben der Kerze. Es zeigte eine Frau, die aussah wie sie, nur älter. Ihre Locken waren genauso durcheinander, die Augen genauso grau und leicht schräg stehend. Nur das Lachen – das Lachen der Frau auf dem Foto erschien Emily tausendmal ungezwungener und fröhlicher, als sie selbst jemals gelacht hatte.

Das Bild stammte aus der Zeit, als ihr Vater noch nicht verschwunden war. Ein paar Monate später hatte ihre Mutter nicht mehr gelacht, ein weiteres Jahr später war sie tot. Gestorben bei einem Autounfall, der Emilys Kindheit – falsch, ihr ganzes Leben – mit einem Schlag zerstört hatte.

Das alles lag so weit zurück, als würde sie sich lediglich an einen Film erinnern.

Das Bild ihres Vaters lag in der obersten Schreibtischschublade. Irgendwann wollte sie es neben das ihrer Mutter stellen, doch noch hielt ein merkwürdiges Gefühl der Rache Emily davon ab. Er hatte sie im Stich gelassen! Jeremy Spring war auf einem seiner Trips verschwunden, irgendwo in der Ödnis Australiens. Seit drei Jahren galt er offiziell als tot, sodass Emily eine komplette Waisenrente erhielt. Immerhin waren beide, Helena Spring und er, Beamte gewesen: sie als Staatsanwältin und Jeremy, der Einwanderer, als Diplomat im Auswärtigen Amt.

Wenigstens Geldsorgen würde sie lange nicht haben.

„Was für ein beknackter Tag, Mama", sagte Emily. Sie stand auf, um den Wasserkocher anzustellen. Ein paar Minuten später setzte sie sich mit einer Tasse Tee auf die Stufen vor ihrem Wohnwagen. Als sie den Blick hob, sah sie ein Meer aus Sternen.

*

Emily lief durch eine Unterführung. Über ihren Schultern und in den Ellenbeugen hingen schwere Taschen. Vier weitere trug sie in den Händen. Ständig fiel etwas zu Boden und sie musste anhalten, um es aufzuheben.

Dann trat sie in die riesige Eingangshalle eines Bahnhofs. Sie war vollkommen leer – bis auf eine einzige Gestalt, die regungslos dastand. Ein Gesicht war nicht zu erkennen, doch in der Hand hielt sie Blumen.

Die gesamte Umgebung war schwarz-weiß. Nur eine einzelne Rose leuchtete tiefrot aus dem Strauß hervor. Emily eilte zu der Gestalt hinüber. Sie wollte diese Rose unbedingt kaufen! Umständlich stellte sie ihr Gepäck ab, bevor sie ein paar Münzen hervorholen konnte.

In dem Moment jedoch, als sie sie in den Händen hielt, verlor die Rose alle Farbe und gefror zu Eis. Sie fiel hinunter und zerbarst. Als Emily den Blick erneut hob, sah sie eine verzerrte Fratze, die mit weit geöffnetem Schlund auf sie zuraste.

*

Aufrecht saß sie im Bett, ihr Herz pochte wild, sie schnappte nach Luft.

Es war alles in Ordnung, sie war in ihrem Wagen, niemand war bei ihr, sie hatte nur geträumt!

Ihr Wecker zeigte drei Uhr. Vor zwei Stunden erst hatte sie sich hingelegt. Emily legte sich auf den Rücken und versuchte, die Bilder des Traums zurückzuholen.

Als sie sicher war, jedes Detail im Kopf zu haben, stand sie auf, setzte sich an ihren Schreibtisch, öffnete ein Notizbuch und begann zu schreiben.

*

Zwei Wochen später saß Emily am Ufer des Sees und lauschte der Stille. Am Himmel gegenüber ging der Vollmond auf. Ab und zu raschelte und platschte es leise. Kröten, Mäuse, Grillen ... Emily fühlte sich mit diesen Wesen verbunden, seit sie ein Kind war. Sie bewunderte, wie ihre Sinne durch das Zwielicht geschärft waren.

„Atme in mich hinein!"

Hatte sie das wirklich gehört? Eine Stimme war es, deutlich in ihrem Kopf. Aber außer ihr war hier niemand.

„Atme in mich hinein!"

Ihre Muskeln spannten sich.

„Was für ein schöner Zufall!"

Sie fuhr herum. Der Fremde von neulich stand direkt hinter ihr.

„Spinnst du? Du hast mich fast zu Tode erschreckt! Was willst du hier? Wieso schleichst du dich so an? Spionierst du mir nach?"

Belustigt, unschuldig und abermals ganz in schwarz sah er auf sie hinunter.

„Entschuldige, ich wollte dich nicht erschrecken. – Ich heiße übrigens Immo", fügte er hinzu, als Emily nicht reagierte.

„Das ist ja fantastisch", sagte sie. „Und was zum Teufel willst du hier? Immo?"

„Du sprachst von einem See", sagte er. „Heute ist Vollmond. Und wo wir schon mal beide hier sind ..."

Er zog eine Flasche und ein Glas hinter dem Rücken hervor. „Ich hatte erst an Entenfutter gedacht, aber davon hast du ja nicht wirklich was." Wie selbstverständlich setzte er sich neben sie ins Gras, entkorkte die Flasche und füllte das Glas. Mit offenem Blick hielt er es ihr hin.

„Für dich."

Als sie nicht reagierte, wiederholte er die einladende Geste.

„Ganz offiziell: Entschuldige bitte."

Wie uncool war es, einfach jemanden zu überfallen! Emily konnte nicht glauben, dass sie ihn gewähren ließ. *Wir sind uns nicht fremd* ... Fing sie jetzt auch an zu spinnen? Dann könnte sie das genauso gut genießen. Sie nahm das Glas entgegen und drehte es im Licht des Mondes.

„Zum Wohl!" Immo führte die Flasche zum Mund.

„Halt! Was machst du denn da?"

Sie riss ihm die Flasche aus der Hand. Das Etikett sah alt aus und tatsächlich stand dort eine Jahreszahl: 1897.

„Ist das eine Fälschung?"

Immo schmunzelte nur und schüttelte den Kopf. „Keineswegs, davon gibt es noch einige."

„Dieser Wein muss ein Vermögen wert sein und du willst ihn aus der Flasche trinken?"

„Ich trinke immer aus der Flasche."

Sekundenlang fixierte sie sein unschuldiges Gesicht, dann sog sie den schweren Duft des Weines ein und probierte schließlich.

„Der Hammer!"

Immo lächelte. „Freut mich."

„Willst du jetzt doch nichts?"

„Sag mir, wenn ich falsch liege, aber ich hatte den Eindruck, du magst es nicht, wenn ich aus der Flasche trinke."

„Stimmt. Sehr nett von dir. Von mir aus kannst du ... Wobei ... Warte – ich hole dir ein Glas."

*

„Cheers." Immo prostete ihr zu und behielt den ersten Schluck eine Weile im Mund. Emily betrachtete sein Gesicht genauer. Es gab kein Anzeichen für Bartwuchs. Seine Haut wirkte makellos, bis auf jene Fältchen rund um die Augen, aber die machten ihn nur noch attraktiver. Immo streifte Emily mit einem Blick, als sei es ihm unangenehm, dass sie ihn anstarrte. Er legte sich auf den Rücken und sah in den Himmel. „Ich hätte gedacht, dass du mehr Fragen stellst."

„Wieso sollte ich dir Fragen stellen?"

„Immerhin habe ich neulich behauptet, ich würde bei Vollmond zum Werwolf."

Emily bemerkte den Spott in seiner Stimme.

„Nein. Du hast *gehofft*, dass du zum Werwolf wirst. Außerdem brauche ich dich nicht zu fragen, wenn ich Antworten will."

Er runzelte die Stirn. „Wie meinst du das?"

„Wer wirklich was sagen will, tut das auch ohne Fragen. Wer nichts sagen will, beantwortet auch keine Fragen. Es ist also sinnlos, dir Fragen zu stellen. Du bist hier aufgetaucht, ob zufällig oder nicht. Entweder, weil du reden willst, oder, weil du schweigen willst."

Immo nickte. „Da ist was dran." Er richtete seinen Blick wieder zum Mond. Emily trank einen Schluck.

„Der Wein ist wirklich sehr gut."

„Freut mich immer noch."

Sie verstummten, bis Emily es nicht mehr aushielt. Vorsichtig strich sie am Rand ihres Glases entlang. Ein singender Ton erklang.

„Alkohol steigert übrigens die Gesprächigkeit, wusstest du das?"

Immo lachte. Es klang warm und lebendig. „Ich wusste, dass du mir Spaß machen würdest, Emily Spring."

„Oha. Das ist zum Beispiel ein Punkt, über den du sehr gerne sprechen darfst. Warum kennst du meinen Namen und warum verfolgst du mich?"

„Natürlich." Er runzelte die Stirn. „Das wäre zu erklären, ja. Ich verfolge dich nicht in dem Sinne, auch wenn ich tatsächlich nicht zufällig hier bin. Vielleicht hört sich das merkwürdig an für dich? Ich mache sowas nicht jeden Tag." Sein Gesicht zuckte kurz. „Nein, es ist nicht das, was du denkst!"

Emily kniff die Augen zusammen. „Was denke ich denn?"

„Na, ob dies weiterhin nur eine blöde Anmache sein soll." Mit einem Zug trank er sein Glas leer und schenkte sich nach. „Ich will nichts in dieser Hinsicht von dir. Was ich will, geht eher in Richtung geistiger Austausch."

Emily fühlte sich ertappt.

„Wollen wir zusammen philosophieren? Oder bist du einfach nur schwul?".

„Denkst du in solchen Schubladen?"

„Natürlich nicht, wer tut das schon."

Wieder lachte er. „Darum geht es hier nicht, Ehrenwort."

Er sah sie an und die Wärme, die sie spürte, hatte nichts mit dem Wein zu tun. Immos Miene wurde ernst. „Was glaubst du, wer du bist, Emily?", fragte er leise. „Ich bin mir nämlich nicht sicher." Im nächsten Moment blinzelte er und stellte sein Glas auf den Boden. „Vielleicht war es ein Fehler, heute herzukommen."

Vom See erklangen leise Geräusche. Hunderte und aberhunderte Blasen stiegen auf, ruhten an der Oberfläche und zerplatzten schließlich im Mondlicht. Das Wasser funkelte.

Emily hielt den Atem an. „Das ist wunderschön!"

Immo berührte sie nicht, doch seine Nähe webte sich wie ein Kokon um sie. So leise klang seine Stimme wie Samt.

„Atme in mich hinein! Schließe die Tür zur Rede und öffne das Fenster zur Liebe. Der Mond benutzt nie die Tür, nur das Fenster."

Emilys spürte ihr Herz in der Brust schlagen.

„Nur Wörter, geschickt zusammengefügt. Und die Blasen kommen aus dem Schlamm. Wir sehen uns wieder, Emily."

Dann war er fort. Sie wusste es, ohne sich umzudrehen.

Der See lag so still da wie zuvor. Die angebrochene Flasche Wein und sein Glas hatte Immo zurückgelassen.

Und wieder schien der Mond, doch diesmal wirkte die Stille bedrohlich. Emily hastete durch eine Straße. Sie suchte Schutz.

Etwas Schwarzes türmte sich hinter dem Mond auf, ein Schatten ...

*Auf einmal wurde sie am Arm gepackt und in ein Gebäude gezogen. Ei-
ne Stimme, dicht an ihrem Ohr. „Hier rein, schnell!"*

*Jemand ohne Gesicht zog Emily mit sich. War das ihr Vater? Er führte
sie durch einen schmalen Flur Richtung Dunkelheit.*

„Halt!"

*Diese Stimme hätte Emily unter tausenden erkannt. Hinter ihr stand
ihre Mutter. Sie sah verzweifelt aus. „Geh nicht da lang! Geh nicht mit
ihm!" Sie streckte die Hand aus, doch Emily wich zurück. Ihr würde sie
auf keinen Fall folgen!*

*Dann stand sie in einem großen Raum mit einer gläsernen Kuppel. Bis
auf ein Teleskop auf einem Stativ war er leer.*

„Schau durch!", drängte die Stimme ihres Vaters.

*Der Schatten war eine tiefschwarze Kreatur, die sich anschickte, den
Mond zu verschlingen.*

„Hol dein Blut aus dem Keller, sonst ist hier alles verloren!"

*Drei Eimer mit einer roten Flüssigkeit standen neben dem Teleskop.
Emily bückte sich, um sie umzukippen.*

„Nein!"

*Der Schrei hallte von überall her. Finsternis stürzte auf Emily hinab
und presste ihr alle Luft aus den Lungen. Sie würde sterben.*

*

Sie erwachte von ihrem eigenen Schrei. Ihr Schlafhemd war
klatschnass. Sie sah nicht auf den Wecker, machte kein Licht. Irgendwann kühlte der Schweiß auf ihrer Haut ab und trocknete.

Emily holte sich jede Szene des Traumes zurück ins Gedächtnis.
Ihre Augen waren schwer, doch ihr wurde klar, dass sie an Schlaf
vorerst nicht zu denken brauchte. Also setzte sie sich an ihren
Schreibtisch und machte Licht. Als sie die Schublade öffnete, um

ihr Traumtagebuch herauszuholen, zögerte sie. Ein zerknittertes Foto lag dort: das Portrait eines nicht mehr ganz jungen Mannes, ihres Vaters.

Jeremy Spring sah gut aus mit seinen blonden Haaren und der braungebrannten Haut. Im Gegensatz zu seiner Frau lächelte er nicht, sondern sah aus stahlblauen Augen in die Kamera, als wolle er den Betrachter sezieren. Als Kind hatte dieses Foto Emily Angst gemacht.

„So ein Unsinn", hatte ihre Mutter dazu gesagt. „Soll ich es wegen dir etwa verschwinden lassen?"

Erst kurz zuvor war Jeremy zu seiner Australienreise aufgebrochen, ein dienstlicher Auftrag, den er mit einem privaten Trip ins Outback verknüpfen wollte. Tags darauf kam die Nachricht, dass er vermisst wurde.

Wieso erschien er auf einmal in so einem Traum? Nach einem Abend, den sie genossen hatte wie lange keinen mehr.

Mit einer Reißzwecke befestigte Emily das Bild auf der großen Weltkarte über dem Schreibtisch. Australien war jetzt fast komplett bedeckt. Sie schrieb ihren Traum auf und schlüpfte dann zurück ins noch warme Bett.

*

Ein paar Tage später schreckte Emily abends hoch, als es leise an der Tür klopfte. Sie saß an ihrem Schreibtisch, auf der Nase eine Brille mit roten Rändern. Irritiert schaute sie auf die Uhr. Kurz nach neun. Wer um alles in der Welt war das?

Erneut das Klopfen, diesmal lauter, und eine Stimme: „Emily, hier ist Immo."

Sein Gesicht wirkte eingefallen und blass, die Augen stumpf. Er blickte an ihr vorbei ins Innere des Wohnwagens.

„Darf ich reinkommen?"

„Nein." Emily verschränkte die Arme vor der Brust. „Was willst du?"

Verwirrt sah er sie an. „Du trägst eine Brille."

Im nächsten Moment hatte Emily sie von ihrer Nase gerissen und verbarg sie hinter dem Rücken.

„Sie steht dir gut", sagte Immo.

„Es ist bloß ein Gestell", erwiderte Emily und fügte noch hinzu: „Ich brauche es nur zum Schreiben."

„Du brauchst ein Brillengestell, um zu schreiben?"

„Ja."

„Was schreibst du gerade?"

„Nichts Besonderes."

„Also ein Gedicht."

Sie spürte, wie ihr die Hitze ins Gesicht schoss, aber Immo schien sich von Sekunde zu Sekunde besser zu fühlen. Versöhnlich streckte er die Hand aus. „Komm, lass uns ein bisschen spazieren gehen!"

Es klang verführerisch. Wieder war es ein warmer Abend. Doch etwas in Emily sträubte sich.

Sie setzte sich auf die Stufen und schaute zu Immo hoch.

„Wer bist du?", fragte sie. Er nickte, als habe er diese Frage erwartet, und setzte sich ebenfalls. Der Ernst in seiner Miene berührte Emily. Seine Augen lachten heute nicht.

„Ist alles in Ordnung mit dir?", fragte sie leise.

„Wie bitte?" Immo blinzelte. „Entschuldige. Ich habe ja schon gesagt, dass ich so etwas nicht jeden Tag mache."

„Was meinst du mit so etwas?"

Er hob abwehrend die Hand. „Du hast bereits eine Frage gestellt und die ist schwer genug zu beantworten."

Sein Blick verlor sich in der jungen Nacht.

„Anscheinend bin ich ein Mensch. Ein Mensch aus Fleisch und Blut", sagte er schließlich. „Immerhin habe ich ein Herz, das schlägt, und Lungen, die atmen. Du kannst mich berühren und ich kann dich berühren. Aber ..." Er stockte. „Andererseits bin ich nicht nur Mensch, denn ich lebe nicht nur in dieser Welt. Ich bin ein Gast."

„Das verstehe ich nicht", sagte Emily. „Meinst du das mystisch oder so? Bist du einer von diesen Esofritzen?"

„Von diesen *was*? Nein, ich denke nicht. Wie könntest du es verstehen? Wenn ich es dir erklären müsste ... Warte."

Immo sprang auf und holte sich einen Stock, der in der Nähe lag. „Ein Künstler bin ich sicher nicht", sagte er, „aber es wird wohl reichen. Schau her! Dies", er zog einen Kreis in den Sand vor ihrer Tür, „ist der Teil des Universums, der nicht lebendig ist. Quanten, Atome, Kristalle, Steine, Planeten. Kannst du mir folgen?"

„Bis jetzt schon." Emily runzelte die Stirn.

„Dieser Teil", Immo zog einen zweiten Kreis, der den ersten umschloss. „schließt alles ein, was lebt. Zellen, Bakterien, Pflanzen, Tiere – und damit natürlich auch Menschen. Sie alle bestehen genau genommen auch nur aus dem, was sich schon im ersten Kreis finden lässt, aber sie sind mehr als das, sie leben, sie pflanzen sich fort, all das."

„Soweit klar." Emily beugte sich vor.

„Und im vorerst letzten Kreis", Immo zog ihn um die anderen beiden herum, „kannst du dir das vorstellen, was nur aus dem Geist geboren wird, also auch diese Vorstellung selbst. Fantasie, Sprache, Staaten, Geld, Ethik … Dinge, die nur existieren, weil sie eine Basis haben, aus der sie entstehen können. Ohne das, was ganz im Inneren real ist, hier, bei den Atomen, kann kein Geist werden. Verstehst du das noch?"

Emily nickte langsam. „Interessant, ja. Der äußere Kreis umschließt die inneren Kreise. Aber er wäre ohne das, was er umschließt, nicht möglich. Es gäbe nichts, was nur auf Vorstellung beruht, wenn es die anderen beiden nicht gäbe."

„Genau!" Immo sah zufrieden aus. „Umgekehrt ist es für ein Atom nicht wichtig, ob es Musik gibt, Blumen, Sterne oder Gesetze. Es existiert ohne all das. Es ist absolut vollständig, und doch wird es zum Teil von etwas Neuem."

„Interessant. Aber du wolltest mir was über *dich* erzählen."

„Richtig." Immo sah auf sein Schaubild hinab. „Es hängt alles zusammen. Wenn etwas Neues aus dem entsteht, was vorher schon da war, dann ist das chaotisch und ziellos, aber nicht beliebig. Es ist ein kreativer Prozess, aber es gibt nicht unendlich viele Möglichkeiten." Er stockte. „Es öffnen sich Räume, in denen du dich bewegen könntest, weil du jetzt schon ein Teil von ihnen bist. Sie können dir näher sein, als du dir das jetzt noch vorstellen kannst, und trotzdem würden sie sich völlig fremd anfühlen. Es gibt dort keine Mauern, aber die Räume sind trotzdem getrennt. Du gehst nicht durch Türen – nicht immer. Und es gibt eine Art Pufferzone. Eine Welt, die wie ein Übergang ist. Wie eine Brücke." Immo atmete tief ein. „Meine Welt. Die Zwischenwelt. Verstehst du das immer noch?"

„Keine Ahnung. Du hast eine Menge Zeugs gesagt."

Er strich sich eine Strähne aus dem Gesicht.

„Das hier …", vage deutete er auf seine Zeichnung im Sand, „lässt sich eigentlich gar nicht darstellen, schon gar nicht so einfach. Ich fürchte, es reicht nicht. Ich kann nicht gut erklären."

Eine Weile schwiegen sie beide, dann trat Immo wieder zu ihr und hockte sich vor sie auf die Stufen.

„Wenn du einverstanden bist, werde ich die Bilder für dich hier drin malen." Er deutete auf ihre Stirn. Emily blickte in diese unfassbar grünen Augen, und ohne nachzudenken nickte sie. Immo hob seine Hand vor ihr Gesicht, so nah, dass sie ihre Wärme spüren konnte.

„Schließ die Augen."

*

Zuerst war alles dunkel, doch dann erkannte sie vor sich einen Lichtfleck, der stoßweise größer wurde. Die Enge beklemmte sie.

Sie musste raus hier!

Licht fiel über sie her. Emily presste die Augen zusammen, dennoch traf dieses Licht sie mit der Wucht eines Hammerschlags. Ihr war kalt und die plötzliche Grenzenlosigkeit machte ihr Angst.

Dann hüllte Wärme sie ein. Ein köstlicher Duft stieg ihr in die Nase. Noch spürte sie das Band, das sie fest und sicher mit dem Körper vereinte, den sie gerade verlassen hatte. Noch pulsierte Blut durch die Nabelschnur. Doch gleich würde sie atmen und ein neues Leben beginnen, ihr eigenes.

Emily sah ihr Spiegelbild. Sie ließ sich nach vorne fallen und glitt in den Spiegel hinein, durch ihn hindurch. Gleichzeitig konnte sie sich selbst dabei sehen, wie sie noch immer in den Spiegel schaute.

Sie saß in einem winzigen Boot aus Holz. Vor ihr nichts als Wasser – ein gewaltiger Ozean. Das Boot schaukelte auf und nieder. Schwarze Wolken türmten sich auf, es blitzte und donnerte. Doch das Boot hing an einer Kette aus Stahl, die fest an einem Steg verankert war.

Und dann gab es nur noch Nebel. Kein Geräusch, nichts zu sehen, nur undurchdringlicher weißer Nebel. Einsamkeit ohne jede Berührung. Keine Liebe, keine Wut, kein Schmerz. Sie spürte nur Leere und wusste, dass sie für die Ewigkeit war.

Der Nebel lichtete sich und nun sah sie sich selbst, wie sie auf den Stufen ihres Wohnwagens saß und die Augen geschlossen hielt. Wenn sie die Hand ausstreckte, würde sie sich berühren können.

Kaum hatte sie diesen Gedanken gedacht, da spürte sie Finger auf ihrem Arm und Immos Stimme nah an ihrem Ohr: „Mach jetzt die Augen wieder auf, Emily!"

Er saß dicht bei ihr und musterte sie.

Emily war noch immer gefangen von diesem letzten Eindruck, der Einsamkeit im Nebel.

„Was *ist* dort draußen?", fragte sie.

Immo zog seine Hand zurück und schwieg.

„Nicht dort draußen", sagte er schließlich. „Genau hier."

Aus seinen Augen war das Funkeln erneut verschwunden. Sie begriff, dass dies alles war, was sie dazu hören würde.

„Ich frage mich immer noch, wer Mrs. Ochmonek ist", sagte er stattdessen, stand auf und ging rückwärts davon. Mit jedem Schritt und jedem Wort schien er mit seiner Umgebung zu verschmelzen und die Umgebung durch ihn hindurchzuscheinen. Er wurde unsichtbar.

„Warum nur trägst du eine Brille, mit der du gar nicht schärfer sehen kannst?"

Emily hatte nichts verstanden, trotzdem glaubte sie ihm. So sehr, dass es schmerzte.

Spielte er mit ihr? War er ein Trickbetrüger? Hatte er ihr etwa Drogen gegeben? Aber wann sollte er das getan haben?

Wer zum Teufel bist du, Immo?

Der Stock lag noch da, die Zeichnung im Sand war nur ein wenig verwischt.

Konzentrische Kreise. Er hatte einen Stein ins Wasser geworfen. Und die ganze Welt veränderte sich. Doch was auch immer passieren würde: Heute Nacht wollte sie nicht alleine bleiben.

*

Robert war in der Kneipe, zuverlässig wie jeden Abend. Er saß im Hintergrund an einem Tisch, neben ihm eine aufgebrezelte Studentin – wahrscheinlich Betriebswirtschaft oder Jura. Als er Emily in der Tür stehen sah, beugte er sich zu seiner Begleiterin und sprach mit ihr. Offensichtlich nicht zu deren Zufriedenheit, denn sie rauschte durchs Lokal und an Emily vorbei, ohne sie eines Blickes zu würdigen.

Robert hob entschuldigend die Hände und winkte sie zu sich.

„Hallo Süße, bist du ok? Ich habe mir schon Sorgen gemacht."

„Seit wann weißt du nicht mehr, wo ich wohne?", erwiderte Emily spitz und setzte sich zu ihm.

„Seit wann willst du, dass ich bei dir auftauche?"

Sie musterten einander.

„Du hast recht, entschuldige. Ich bin nicht sonderlich gut drauf. Kannst du mich ein bisschen ablenken?"

„Alles, was du willst." Er küsste sie auf die Wange. „Wie es der Zufall will, habe ich ein paar neue Spielzeuge zu Hause", raunte er ihr ins Ohr.

„Quak, quak, quak", krächzte ein Mann am Nebentisch, der nach zu viel Verbitterung und Alkohol aussah. „Selbst schuld, wenn du dich mit Stinkern abgibst!"

Emily war sprachlos, Robert jedoch sprang auf. „Ho!"

„Lass uns einfach gehen", zischte Emily und zog ihn zum Ausgang.

*

Roberts Spielzeuge wirkten solange harmlos, bis er ihr zeigte, wie sie funktionierten.

„Diese genoppten Teile können eine Menge", murmelte Emily irgendwann nach Mitternacht, während er sich Duftöl in die Hände träufelte, um ihr den Schweiß und die Striemen vom Rücken zu massieren.

Noch viel später, als draußen bereits die Vögel zwitscherten, lag sie neben ihm und lauschte seinem zufriedenen Schnarchen. Die Motive für seine Mühen waren durchsichtig, aber dennoch …

Neben ihrem schlechten Gewissen war sie auch dankbar. Er spielte nicht beleidigt, weil sie mit ihm Schluss gemacht hatte. Er ließ sie in Ruhe und war da, wenn sie ihn brauchte. Aber wenn sie jetzt hierblieb, würde sie einschlafen.

Behutsam stand sie auf, zog sich an und verließ auf Zehenspitzen den Raum. In der Küche saß eine von Roberts Mitbewohnerinnen, deren Namen Emily vergessen hatte. Sie wirkte übernächtigt. Vor ihr auf dem Tisch lagen geöffnete Bücher und verstreute Notizen. Gerade zündete sie sich eine Zigarette an und musterte Emily neugierig.

„Lässt du dich echt von ihm verdreschen? Und jetzt haust du einfach ab? Ich hoffe, du lässt ihm wenigstens einen Zettel da. Bisschen asozial sonst, oder?"

„Das dachte ich vom Rauchen in der Küche auch." Emily verließ die Wohnung, ohne sich noch einmal umzudrehen.

*

Eine schwarze Katze strich um Emily herum. Mal miaute sie leise, dann wieder fauchte sie. Sie machte einen Buckel, und ihr Schwanz bauschte sich zu einer Flaschenbürste.

Emily wollte sie beruhigen. Behutsam streckte sie die Hand aus, doch die Katze wich zurück. Emily machte einen Schritt nach vorne – im nächsten Augenblick sprang die Katze auf sie zu. Bevor sie ihre Krallen in Emilys ausgestreckte Hand schlug, ließ ein plötzlicher Lichteinfall ihre Augen in einem strahlenden Grün aufleuchten.

*

Mit dem Aufwachen verschwand der Schmerz. Da der Wecker schon fast auf zwölf Uhr mittags stand, sprang Emily aus dem Bett und zog die Vorhänge zurück. Sonntag, und sie hatte nichts vor. Außer duschen.

Ihr Badezimmer war klein, aber komplett. Sie hatte Wasser und Solarstrom. Auf die Idee mit den Solarzellen auf dem Dach hatte Robert sie gebracht, als sie im letzten Sommer gemeinsam im Schwimmbad lagen und er ihre braune Haut bewunderte.

„Wenn du all die Energie, die du aus der Sonne ziehst, in Strom umwandeln könntest, hättest du keine Sorgen mehr, weißt du das?"

„Doch, denn du wärst ja immer noch da", hatte sie schläfrig zurückgegeben.

Als sie unter dem warmen Duschstrahl stand, lächelte sie bei der Erinnerung. Sie fühlte sich gut! Das knotige Gefühl im Magen, Immo und sein Gerede waren verschwunden. Was auch immer er mit ihr gemacht haben mochte: Es war nicht die Realität.

Emily beschloss, den Tag am See zu verbringen. Und vielleicht würde sie sich später ja noch einmal ins Nachtleben stürzen.

*

Robert tat eingeschnappt, weil sie einfach gegangen war.

„Ich will eine Entschädigung", maulte er.

„Mach einen Vorschlag."

Sein Blick ging zu der Treppe, die in den Keller der Kneipe führte.

„Oh nein!"

„Oh doch!" Er fasste ihre Hand und zog sie mit sich.

Unten wurde grässliche Musik gespielt, es war stickig und viel zu laut. Außerdem hasste Emily es, mit Robert zu tanzen. Sie kam sich neben ihm vor wie eine Unke, die von einem Pfau geführt wurde.

Nicht lange, und sie fasste ihn am Nacken und zog ihn zu sich hinunter. „Das ist wirklich toll hier", brüllte sie in sein Ohr, „aber ich schlage vor, wir heben uns noch ein bisschen Energie auf!"

Sein Blick sprach eine deutliche Sprache.

„Dann lass uns gehen!", schrie er zurück und griff ihre Hand fester.

*

Diesmal blieb Emily bei ihm. Am nächsten Tag ging sie sogar mit an die Uni. Sie konnte den Seminaren halbwegs folgen und am Nachmittag trafen sie sich wieder in der Bibliothek. Ohne etwas Spezielles zu suchen, schlenderte sie durch die Regalreihen, während Robert einen Stapel Bücher zusammentrug. Irgendwann setzte sie sich an einen Computer und beschloss, ein wenig zu surfen. Planlos klickte sie sich mal hierhin, mal dahin.

Wie war das noch?

Schließe die Tür zur Rede und öffne das Fenster zur Liebe.

Ihre Suchanfrage ergab Treffer. Das war Sufi-Mystik. Emily las das Gedicht wieder und wieder.

Der Mond benutzt nie die Tür, nur das Fenster.

„Was liest du da?"

Robert riss sie zurück in die Gegenwart.

„Ein Gedicht von Rumi", sagte sie.

„Rumi?" Neugierig beugte er sich vor. Nach ein paar Zeilen lachte er auf.

„Das ist ja wohl mehr als peinlich, was willst du denn damit?"

Sei ein Lotosblatt ...

Verstimmt beendete sie ihre Internetsitzung und stand auf. „Hast du alles?"

„Yep. Wollen wir gehen?"

„Ich komm nicht mit, ich will nach Hause."

„Was willst du denn zu Hause?"

„Alleine sein."

Ohne ein weiteres Wort ließ sie ihn stehen. Er machte keine Anstalten, sie aufzuhalten.

*

Sie ging noch lange nicht nach Hause, sondern lief kreuz und quer durch die Stadt, setzte sich mal hier, mal dort auf eine Bank und starrte in die Luft.

Es wurde bereits dunkel, als sie schließlich den Heimweg antrat.

„War das wirklich nötig?"

Abgesehen davon, dass sie ihn nicht bemerkt hatte, lief Immo so selbstverständlich neben ihr her, als sei er schon seit einer geraumen Weile da.

„Du bist ja wahnsinnig! Musst du mich jedes Mal so erschrecken?"

„Entschuldigung", sagte er schlicht, doch es schien ihm nicht wirklich leidzutun. „Musst du dich mit diesem Kerl abgeben, um glücklich zu sein?"

Emily blieb so abrupt stehen, dass Immo noch ein paar Schritte weiterlief, bevor er sich umdrehte.

„Für wen hältst du dich eigentlich? Das geht dich gar nichts an, vor allem dann nicht, wenn du tatsächlich nichts von mir willst."

Er stemmte die Hände in die Hüften. „Hatten wir das nicht geklärt?"

„Wieso fragst du dann sowas? Meine Mutter bist du jedenfalls auch nicht!"

„Deine Mutter hätte noch ganz andere Dinge zu dir gesagt."

Im nächsten Moment sprang er auf sie zu und ergriff ihre Hand. „Es tut mir leid", stammelte er. „Das hätte ich nicht sagen sollen!"

Emily schüttelte seine Hand ab und fixierte ihn finster.

„Ich hatte Angst zu träumen", sagte sie und ging weiter.

„Was?" Mit ein paar schnellen Schritten war Immo wieder an ihrer Seite.

„Vergiss es."

„Du hattest Angst zu träumen?"

„Deshalb war ich bei Robert."

„Was soll das heißen, du hattest Angst zu träumen?"

„Ich glaube nicht, dass ich dir das näher erklären müsste."

„Doch, das solltest du." Er blieb stehen. „Emily!"

Sie verlangsamte ihre Schritte, bevor diesmal sie es war, die sich zu ihm umdrehte. „Was willst du? Ständig tauchst Du aus dem Nichts auf, verwirrst mich mit verrückten Geschichten und erwartest dann, dass ich dir von meinen Träumen erzähle?"

Immo hatte die Augen geschlossen und sog hörbar die Luft ein. Er ballte seine Hände zu Fäusten und ließ wieder locker.

„Bitte", sagte er dann – so leise, dass sie ihn kaum verstehen konnte. „Bitte sage mir nur, warum du Angst hast vor deinen Träumen."

„Nein, tu ich nicht", sagte Emily und ließ ihn stehen.

Er folgte ihr nicht mehr.

*

Sie stapfte weiter, den Blick auf den Boden geheftet. Die Euphorie der letzten zwei Tage war verschwunden. Grimmig trat sie gegen einen Stein, ohne daran zu denken, dass sie barfuß war. „Du Vollidiot!" Immo hatte es schon wieder getan! Und wieder war sie auf ihn eingegangen, statt ihm zu sagen, dass er verschwinden und sie in Ruhe lassen sollte.

Es waren diese Augen. Diese verfluchten grünen Augen mit dem verfluchten Blick, dem nichts verborgen zu bleiben schien.

Wieso zog er so eine Eifersuchtsnummer ab? Was sollte sie denn denken, außer, dass er log und sie doch nur ins Bett kriegen wollte? Und wie erschrocken er war, nachdem er das über ihre Mutter gesagt hatte – als ob er gewusst hätte, dass er sie damit tiefer treffen konnte als mit sonst etwas. Als ob er wusste, dass sie tot war.

Was für ein Blödmann! Ein Auftritt war das gewesen wie von einer schlecht gelaunten ...

Katze.

Neben ihrem Wohnwagen stand jemand.

*

Emily bildete sich ein, es sei Immo, der es irgendwie geschafft hatte, sie unauffällig zu überholen. Doch sie irrte sich. Der Mann, der aus dem Schatten trat, war vollkommen kahl. Er trug nichts als eine weite, rockartige Hose, die oben an der Hüfte mit einem Seil gebunden war und unten in langen Strümpfen steckte. Zudem war er ausgesprochen muskulös, ohne dabei wie einer dieser Fitness-studio-Typen auszusehen. Eher wie ein Shaolin-Mönch.

In einer einzigen fließenden Bewegung kam er auf sie zu. Erst im letzten Moment erkannte sie, dass seine Hände nicht leer waren. Ein schlankes Schwert blitzte auf. Ehe sie reagieren konnte, bohrte es sich in ihren Oberkörper.

Im selben Moment überflutete sie Schmerz. Ihr Blick sah in schwarze Augen ohne jegliches Mitgefühl.

Mit einem Ruck zog der Fremde das Schwert wieder aus ihr heraus und sah zu, wie sie vornüber zu Boden sank.

„Du bist tot", sagte er.

Die Kälte des Sees brannte sich in den nackten Körper. Er trieb auf der Oberfläche, schutzlos dem Wind ausgeliefert, der das Eis mit sich brachte. Von allen Seiten stach es zu, verband sich zu Kristallen, bedeckte die Haut und gefror die Tränen über den Augäpfeln. Das Bewusstsein blieb wach. Nicht einmal der Blick in den Himmel trübte sich. Dort oben ballten sich schwarze Wolken und entließen den erlösenden Blitz.

Robert schoss in die Höhe. Sein Bettzeug war vollkommen zerwühlt, er selbst lag unbekleidet. Rhythmisch schlug die kleine Kristallfigur, die Emily ihm letztes Jahr geschenkt hatte, gegen das Fenster. Er hatte vergessen, es zu schließen – war zu betrunken nach Hause gekommen. Das andere Geräusch hielt er zunächst für einen pochenden Schmerz in seinem Kopf – bis ihm klarwurde, dass es seine Mitbewohnerin war, die an die Tür hämmerte.

„Könnt ihr verflucht nochmal endlich leiser sein? Ich muss schlafen, ihr scheiß Hurenböcke!"

„Ja", rief er zurück, räusperte sich und setzte erneut an. „Ja doch! Ich bin leise! Ist keiner hier, mach keinen Aufstand!"

Er zog sich die Decke über den Kopf, während er den Impuls niederrang, aufzuspringen und der prüden Kuh einfach mal die Fresse zu polieren. Auch das kannte er nicht von sich. Er spielte gerne, aber er war doch nicht wirklich gewalttätig!

Hatte Emily recht? In ihm bäumte sich die Dunkelheit auf wie ein Vulkan kurz vor dem Ausbruch. *Pass auf, dass du keine Depression bekommst!*

Robert hielt es für Stress. Der würde auch wieder verschwinden. Zusammen mit den Stimmen in seinen Träumen und den Bildern, die sich anfühlten wie Buße für eine Schuld, die er noch gar nicht auf sich geladen hatte.

*

Da war etwas. Emily hörte Geräusche – Stimmen.

Der Schmerz war fort. War sie tot?

Sie versuchte, sich zu konzentrieren. Die Stimmen kamen näher. Eine von ihnen war ihr vertraut. Aber wenn sie tot war, dann sollte das unmöglich sein! Es war Immos Stimme – und sie zitterte vor Zorn.

„Du machst alles kaputt!"

„Unsinn!", kam die nicht minder erregte Erwiderung. „Wenn hier jemand etwas zerstört, dann bist du das. Uns läuft die Zeit davon! Es gibt Leute, die denken weiter als bis zum nächsten Moment."

„Hör auf mir Vorwürfe zu machen! Ich wollte nicht ...", setzte Immo an, doch dann stockte er und fuhr ruhiger fort. „Etwas geht hier schief. Sie hatte Angst."

„Was willst du damit sagen? Wachsen dir deine Aufgaben mal wieder über den Kopf, Traumfänger?"

„Ich weiß es nicht!", schrie Immo. „Ich habe keine Ahnung, was passiert ist!"

Das anschließende Schweigen glich der Ruhe vor einem Sturm. Dann erklang wieder die fremde Stimme, leiser jetzt und besänftigt. „Sie ist wach."

*

Emilys anderen Sinne meldeten sich auch zurück. Ihre Hände fuhren zur Brust. Sie erwartete, einen Verband zu finden, irgendetwas, doch da war nichts. Unter ihrem T-Shirt fühlte sie glatte Haut. Noch immer hatte sie keine Schmerzen. Sie versuchte sich aufzurichten und schaffte es problemlos. Dann hielt sie den Atem an.

Sie saß in ihrem Bett im Wohnwagen, aber der hatte sich verändert. Die Wände, ihre Möbel – alles war überlagert von einem weißen Schimmer. Immo und der andere Mann, die sich in der hinteren Ecke des Raumes gestritten hatten, wandten sich jetzt ihr zu. Der andere – Emily stieß den Atem zischend wieder aus – war der Shaolin-Mönch, der ihr das Schwert in die Brust gerammt hatte.

Die Anwesenheit der Männer sprach eindeutig gegen das Totsein.

Dieser Schimmer hingegen ...

Der Mönch trat auf sie zu, die Handflächen vor der Brust zusammengelegt, und verbeugte sich. Er konnte kaum älter sein als sie selbst. Seine Gesichtszüge wirkten asiatisch und streng.

„Emily Spring", sagte er. „Mein Name ist Sun Dèng Kén, dir angenehmer dürfte Duncan sein. Ich entschuldige mich für die Unannehmlichkeiten, die wir dir zweifellos bereiten."

„Unannehmlichkeiten?" Emily runzelte die Stirn. „Ich bin tot, oder?"

Sein Gesicht blieb leer. „Wenn du meinst", sagte er nur und zog die Schultern hoch.

„Was wird hier gespielt?"

Duncan wich zur Seite und bedeutete Immo, an ihm vorbeizutreten. „Diese Frage geht an dich, Traumfänger."

Immo hatte die Szene mit finsterer Miene beobachtet.

„Dies ist kein Spiel, Emily", sagte er und setzte sich auf die Bettkante. „Du bist nicht tot, du bist in der Zwischenwelt. Ich habe dir davon erzählt." Unsicher lächelte er sie an. „Dein Bewusstsein musste *glauben*, dass du stirbst, damit es die Realität etwas, sagen wir, erweitern konnte. Dieser *spezielle* Eindruck des Sterbens war so ziemlich die unangenehmste Art, das zu erreichen." Er warf Duncan einen grimmigen Blick zu. „Aber zugleich die schnellste. Und einige von uns glauben wohl, dass *Zeit* unser größtes Problem ist."

„Ich habe mir nur eingebildet zu sterben?"

„So könnte man es sagen."

Emily schwieg. In Immos Nähe blieb ihre Verwirrung beständig wie eine Brandung, die anrollte und sich wieder zurückzog. Emilys Blick bohrte sich in seine Augen. Er hielt ihm stand.

„Weißt du, dass meine Mutter tot ist?", fragte sie schließlich. Für den Bruchteil einer Sekunde flackerte seine Miene.

Von Duncan kam ein höhnisches Lachen. „Du bist naiver als ich dachte, Traumfänger."

Er trat jetzt ebenfalls an Emilys Bett und sah sie an, ohne zu lächeln. „Tot oder lebendig, das ist die Frage, die wir uns alle stellen, nicht wahr?"

„Was meinst du damit?", fragte Emily. Sie wandte sich wieder zu Immo. „Was meint er damit?"

„Er meint damit", antwortete Immo leise, „dass er jetzt verschwinden möchte."

Duncan sah aus, als könnte er noch einen Mord begehen. „Wage es nicht, mir später wieder was vorzuwinseln", raunzte er Immo an, trat zurück, verblasste – und verschwand auf dieselbe Art, wie schon Immo das zuvor getan hatte.

„Wie geht das?", stieß Emily hervor. Immos Gesicht glättete sich. „Zeig es mir!", bat sie. „Bitte!"

Um seinen Mund zuckte es. Er beugte sich vor und küsste sie sacht auf die Wange. „Du bist ein Wunder, Emily Löwenmähne, auch wenn du es selbst noch nicht verstehst."

Sein Geruch hüllte sie ein. Der Kuss brannte auf ihrer Haut.

Hatte sie jemals gedacht, er würde ihr schaden wollen?

„Wer war der Kerl eben?"

„Duncan? Er ist …" Immo stockte. „Er *war* mein bester Freund."

„War?"

Immo überlegte. „Eigentlich sollte dich das gar nicht interessieren", sagte er schließlich. „Ich verabscheue, was er vorhin getan hat, aber das ändert nichts daran, dass er ein großartiger Mann ist."

„Eine interessante Umschreibung. Du sagst selbst, dass er nicht länger dein Freund ist. Vielleicht ist er einfach ein Arschloch?"

„Nein. Nein, auf keinen Fall! Er ist einfach immer er selbst. Er schont weder sich noch andere. Und er lässt dich nie im Stich, unabhängig davon, ob er dich als Freund bezeichnet oder nicht. Er ist der perfekte Krieger und der perfekte Weltenwanderer."

„Weltenwanderer?"

„Schwer zu beschreiben. Das findest du noch raus."

„Ihr kennt euch ziemlich gut, oder?"

„Das ist wahr." Sein Gesicht blieb unbewegt.

„Er hat dich Traumfänger genannt. Was sollte das?"

„Puh." Er lächelte schwach. „Das geht jetzt wirklich ein bisschen zu schnell."

„Komm schon!" Emily stupste ihn an. „Rede mit mir. Tu so, als sei das alles hier normal." Sie ließ sich zurück auf ihr Kissen fallen. „Ich verliere sonst die Nerven", sagte sie leise. „Und das ist nicht nur so daher gesagt. Ich habe Probleme, ernsthafte. Das beschissene Leben, erinnerst du dich? Meine Eltern sind tot. Ich habe einen Haufen wirklich schlechte Menschen getroffen. Und ich habe selbst schlechte Dinge getan. Ich war im Knast, Immo. In der Psychiatrie. Bei Pflegefamilien. Überall haben sie mich für verrückt gehalten. Du brauchst nicht zu befürchten, dass ich irgendwas von dem, was du mir erzählst, verurteile. Bitte!"

Immos Bein wippte nervös, bis er seine Hand darauflegte und es zur Ruhe zwang. „Ich brauche nicht so zu tun, als sei alles hier normal. Es ist normal. Ich wünschte, du wärest nicht auf diese Art hierhergekommen. Gerade, weil ich weiß, was du bisher für ein Leben hattest." Er wehrte ihre Frage ab. „Es tut mir leid. Ich will ja mit dir reden, aber ich habe tatsächlich Angst, dass du es nicht verkraftest. Obwohl ich auch weiß, wie stark du bist. Bislang hat dich nichts endgültig zerbrechen können."

„Nur, weil ich nicht zerbrechen durfte. Ich wollte schon öfter sterben. Wenn auch nicht so blutig."

Immo schmunzelte, wurde aber gleich wieder ernst. „Soll ich dich wirklich auf die Probe stellen? Ich weiß, dass du glaubst, was du sagst."

„Tu es." Sie setzte sich wieder aufrecht und lehnte sich gegen die Wand. „Oder glaubst du wirklich, ich nehme so einfach hin, dass du behauptest, mein Leben zu kennen? Wieso also ‚Traumfänger'?"

„Das ist mein Name. Ich heiße Immo Traumfänger. Und ich *bin* Immo Traumfänger."

„Ich kenne Traumfänger. Das sind diese runden Netze mit Federn und Perlen dran, man hängt sie übers Bett. Sie verbrennen die bösen Träume und lassen nur die guten durch."

„Das", erwiderte Immo amüsiert, „ist im Großen und Ganzen wohl auch meine Funktion. Bis auf einen Unterschied: Ich lasse nicht die guten Träume durch, sondern die richtigen."

Emily schwieg, während er seine Fingernägel betrachtete.

„Stimmt nicht", sagte sie schließlich. „Verkraften kann ich's, aber das alles klingt ziemlich strange. Du führst dich auf wie ein Alien. Ich dachte eigentlich, dass du trotzdem eher menschlich bist. Wie sicher bist du dir also, dass du mich nicht verarschst?"

„Und das Ambiente ist auch nur ein Trick? Genauso wie das Schwert in deiner Brust? Dass Duncan einfach so verschwunden ist – eine optische Täuschung. Dass ich das auch schon gemacht habe, egal! Ich verarsche dich, was sonst."

„Bist du jetzt beleidigt?"

Er blinzelte. „Nein. Ein bisschen genervt vielleicht. Aber nicht deinetwegen. Es ist lange her, dass ich erklären musste, wer ich bin."

„Weißt du es denn wenigstens selbst?"

Als sie seinen Gesichtsausdruck sah, wünschte Emily, sie hätte die Frage zurücknehmen können. Rasch sprach sie weiter. „Lass es uns versuchen, ich lass mich drauf ein. Traumfänger. Gibt es noch mehr von dir? Bist du so geboren oder ist es eher ein Job?"

„Ich bin der einzige, und du glaubst mir nicht."

„Scheiße, natürlich nicht! Wie sollte ich? Du kennst angeblich mein ganzes Leben, aber *das* kannst du dir nicht vorstellen?"

„Doch", sagte er scharf. „Und genau deshalb wollte ich nicht darüber reden. Noch nicht. Erst, wenn du mehr gesehen hast."

Emily stieß ihren Hinterkopf rhythmisch gegen die Wand. Das alles war vollkommen verrückt, soviel stand fest. Und trotzdem … Sie fasste einen Entschluss.

„Diese Träume, die ich in letzter Zeit hatte …"

Immo entspannte sich. „Die waren sozusagen handverlesen", sagte er vorsichtig. „Sie sollten einen bestimmten Zweck erfüllen."

„Echt jetzt? Das fandest du eine gute Idee? Sie waren grässlich!"

„Aber das hätten sie nicht sein sollen!" Er nahm ihre Hand. „Du musst mir davon erzählen! Es ist wichtig!"

„Immer mir der Ruhe. Lass mich kurz überlegen. Es gab eine Gemeinsamkeit. Sie fingen harmlos an, wie ganz normale Träume, und am Schluss wollte mich etwas töten. So, als sollte ich den Traum nicht zu Ende träumen, als sollte ich aufwachen."

„Nur am Ende hattest du Angst?"

Emily nickte langsam. „Ja. Vorher war es normaler. Ein intensiver Traum. Reicht dir das fürs Erste?"

Er öffnete den Mund, schloss ihn wieder, öffnete ihn. „Ich führe mich auf wie ein *Alien?*"

Emily stutzte, dann lachte sie. Er fiel ein und zog ihr die Decke weg. „Genug davon! Wir machen es jetzt so, wie ich es will. Komm mit, ich zeige dir ein paar Dinge."

Er öffnete die Tür ihres Wohnwagens. Dort befand sich eine weiße Wand.

„Komm", sagte er noch einmal und trat durch die Wand hindurch.

Emily zögerte. Ein warmes Kribbeln breitete sich von ihrer Körpermitte her aus. Sie wollte ihm folgen.

Dem Traumfänger.

Die weiße Wand entpuppte sich als dichter Nebel.

„Warte auf mich!", rief Emily. Eine Hand kehrte zurück.

Emily griff nach ihr, trat vorwärts und vergaß dabei völlig, dass sie aus ihrem eigenen Wohnwagen kam. Eine zweite Hand packte sie fest am Ellenbogen und bewahrte sie vor einem Sturz.

„Vorsicht Stufe", sagte Immo trocken.

„Was weiß ich denn!"

Er lachte nur. „Jetzt komm schon! Alles ist genau wie immer, nur ein wenig …"

„… nebelig", ergänzte Emily. Sie machte einen weiteren Schritt.

Der Nebel lichtete sich.

*

Über der vertrauten Welt lag ein bunter Schimmer.

Nein, nicht über der Welt. Ob Gras, Steine, Vögel oder Bäume – alles schien von innen heraus zu leuchten. Es war unwirklich und bizarr.

„Wunderschön!", hauchte Emily.

Immo verstummte für eine Weile, dann berührte er sie am Arm. „Komm weiter. Es gibt noch viel zu sehen."

Emily konnte sich nicht vorstellen, diesen Anblick jemals sattzuhaben.

Nach ein paar Schritten meldete sich jedoch ein anderer ihrer Sinne. Etwas fehlte. Ihre Füße spürten den Untergrund nicht. Sie hinterließen auch keine Spuren im Sand, keine umgeknickten Grashalme.

Verwirrt berührte sie sich selbst am Arm. Sie spürte ihn, wie immer. Sie beugte sich hinunter. Ihre Hand fuhr durch den Boden hindurch, als sei er nicht vorhanden.

„Sieh es als eine Art Erinnerung, die dir Halt gibt", sagte Immo. „Am besten denkst du nicht groß darüber nach. Der Boden trägt dich auch hier, nur das ist wichtig."

„Aber grade, auf den Stufen. Ich habe sie doch gespürt."

„Nein", erwiderte er. „Hast du nicht. Das war Einbildung, aber die verschwindet nach einer Weile."

Es war soweit. Ihre Nerven spielten nicht mehr mit. Der Boden unter ihr brach tatsächlich zusammen …

„Es ist gut", hörte sie Immos Stimme ganz nah. Eine Hand legte sich über ihre Augen. Eine echte, warme Hand. Abermals umfing sie sein Duft. Tief atmete sie ihn ein.

„Du riechst wie das Meer", sagte sie und zog seine Hand fort. Für einen zauberhaften Moment lang glaubte sie, er würde sie gleich küssen. Doch dann wich er zurück.

„Ich weiß."

Sie hatte begriffen, dass er vorerst nicht mehr über sich selbst sprechen würde. Also schlenderte sie neben ihm her.

Dort tanzten Diamanten über eine Wiese! Immo führte sie näher heran. Es waren Schmetterlinge.

„Schnuppere mal an denen", forderte er sie auf. Sie konnte ganz nahe an die Tiere heran, ohne dass sie Anstalten machten, zu fliehen.

Zitronenduft stieg ihr in die Nase.

„So riechen Schmetterlinge hier?"

„Der Geruch ist immer da, aber hier ist er nicht überdeckt. Alles riecht in der Zwischenwelt intensiver."

Emily liebte Düfte.

Immo streckte vorsichtig seine Hand aus. Zwei der Schmetterlinge ließen sich darauf nieder und klappten ihre Flügel auf und zu.

„Sie mögen dich!"

„Schon immer, ja", sagte er. „Komm, lass uns weitergehen."

Sie spazierten durch den Park. Überall dufteten und glimmerten kleine Lebewesen in den unterschiedlichsten Farben. Dann kamen sie zu dem Spielplatz, den Emily sonst nie wirklich beachtete. Jetzt aber blieb sie stehen und staunte. Sie sah die gleichen Kinder wie immer und die gleichen Eltern, die sich auf den Bänken unterhielten. Doch Farben tanzten um die Körper der Menschen. Farben, die sich immer wieder veränderten.

„Riech an dem Baby", forderte Immo Emily auf und deutete auf einen Kinderwagen, aus dem es genau wie aus ihren Möbeln im Wohnwagen weiß schimmerte.

„Das wäre aber schon ziemlich merkwürdig, findest du nicht?"

Immo lachte. „Niemand kann dich hier sehen. Du bist für andere Lebewesen vollkommen unsichtbar."

„Die Schmetterlinge haben dich bemerkt."

„Das ist was anderes."

Behutsam trat sie an den Wagen heran. Das Baby darin war höchstens ein paar Wochen alt und schlief tief. Ein klares, weißes Licht hüllte es ein. Vorsichtig näherte Emily ihre Nase dem kleinen Körper. Ein bezaubernder Duft strömte ihr entgegen.

Sie fand Gefallen an diesem Spiel. Ältere Kinder rochen auch noch gut, aber es mischten sich bereits mehrere Düfte zusammen. Bei den Erwachsenen strömten Gerüche auf Emily ein wie von einem orientalischen Gewürzbasar. Keiner der Düfte war jedoch annähernd so angenehm wie der Immos.

*

Eine Joggerin lief an ihnen vorbei und zog eine Blumenduftfahne hinter sich her.

„Sie ist verliebt und immer noch überrascht davon", sagte Immo, ohne hinzusehen. „Ziemlich frisch."

Emily musterte ihn von der Seite, während sie weitergingen. „Du machst mir Angst. Weißt du solche Sachen wirklich? Wieso?"

„Ich schicke ihnen ihre Träume. So einfach ist das und es ist wahr. Dadurch weiß ich Einiges und glaube mir, das ist nicht immer ein Vergnügen."

„Du schickst allen ihre Träume? *Allen?*"

„Ich bin ein bisschen mehr als das, was du hier siehst. Aber wir wollten nicht mehr darüber sprechen, oder?"

Emily überwand ihre Scheu und griff nach seiner Hand.

„Doch, wollten wir schon", erwiderte sie. „Aber nicht hier und nicht jetzt. Irgendwann mal."

Er ließ seine Hand in ihrer. Schweigend gingen sie nebeneinander her. Emily fühlte sich so lebendig wie lange nicht mehr.

Schließlich hielt Immo an. „Es fühlt sich gut an, dich hier zu haben."

Ein kurzes Lächeln, dann löste er sich und der Zauber war vorbei. Sie waren ganz in der Nähe der Kneipe, in der sie vor zwei Tagen Robert aufgegabelt hatte.

„Das ist kein Zufall, oder?"

Immo nickte zur Tür. „Sieh selbst", antwortete er.

Robert saß allein an einem Tisch, vor sich ein Glas und eine Zeitschrift. Um seinen Körper herum flackerten die Farben wie das Licht in einem heruntergekommenen Bordell. Emily beugte sich vor, ganz dicht an seinen Nacken – und prallte angewidert zurück. „Was ist das denn?"

Sie sah sich nach Immo um. Der saß auf dem Tresen und zeigte ein Pokerface. „Lass mich raten. Er stinkt wie eine Jauchegrube?"

Emily war entsetzt. „Aber warum ...?"

Ein meckerndes Lachen kam aus der Ecke des Raumes. „Gack gack gack, was für eine Überraschung!" Da saß dieser dauerbetrunkene Penner und grinste zu ihr herüber. Offensichtlich konnte er sie sehen. Doch bevor Emily reagieren konnte, stand er auf und verließ mit gesenktem Kopf den Raum.

„Wer …?"

Mit einem Satz sprang Immo auf den Boden. „Uninteressant",
sagte er. „Wahrscheinlich nur ein kleiner Dämon, der nichts kann
außer schlechte Stimmung verbreiten."

„Ein Dämon?" Emilys Nerven spannten sich schon wieder. „Und
warum stinkt Robert so?"

Immo blieb direkt neben ihrem Exfreund stehen und legte ihm
die Hand auf die Schulter. Emily sah zu, wie Robert zuckte, als
wolle er ein lästiges Insekt verscheuchen.

Immo ließ seine Hand durch Roberts Haare gleiten, woraufhin
der sich prompt am Kopf kratzte. „Unser Robert hier ist ein Samm-
ler. Er gibt sich erst zufrieden, wenn er Herzen gebrochen und ihre
Stücke an die Wand genagelt hat."

Was wollte Immo?

„Ich hatte nie diesen Eindruck", sagte sie.

„Ich habe nicht gesagt, dass er dumm ist." Immos Stimme klang
kühl. „Er benutzt zum Beispiel ein hervorragendes Rasierwasser."
Ein Schatten huschte über sein Gesicht. „Lass es für den Moment
gut sein."

Sie verließen die Kneipe.

Stimmte es? Spielte Robert einfach nur gerne mit Frauen? Gab es
irgendeinen Grund, wieso er sie für mehr halten sollte als seine
übrigen Betthasen?

„Mir fielen da schon ein paar Gründe ein", sagte Immo leise und
stupste sie in die Seite.

„Liest du meine Gedanken?"

„Ja. Entschuldige. Ist dir das noch nicht aufgefallen?"

„Lass mich bloß in Ruhe", erwiderte sie matt. Was waren schon
Gedanken? Vermutlich auch nichts anderes als Düfte oder Licht.
Sie kamen von innen.

Mit keiner Regung gab Immo zu verstehen, ob er sie auch diesmal belauscht hatte.

Sie gingen den Weg zurück und blieben nur noch einmal stehen.

„Wo ist die Sonne?", fragte Emily, denn dort, wo eigentlich der Himmel sein sollte, war nichts als eine weiße Decke. „Sie müsste doch zu sehen sein. Die ganzen Schatten."

Immo nickte. „Genauso wie der tote Boden unter deinen Füßen spielt der Himmel hier keine Rolle."

Emily war, als bekäme die Schönheit Kratzer. „Das ist mir alles zu hoch."

„Du wirst dich zurechtfinden."

„Was ist mit dir?", fragte sie nach einem kurzen Schweigen. „Wieso sehe ich bei dir kein Leuchten?"

Immo sah sie lange an, bevor er antwortete.

„Weil ich nicht dazugehöre."

„Aber du bist hier."

„Nur zum Teil."

„Und welcher Teil ist das?"

„Der menschliche Teil."

„Verstehe. Der Teil, der zum Beispiel wütend werden kann wie vorhin."

„Du glaubst, dass ich vorhin *wütend* war?", fragte er. Emily war nicht sicher, ob er sie nach einer Antwort in den Abgrund, vor dem er sie offensichtlich gerade sah, hinunterschubsen oder sie davon wegziehen würde.

„Ach komm." Sie stellte sich auf die Zehenspitzen und drückte ihm einen Kuss auf die Wange, dann nahm sie seine Hand und zog ihn weiter. „Lass dich nicht ärgern."

„Du bist eine Hexe."

Sie lachte. „Dann hoffe mal, dass ich eine von den guten bin."

Er sagte nichts mehr, und erst als sie schon fast auf den Stufen ihres Wohnwagens standen, brach Emily das Schweigen.

„Wonach rieche ich, Immo?"

„Du? Du riechst nach einer Lotosblüte, Emily."

Als sie in den Wohnwagen traten, saß Duncan in aller Seelenruhe in Emilys Sessel und wetzte die Klinge seines Schwertes an einem Stein. Mitten in der Bewegung hielt er inne und schaute auf.

„Reizend", sagte er.

Immo schloss die Tür. In der Luft lag eine merkwürdige Spannung, wie vor einem Gewitter.

Endlich stand Duncan auf. „Dann bin ich jetzt wohl dran", sagte er und griff unsanft nach Emilys Arm.

„Hey! Du tust mir weh!"

Die Hand des Traumfängers schoss nach vorne und hielt die Tür zu. Grüne Augen fixierten schwarze. „Pass auf, was du tust!"

„Keine Sorge", erwiderte Duncan. „Ihr geschieht nichts. Aber das hier ist *mein* Job, Traumfänger. Ich habe sie hergebracht, also muss ich ihr auch die anderen Durchgänge öffnen. Und du tust mir bitte einen Gefallen und *verschwindest*."

Lass mich nicht allein, wollte Emily noch sagen – doch zu ihrem Entsetzen machte Immo keine Anstalten, sich zu widersetzen. „Entschuldige", sagte er nur in ihre Richtung, dann verschwand er.

„Du bist nicht alleine", sagte Duncan. „Ich bin doch da."

„Könnt ihr eigentlich alle Gedanken lesen hier?"

Der Krieger lachte freudlos auf. „Du könntest das auch, Mädchen, wenn dein Bewusstsein nicht in einer Büchse stecken würde."

Er öffnete die Tür und winkte sie ungeduldig nach draußen. „Nach dir."

*

Wieder trat sie durch die weiße Nebelwand, doch nicht etwa an ihren See, sondern mitten in ein Chaos:

Es könnte ein Raum sein – ein Raum mit Wänden, die aus bunten Lichtpunkten bestanden. Als Ganzes pulsierten sie, auf Emily zu und im nächsten Moment fort von ihr, die Punkte ständig in Bewegung wie ein Ameisenhaufen ...

Da sollte sie raus?

Sie konnte sich nicht bewegen. Im nächsten Moment bekam sie einen unsanften Stoß in den Rücken.

„Verdammt, geh doch weiter!", fluchte Duncan, hielt sie jedoch am Arm fest, bevor sie fallen konnte.

Sie schüttelte ihn ab. Gezwungenermaßen war sie vorwärts in das Chaos gestolpert.

„Du fühlst dich hier vielleicht zu Hause", schimpfte sie, „aber ich würde mich gerne erst mal dran gewöhnen!"

„Dummes Zeug!", gab er zurück. „Das hier ist *dein* Selbst, ich betrete es zum ersten Mal."

„Was soll das heißen *mein Selbst*?"

„Dieses ganze Chaos ist auf deinem Mist gewachsen, also hab dich nicht so und geh los. Meine Güte! Ich bin zu alt für sowas."

Er stapfte an ihr vorbei. Emily beeilte sich, ihm zu folgen. „Ich bin auch zu alt für sowas. Bleib stehen!"

Jäh drehte Duncan sich zu ihr um. „Mach dich nicht lächerlich! Das hier ist alles, aber nicht *alt*. Und so, wie du guckst, hat Immo dich nicht aufgeklärt. Dann ist es so – ich habe es satt, seine Versäumnisse glattzubügeln. Sieh dich einfach um. Das bist *du*. Dein Innenleben, Gestalt geworden für jeden, der Zutritt hat. Kein Vergnügen offensichtlich. Aber wenn Immo dir nicht erzählt hat, was dich erwartet, dann musst du es wohl selbst herausfinden."

„Ich glaube, es hackt!", stieß Emily hervor. „Mach's gut." Sie drehte sich um – und erstarrte abermals.

Direkt vor ihr stand ein Albtraum. Ein verzerrter Schattenkörper. Klauenarme, die sich nach ihr ausstreckten. Ein fauliger Atem, der ihr direkt ins Gesicht blies.

Doch ein Schemen schoss an Emily vorbei. Sie erkannte ihn erst auf den zweiten Blick als Menschen. Niemand konnte sich so bewegen, solange die Schwerkraft ihn im Auge behielt. Duncans Schwert surrte. Sekunden später lag eine dampfende, stinkende Masse vor Emily auf dem Boden. Der Krieger atmete tief durch.

„Mir scheint, deine Anwesenheit ist bemerkt worden", sagte er trocken. „Darf ich vorstellen: einer deiner Dämonen. Du solltest an dieser Wut arbeiten, Mädchen."

Emily starrte abwechselnd ihn an und das, was da lag. „Ich will nach Hause."

Duncan lachte grimmig. „Genau da bist du, glaub es oder nicht", sagte er. „Aber in diesem Fall wollen wir mal nicht so sein. Es hat keinen Sinn, hier länger als nötig zu bleiben, wenn deine Freunde alle so gerne spielen wollen – du wirst noch früh genug das Vergnügen haben. Also. Wärst du bitte so nett und würdest dich nach hinten fallen lassen?"

„Aber was …", begann Emily.

„Lass dich fallen!", herrschte Duncan sie an. „Sofort!"

Sie gehorchte. Im letzten Moment erblickte sie einen neuen Schatten, der Gestalt gewann. Wieder wirbelte Duncan um die eigene Achse und ließ sein Schwert tanzen. Im selben Moment aber tauchte sie rückwärts durch den Boden.

Sie fühlte eisige Luft.

Sie fiel.

*

Aber sie fiel nicht sonderlich schnell. Eher so, als würde sie durch Wasser sinken. Und auch diese Bewegung endete.

Als sie schließlich die Augen öffnete, fand Emily sich auf dem Boden einer riesigen Säulenhalle wieder. Sie hörte erstaunte Rufe.

Immo half ihr auf die Beine. Nur Sekunden später kam Duncan aus der Luft geflogen. Noch bevor seine Füße sicher auf dem Boden landeten, schleuderte er sein Schwert quer durch den Raum.

„Ich wusste es!", brüllte er, sprang auf eine der steinernen Säulen zu und rammte seinen Kopf dagegen. Dem Geräusch nach zu urteilen war diese Säule in diesem Moment sehr real und sehr hart, doch Emily hätte schwören können, dass sie wackelte.

Duncan keuchte. Schwer atmend blieb er stehen.

Sollte er sich doch den Schädel einschlagen! Emily schaute sich um.

Die Säulen liefen neben einem Mittelgang auf einen goldenen Thron zu. Alles wirkte prunkvoll und edel. Rechts und links des Ganges standen lange Tische in Reih und Glied.

„Wir hätten erwartet, dass ihr durch die Tür kommt."

Eine Frau trat zwischen einigen an der Wand aufgereihten Ritterrüstungen hervor. Dahinter musste ein Durchgang liegen. Ihre Haut war dunkel wie Ebenholz. Mehrere Schichten hauchdünner Seide fielen schimmernd an ihr herab. Ihre Haare waren zu hunderten Zöpfen geflochten. Unzählige kleinen Kugeln umschwirrten sie.

„Sei nicht so hart, Duncan."

Sie lächelte Emily zu und legte dem Krieger eine Hand auf die Schulter.

Der warf Immo einen verächtlichen Blick zu. „Verschließe dich, so viel du willst, Traumfänger, ich kann dir das auch laut sagen. Du hast Mist gebaut und ich – *ich* werde dafür bezahlen. Das weißt du. Und diese junge Dame da", er deutete auf Emily, „wird erst noch beweisen müssen, ob sie es wert ist, dass sich jemand für sie opfert."

„Moment mal! Ich habe nie von jemandem verlangt, dass er sich für mich opfert."

„Du verstehst es nicht einmal." Duncan schüttelte den Kopf. „So viel hat dir der Traumfänger schon verraten von dem, was auf dich zukommt, dass du nicht einmal *das* verstehst!"

„Schluss damit, Sun Dèng Kén!" Die Stimme der Frau knallte durch den Raum wie ein Peitschenschlag. Duncan zuckte zusammen.

„Es war *deine* Entscheidung, Krieger." Immo sprach mit einer Kälte, die Emily schaudern ließ. Ohne weitere Worte verschwand er dort, wo die Frau hergekommen war. Duncan kniete sich auf den Boden und ließ seinen Kopf auf die Arme sinken.

„Lassen wir den beiden einen Moment und gehen ein Stück. Komm mit!" Die Frau legte Emily eine Hand auf den Rücken und lenkte sie in Richtung Thron.

„Ich bin übrigens Ambrosia. Es freut mich, dich endlich kennen-zulernen."

„Ambrosia?" Emily runzelte die Stirn.

„Die Unsterbliche, ja. Einer von vielen Namen, den ich aber be-sonders mag."

„Bist du eine Göttin?"

Emily erntete ein Lachen, das klang wie eine Harfenmelodie.

„Ich fürchte, mich würde hier niemand als Göttin bezeichnen. Meine Aufgabe ist es, zu wachen."

„No offense, aber du wirkst nicht wie eine Wächterin."

„Ach nein?" Ambrosia streifte sie mit einem Blick. „Was fehlt mir denn deiner Meinung nach?"

Emily musterte sie. „Eine Waffe zum Beispiel."

„Wieso sollte ich bei mir zuhause eine Waffe tragen?"

„Stimmt natürlich. Also sag schon – was bewachst du?"

Einige Momente lang schwieg Ambrosia und erinnerte Emily an Immo, wenn er seine Worte wägte.

„Das Gleichgewicht."

Mehr Erklärung folgte nicht.

Obwohl sie die ganze Zeit vorwärtsgingen und sich dem Thron zu nähern schienen, wich der gleichzeitig von ihnen zurück, sodass sie im Endeffekt auf der Stelle traten.

„Es ist wundervoll, Dinge zu berühren, findest du nicht auch?" Ambrosia strich über einen Tisch. Ihr Blick forderte Emily auf, es ihr gleichzutun. Das Holz war kühl, hart und voller winziger Un-ebenheiten. Wie war es möglich, dass sie so schnell vergessen hatte, wie Holz sich anfühlte?

„Komm, wir setzen uns."

Der Thron war verschwunden. An seiner Stelle standen jetzt drei orange-braun karierte Kordsofas in einem Halbkreis. Haarfeine Goldfäden waren durch die Bezüge gewoben.

Ambrosia bedeutete Emily, sich auf dem Sofa rechts von ihr nie-derzulassen.

„Das ist wirklich – sehr interessant hier. Die Möbel ... ziemlich retro."

„Ich bitte dich, du findest sie scheußlich!" Aus dem Nirgendwo tauchte Immo auf – wie das so seine Art war –, ließ sich auf das dritte Sofa fallen und verschränkte die Arme hinter dem Kopf. Er schien wie ausgewechselt. „Sie sind eine Beleidigung für jeden Menschen, der Wein nicht aus der Flasche trinkt."

Ambrosia schmunzelte. Mit Immo kam Vertrautheit in diese fremde Welt.

Emily grinste ihn an. „Na, dann fühlst du dich ja wohl hier."

„Touché!"

„Wo ist Duncan?"

„Ruht sich aus."

„Wenn's hilft ...", bemerkte Emily.

Immo schloss die Augen und lehnte sich zurück.

„Duncan hat seit Monaten kaum noch Pausen." Ambrosias Blick ruhte auf dem Traumfänger. „Er ist ständig unterwegs und muss hellwach sein. Seine schlechte Laune ist nachvollziehbar."

Emily schwieg.

„Lass dir Zeit", sagte Immo unvermittelt. „Du und Duncan werdet euch schon aneinander gewöhnen."

Er hievte sich aus dem Sofa, setzte sich zu Ambrosia und ließ seinen Kopf auf ihren Schoß sinken. Die Wächterin deckte seine Augen mit den Händen zu. Die Vertrautheit dieser Geste rührte Emily – gleichzeitig spürte sie, dass ihre eigenen Glieder schwer wurden.

„Du darfst schlafen", sagte Ambrosia, und Emily nahm die Einladung gerne an.

*

Geschirr schepperte. „'tschuldigung, mein Fehler", hörte sie Duncan.

„Das wäre nicht nötig gewesen!", tadelte Ambrosia ihn.

Emily schlug die Augen auf. Sie lag unter einer weichen Decke, in der Nähe standen vier Stühle um einen Tisch. Der Geruch von Essen strömte herüber.

„Sie ist jung, sie braucht nicht so viel Schlaf."

Duncan sah sie an, offenbar besser gelaunt als zuvor, und biss in einen Apfel.

„Genau!" Mit einem Satz sprang Emily aus dem Bett. Sie fühlte sich wie neu geboren. „Was ich aber definitiv brauche, ist etwas zu essen!"

Sie schenkte Duncan ein Lächeln. Er erwiderte es.

„Ich sag's ja", nuschelte er mit halbvollem Mund.

„Wie lange habe ich geschlafen?", fragte Emily.

„Nicht der Rede wert", kam es von Duncan.

„Etwa fünfzehn Stunden", sagte Immo.

„Fünfzehn Stunden?" Emily riss die Augen auf. „Wieso habt ihr mich nicht geweckt?"

Sie setzte sich Immo gegenüber auf den letzten freien Platz. Ambrosia deutete ihren fragenden Blick richtig.

„Iss, liebe Emily!"

Das ließ sie sich nicht zweimal sagen.

„Ich hätte dich geweckt, kein Problem!" Duncan prostete ihr mit einem silbernen Kelch zu. Emily schmunzelte. Faszinierend zu sehen, wie die Härte aus seinem Gesicht gewichen war.

Immo hingegen wirkte genervt. „Du musstest schlafen", sagte er. „Der Wechsel in die Zwischenwelt kostet enorme Kraft."

Ambrosia winkte nur mit einer Hand, woraufhin auch vor Emily ein Kelch mit einer rubinfarbenen Flüssigkeit erschien.

Sie aß und trank und über den Rand des Kelches hinweg traf sie Immos Blick. Der Traumfänger lächelte mit dem Mund – seine Augen blieben stumm.

*

Vor Immo stand ein unbenutzter Teller.

„Ich muss nicht essen", sagte er, als Emily ihn danach fragte. „Niemand hier muss das. Wenn wir essen, dann wird damit eine andere Art Hunger gestillt. Ich belasse es inzwischen bei der Erinnerung."

„Kann ich nicht verstehen", sagte Emily zwischen zwei Bissen. „Es schmeckt viel zu gut, um sich nur daran erinnern zu wollen."

„Es bedeutet mir nichts mehr."

Heftig legte Duncan sein Besteck auf den Tisch, griff nach seinem Kelch und trank ihn in einem Zug leer. Dann lehnte er sich zurück.

„Für mich ist es mehr als nur eine Gewohnheit", sagte er. „Es gibt nichts, was ich mehr vermissen würde als ein gutes Essen."

Immos Augen erstarrten noch mehr.

„Also gut, genug jetzt." Ambrosia bewegte abermals ihre Hand. Alles außer den Weinkelchen verschwand. Stattdessen lagen vier Pergamentblätter und Schreibfedern auf dem Tisch.

„Oh, es wird ernst", brummte Duncan, nahm sich einen Federkiel und betrachtete ihn von allen Seiten. „Altmodisch, aber hübsch. Du solltest allmählich ein paar Smartphones anschaffen, Ambrosia."

Immo sprang auf und lief vor dem Tisch hin und her wie ein Panther im Käfig.

„Kannst du das bitte lassen, Ambrosia?"

Emily wusste nicht, ob sie sich diesen Tonfall gefallen lassen würde. Doch die Wächterin des Gleichgewichts wedelte nur erneut mit der Hand und der Tisch leerte sich.

Einmal mehr knisterte Spannung in der Luft.

„Nicht alle hier haben schon herausgefunden, wie man Gedanken liest, also benehmt euch anständig und macht den Mund auf zum Reden." Duncans Stimme war nach wie vor ruhig – zu ruhig für Emilys Geschmack. Er rückte sein Schwert zurecht, das er offensichtlich immer bei sich trug.

„Was?" Immo strich sich eine Haarsträhne aus dem Gesicht. „Entschuldige, Emily", sagte er nach kurzem Zögern.

„Schon gut", winkte sie ab. „Ich bin gar nicht da."

„Oh doch", kam es vom Krieger, „das bist du! Zeit für Erklärungen, denke ich mal. Traumfänger?"

„Ambrosia", entgegnete Immo. „Sie sollte beginnen."

„Du hast recht", sagte die Hüterin des Gleichgewichts. „Es ist zuallererst meine Verantwortung."

Immo setzte sich zurück auf seinen Stuhl. Die Mienen aller waren ernst.

„Danke", sagte der Traumfänger.

*

„Du hast Immo schnell nicht mehr geglaubt, dass eure Begegnung ein Zufall war, und damit lagst du richtig." Ambrosia saß aufrecht auf ihrem Stuhl. „Er hat dich gesucht, weil wir hier ein Problem haben, bei dem du uns helfen musst. Oder besser gesagt: Weil wir ein Problem haben, bei dem nur du uns helfen kannst. Und es wäre schlimm, wenn du es nicht kannst."

„Immer raus damit, schone mich bloß nicht", sagte Emily.

„Du musst deine Mutter suchen."

Duncan prustete seinen Wein quer über den Tisch. „Verflucht! Das hat sie ironisch gemeint."

Doch Emily hielt Ambrosias Blick stand. „Meine Mutter ist tot."

„So ist es", sagte Ambrosia. „Das macht es schwieriger."

„Schwieriger? Sie verrottet in einem Grab! Unter einer Kastanie. Soll ich dich hinführen? Wir können mit der Bahn fahren."

Ambrosias Gesichtsausdruck war leer. „Ich glaube", sagte sie langsam, „diesen Irrtum sollte ich als erstes aufklären."

Emily verschränkte die Arme vor der Brust und schwieg.

„In Ordnung." Ambrosia runzelte die Stirn. „Ich meine nicht den Körper deiner Mutter. Ich meine ihre Seele. Die verrottet nicht in einem Grab, sondern sie musste ihren Körper verlassen. Und eigentlich auch das Diesseits. Deine Welt, so wie du sie bis jetzt gekannt hast. Die Welt, auf die sich die Menschen beschränken. Nach dem Tod geht es für die Seelen normalerweise ins Jenseits. Es sei denn, etwas bindet sie so stark an ihr altes Leben, dass sie sich nicht lösen können. Zum Beispiel ertragen es viele nicht, geliebte Menschen zurückzulassen. Sie brauchen dann länger, um sich zu trennen. Oft finden wir sie in der Zwischenwelt, wie sie herumirren und immer schwächer werden. Sie irren herum, werden schwächer und verschwinden letztlich doch."

„Erzählst du mir gerade, dass es ein Leben nach dem Tod gibt? Ein Jenseits? Und dass ich dort meine Mutter suchen soll? Wenn ich euren ganzen abgefuckten Scheiß hier nicht schon mit eigenen Augen gesehen hätte, würde ich jetzt aufstehen und verschwinden!"

„Niemand, der halbwegs bei Sinnen ist, spricht von einem Leben nach dem Tod", mischte Duncan sich ein. „Es gibt ein Sterben vor dem Tod und ein Sterben nach dem Tod, das ist ein feiner Unterschied. Leben bekommen die Wenigsten hin."

„Hältst du das für hilfreich?" Immo drehte seinen Stuhl und setzte sich mit dem Bauch zur Lehne, damit er Emily weiter ansehen konnte. „Deine Mutter war so eine Seele, die sich nicht trennen konnte. Sie wollte dich nicht zurücklassen. Und anders als andere Seelen wurde sie nicht schwächer, sondern immer stärker, je länger sie in der Zwischenwelt war. *Komm, sieh mich an!"*

Emily hob den Kopf. In einer Welt, die schon wieder vor ihren Augen zerbröselte, waren Immos Augen das Einzige, was sie hielt. Ihre Hände zerrieben unsichtbaren Staub zwischen den Fingern – worum ging es nochmal? „Was ist schiefgegangen?"

„Schiefgegangen?"

„Naja. Sie ist ja offensichtlich doch verschwunden, sonst müsste ich sie nicht suchen. Und Ambrosia sagte, dass es schlimm sein könnte, sie nicht zu finden."

Immo nickte. „Die Begegnung mit deiner Mutter hat für einigen Wirbel gesorgt."

„Sie hat uns zum Narren gehalten", sagte Duncan. „Wir sollten nicht drumherum reden. Deine Mutter ist auf die Seite des Bösen gewechselt, so sieht es aus."

Ambrosia schlug mit der flachen Hand auf die Tischplatte. „Halt dich zurück, Sun Dèng Kén! Das ist lediglich deine eigene Vermutung. Es gibt andere Erklärungen."

„Ich bin immer noch begierig, sie zu hören."

Die Hüterin beugte sich zu Emily. „Die Seele deiner Mutter ist verschwunden, das stimmt. Das alleine wäre nicht bedenklich. Wie gesagt, es geht allen Seelen früher oder später so. Aber sie war erstens zu stark und zweitens ist etwas mit ihr zusammen verschwunden. Etwas, was wir unbedingt wiederhaben müssen."

„In Ordnung", sagte Emily. „Glaube nicht, dass mir das leicht fällt, aber ich tu einfach mal so, als würde ich dir glauben. Was ist verschwunden und wie soll ausgerechnet ich es wiederfinden? Es geht euch überhaupt nicht um meine Mutter, oder? Nicht sie ist es, was ich für euch finden soll. Es ist dieses ... *whatever* ..., das verschwunden ist!"

„So ist es. Deine Mutter alleine wäre für all dies nicht wichtig genug. Aber sie hat mir einen Teil meines Wissens gestohlen, und das ist gefährlich. Ich bin die Hüterin des Gleichgewichts. Ich brauche das Wissen des Universums, damit ich die Waage ausbalancieren kann. Sonst kann es sein, dass ich nicht merke, wenn Wissen missbraucht wird."

„Ich komme nicht mit", sagte Emily. „Gleichgewicht, sagst du. Verstehe ich nicht ganz."

Ambrosia hob eine Hand, als Duncan sich anschickte, den Mund aufzumachen. „Es gibt", sagte sie, „im Kosmos seit seiner Entstehung polarisierende Kräfte, die einander entgegenstehen. Gemeinsam aber sorgen diese Kräfte für ein Gleichgewicht. Erschaffen und Zerstören. Leben und Tod. Hell und Dunkel. Das eine kann nicht kraftvoll sein ohne das andere. Ja – ohneeinander würden sie aushungern und vergehen.

„Gewinnt eine Seite die Übermacht, hat in jedem Fall die Seite der Zerstörung gewonnen", ergänzte Immo. „Auch ewiges Licht ohne den Kontrast der Dunkelheit wäre dem Untergang geweiht. Es würde kalt und bedeutungslos. Wissen kann Realität verändern. Und die dunklen Mächte des Universums würden alles dafür geben, etwas von Ambrosias Wissen exklusiv für sich zu haben. Dass sie nicht mehr darauf zugreifen kann, könnte zu Fehlern führen, die das Gleichgewicht unumkehrbar zerstören."

„Was zu einem Endsieg der Zerstörer führen würde", führte Emily den Gedanken zu Ende.

Duncan verließ seinen Platz, um sich im Schneidersitz auf den Tisch zu setzen. „Des Bösen. Gewöhne dir gleich an, es beim Namen zu nennen, Emily. Denn so läuft das im Universum – es gibt die Guten und es gibt die Bösen. Und es gibt eine riesige Masse, die nur darauf wartet, entweder von der einen oder von der anderen Seite geformt zu werden."

„Wir müssen das jetzt nicht vertiefen", sagte Ambrosia gereizt. „Du bist der Krieger – für dich ist es wichtig, die Welt schwarzweiß zu denken. So leicht kann ich es mir nicht machen."

„Schon gut." Duncan verzog das Gesicht. „Dann erzähl du Emily mehr von ihrer Aufgabe. Ich spiele dabei ja nur eine untergeordnete Rolle."

Diesmal ging Ambrosia nicht auf ihn ein. „Schau her", sagte sie und fing eine der Kugeln auf, die um ihren Kopf kreisten. Aus der Nähe betrachtet wirkte sie wie aus leuchtendem Gas geformt, das sich in sich selbst drehte. „Wissen."

„Das ist all dein Wissen?"

Duncans Lachen klang brutal. „Alles Wissen bestimmt nicht, du naives Kind. Wenn Ambrosia all ihr Wissen in Kugeln packen würde, hätten wir anderen keinen Platz mehr im Kosmos."

„Sie ist nicht naiv", sagte Ambrosia ernst. „In ihr steckt mehr als du siehst, Krieger."

Duncan brummte etwas Unverständliches, schwieg dann aber. Die Wächterin sprach weiter. „Es ist nur eine von vielen Formen. Stell dir Wissen vor allem als Licht vor. Solange genug Licht da ist, kann es die Dunkelheit zurückdrängen. Nicht vernichten, aber in Schach halten. Wird das Licht des Wissens zu schwach, taumelt der Kosmos."

„Das kann ich sogar irgendwie nachvollziehen." Emily nahm sich Zeit, das Gehörte sacken zu lassen. „Und meine Mutter hat ein Teil deines Wissens gestohlen. Darf ich fragen, woher du das weißt, wenn du es doch verlierst, sobald es weg ist?"

„Intuition", sagte Immo sofort. Er wechselte einen Blick mit Ambrosia. „Eine andere Form des Wissens, die genauso exakt ist, wenn du weißt, wie du mit ihr umgehen musst."

„Das heißt, ihr wisst gar nicht wirklich, ob was gestohlen wurde?"

„Wir wissen es", betonte Immo langsam. „Intuition *ist* Wissen."

„Ist doch egal, wieso sie es weiß!" Wieder mischte Duncan sich ein. „Nicht egal ist, dass wir noch andere Probleme haben. Es tut sich nämlich was im Universum, auch wenn manche das nicht wahrhaben wollen. Auf *meine* Intuition hört man nicht so sehr."

„Niemand hier ist der richtige Ansprechpartner für deine Tiraden", sagte Immo. „Sowohl Ambrosia als auch ich nehmen sehr ernst, was du wahrnimmst."

„Dämonen." Duncan beugte sich zu Emily. „Sie werden stärker. Sie werden mehr. Ich bin mir sicher, dass sie einen Plan haben. Und es ist kein Zufall, dass deine Mutter genau jetzt aufgetaucht und mit Ambrosias Wissen verschwunden ist."

„Ich hatte mich grade mit dem Gedanken angefreundet, euch zu helfen ..." Emily verzog das Gesicht.

„Halt den Mund, Duncan!", sagte Immo scharf. „Du weißt genau, dass dies nichts ist, was Emily momentan betrifft!"

„Erklärst du mir dann bitte nochmal, was mich betrifft?"

„Du wirst Kontakt aufnehmen", sagte Immo. „Du bist diejenige, die am stärksten mit deiner Mutter verbunden ist. Du wirst sie finden und das Wissen zurückholen."

„Aha. Und wenn Duncan sagt, dass irgendwelche Dämonen stärker werden, gibt es jedenfalls etwas, das ich weiß – scheißegal, ob ich direkt mit ihnen zu tun haben werde oder nicht: Lasst es uns hinter uns bringen! Was muss ich tun?"

„Sehr gut." Duncan rieb sich die Hände. „Kommen wir zur Sache."

„Lass mich das nochmal zusammenfassen.“ Emily saß auf ihrem Bett. Immo war bei ihr.

„Ich soll Kontakt zu meiner Mutter aufnehmen. Dafür muss ich ins Jenseits, weil ihre Seele dorthin verschwunden ist. Ich lebe aber noch, deshalb wird das kein Spaziergang, sondern ziemlich gefährlich. Außerdem wisst ihr nicht so genau, was mich erwartet. Wenn ich ehrlich sein soll, kommt ihr mir alle nicht vor wie die Meister der Erklärkunst.“

Immo räusperte sich.

„Es tut mir leid. Ich wünschte, wir hätten dich nicht schon wieder in all dies hineinziehen müssen.“

Seine Finger streichelten ihre Hand. „Du hast Angst, das gefällt mir nicht.“

Emily öffnete den Mund, um zu protestieren – doch sie schwieg. Bitte *was* hatte er da gesagt? *Schon wieder?*

Immo beugte sich vor und ließ seine Lippen sekundenlang auf ihrem Mundwinkel ruhen. „Es tut mir leid“, wiederholte er und richtete sich wieder auf. „Du siehst deiner Mutter ähnlich, aber sie wirkte viel härter als du.“

„Dein Ernst? Ich denke eher, dass es umgekehrt ist. Dass ich weich wäre, hat mir noch keiner gesagt. Im Gegenteil.“

„Nicht weich – weniger hart. Ich habe sie begleitet, als sie in der Zwischenwelt auftauchte und zurückwollte, um dich zu suchen. Manches ist sicher ihrem Tod geschuldet“, er lächelte flüchtig, „aber ihren Charakter von früher konnte ich auch noch spüren. Sie war keine sonderlich glückliche Frau, kann das sein?“

„Puh.“ Emily runzelte die Stirn. „Da fragst du mich zu viel. Ich war acht, als sie den Unfall hatte. Für mich war sie einfach meine Mutter. Sie hatte ein schönes Lachen.“

„Verstehe.“ Nachdenklich betrachtete er sie. „Deine Mutter ist jahrelang zwischen dem Jenseits und der Zwischenwelt hin und her gependelt. Das ist etwas, worüber ich mit den anderen noch gar nicht gesprochen habe. Ich kann mich an ein solches Verhalten einer Seele nicht erinnern."

Emily zuckte mit den Schultern. „Da sitzen wir wohl mal in einem Boot. Ich kann mich an sowas auch nicht erinnern."

Sie lächelte Immo an, doch der senkte den Blick zu Boden. „Schade."

Abrupt stand er auf. „Du wirst mit Duncan gehen. Das hat er vorhin noch vergessen zu erwähnen. Vermutlich will er mir was heimzahlen."

„Hey, das stand bislang noch nicht in der Abmachung! Das letzte Mal, als ich mit ihm gegangen bin, stand plötzlich ein ... ein Monster vor mir."

„Ein Dämon. Es ist, wie es ist. Duncan hat dich in die Zwischenwelt geholt, er muss dir auch die anderen Türen öffnen. Ich begleite dich auf eine andere Art. Davon abgesehen dachte ich, du hättest verstanden, wo er mit dir war."

„Verstanden?" Sie lachte ungläubig. „Sonderlich bemüht, mir was zu erklären, war er nicht gerade. Und du hast das ja auch irgendwie vergessen."

Einen Moment lang blieb es still. „Oh", sagte Immo dann. „Das habe ich, oder?"

„Scheint so", erwiderte Emily kühl.

„Und Duncan ..."

„Schien irgendwie verärgert zu sein."

„Hm."

Er setzte sich wieder zu ihr. „Gib mir deine Hand."

Er legte eine Perle hinein – eine in allen Farben schillernde Perle.

„Schau sie dir genau an", sagte Immo. „Sie ist ein Spiegel. Du kannst in ihr das ganze Universum sehen." Mit seiner Hand deckte er die Perle zu. Und mit einem Male fand Emily sich selbst und Immo im Inneren einer Kugel wieder, die sie wie ein Spiegel umschloss.

„Das ist, wohin Duncan dich führen wollte", sagte der Traumfänger. „In dich selbst. Dorthin, wo alles ein Spiegel deines Inneren ist."

Die Kugel verschwand.

„Ach du meine Güte."

Duncan hatte also die Wahrheit gesagt: Es war ihr eigenes Inneres, in dem ein heilloses Durcheinander herrschte, mit Monstern, die sie umbringen wollten!

„Mach dir keine Gedanken darüber, das erste Mal ging es uns allen so. Und das, obwohl wir wussten, was uns erwartet."

„Duncan schien entsetzt."

„Duncan ist ein sehr strenger Mensch. Als er sein Innenleben zum ersten Mal betreten hat, fand er einen Raum voller Gouvernanten."

Er schwieg einen Moment. „Meinst du, dass du bereit bist für die Aufgabe?", fragte er schließlich.

„Ich habe keine Ahnung", gestand Emily. „Ich mache so etwas nicht jeden Tag."

Immo musterte sie ernst. „Das stimmt. Ich will dir nichts vormachen – wir alle haben wenig Erfahrung darin, gezielt nach einer Seele zu suchen und nicht zu wissen, mit wem oder was genau wir es zu tun haben. Es könnte sehr einfach sein. Es könnte aber auch gefährlich werden. Und deshalb ist Duncan an deiner Seite."

„Soll das heißen, dass ich mich jetzt mit deinem verrückten ... Ex-Freund auf den Weg machen muss?"

Sie beobachtete ihn, wie er aufstand und durchs Fenster hinaus in den Nebel starrte.

„Es gibt immer eine Wahl, Emily. Für alles, was du tust. Ob du dich entscheidest, die Aufgabe anzunehmen, oder ob du einfach zurückgehst in dein altes Leben – es ist deine Wahl. Hier und jetzt triffst du sie."

„Dann entscheide ich mich für diese Aufgabe!"

„Einfach so? Du willst gar nicht darüber nachdenken?"

„Das muss ich nicht." Sie stellte sich neben ihn und sah ebenfalls hinaus. „Was sagtest du? Intuition? Du kannst mir glauben, dass mich nichts mit dem verbindet, was ich bisher mein Leben genannt habe. Du bietest mir ein Ticket Richtung etwas Neuem – ich nehme es! Brücken sind dazu da, nach dem Rübergehen abgerissen zu werden."

Er wandte sich ihr zu. „Bemerkenswert, wenn dir das wirklich so leichtfällt."

Emily zuckte mit den Schultern. „Ich bin nicht tot, oder? Also lebe ich. Und solange ich lebe, habe ich nicht vor, mich zu verkriechen."

Endlich lächelte er. „Duncans Schwert ist scharf, aber tatsächlich kann es nichts töten, was auch nur einen Funken Lebenswillen in sich trägt. Zum Glück für das Universum, würde ich sagen."

*

Sie traten aus dem Wohnwagen heraus und fanden den Krieger auf halber Höhe des Hügels im Schneidersitz, den Oberkörper kerzengerade und die Hände offen im Schoß. In dieser Pose und mit seinem kahlen Schädel erinnerte er Emily einmal mehr an einen Mönch.

„Habt ihr endlich alles durchdiskutiert?"

Duncan setzte seine Fußsohlen auf den Boden, schnellte in die Höhe, machte einen Salto und landete genau vor ihnen. Emily pfiff anerkennend.

„Dein Außenleben hast du deutlich schöner gestaltet als dein Innenleben", sagte der Krieger. „Sie sollte nochmal zurück, oder?", wandte er sich an Immo.

Der runzelte die Stirn. „Findest du?"

„Was meint ihr?", fragte Emily.

„Ich denke", sagte Duncan, ohne sie zu beachten, „sie sollte zumindest mit der generellen Technik vertraut sein, oder? Und ein bisschen Erde schnuppern tut sicherlich auch gut. Ihr Anker ist brüchig, vergiss das nicht."

„Hallo?"

„Du hast recht", sagte Immo und wandte sich an Emily. „Wenn dir ein Ort vertraut ist", sagte er, „dann ist es sehr leicht, ihn von überall aus zu erreichen. Wenn du aus der Zwischenwelt oder aus dem Jenseits zu deinem Wohnwagen zurückkehren willst, dann brauchst du nichts weiter zu tun, als an ihn zu denken und dich fallenzulassen. Du brauchst nur Vertrauen, dass es funktioniert – dann werden dein Körper und deine Seele den Weg finden."

„Fallenlassen?", fragte Emily. „Was Duncan von mir wollte, als es ihm zu viele Monster wurden? Da war nicht viel dabei."

„Es waren Dämonen, keine Monster", sagte Duncan scharf. „Und es war leicht, weil du keine Zeit hattest, nachzudenken. Gedacht habe *ich* für dich, das war auch besser so. Du würdest jetzt noch dastehen. Tot."

„Wie auch immer", beschwichtigte Immo, „wir machen es noch einmal, und diesmal konzentrierst du dich selbst. So kannst du von einem Ort weg und wieder zurückgelangen, ohne zwischendurch Wege gehen zu müssen."

„Krass", sagte Emily. „Wie ein mobiler Teleporter." Sie ignorierte die verständnislosen Blicke und klatschte in die Hände. „Also? Lasst und starten!"

*

„Autsch!" Emily war unsanft auf dem Hintern gelandet. Sie konnte den Boden spüren! Das Gras, das sie ausrupfte, roch plötzlich wieder nur nach Gras. Ihr Gesicht wandte sich der Sonne entgegen. Deren Wärme und Helligkeit krochen Emily unter die Haut und pulsierten durch ihre Adern. Wenige Meter entfernt stand ihr Wohnwagen, frei von Nebel, und schien ihr ein Willkommen zuzulächeln. Auf den Stufen saß Immo und winkte sie herbei. Sekundenlang ließ sie ihre Hand auf dem warmen Holz ruhen, dann setzte sie sich neben ihn und lehnte ihren Kopf gegen seine Schulter.

„Es ist so schön hier! Anders schön – verstehst du das? Ich hatte es schon fast vergessen."

Immo legte seine Hand auf ihre. „Erinnerst du dich an das Bild des Bootes auf dem Meer? Das bist du, und das hier ist dein Anker. Hier bist du zuhause. Halte dich daran fest, dann wirst du jederzeit zurückkehren können."

Schweigend saßen sie da und lauschten dem Lied einer Amsel.

„Und zurück gehst du vor", sagte Immo schließlich und stupste Emily in die Seite. Sie dachte an die Zwischenwelt, ließ sich fallen und landete tatsächlich neben Duncan und einer Nebelwand.

Der Krieger wirkte genervt. „Ein bisschen schneller wäre auch gegangen!", fuhr er Immo an, als der Sekunden später auftauchte. „Ich will los – komm schon, Emily!"

Doch bevor sie reagieren konnte, hielt Immo sie zurück.

„Warte noch einen Moment", bat er. Hinter seinem Rücken zog er etwas hervor: eine makellose, tiefrote Rose.

„Die ist für dich", sagte er. Seine Stimme ließ sie Duncans Missmut vergessen. „Sie wird hier auf dich warten."

Emily suchte seinen Blick, sprechen konnte sie nicht.

„Komm einfach zurück", sagte Immo.

*

Duncans schlechte Laune war offenbar immer noch steigerungsfähig. „Da der Weg durch dein eigenes Selbst ins Jenseits auf mich nicht besonders sicher wirkt – aus Gründen, die zu erläutern wir keine Zeit haben –, werden wir *meinen* Weg nehmen. Dort kenne ich mich aus und muss nicht ständig auf dich aufpassen."

„Keine Zeit, ernsthaft? Ich finde schon, dass du mir das erklären solltest. Ich bin davon ausgegangen, ..."

„Nein", unterbrach Duncan sie. „Du hast jetzt nichts mehr zu finden. Und denken solltest du am besten auch nicht."

„Bitte was?"

„Soll ich es dir aufschreiben oder was?", herrschte er sie an. „Du bist zwar hier, aber dein menschliches Spatzenhirn funktioniert deshalb um keinen Deut besser. "

„Schluss damit!", sagte Immo laut.

„Ja, ja, schon gut – entschuldige, Emily. *Entschuldige!*", polterte der Krieger. „Es wird einfach viel zu viel geredet hier." Er atmete tief ein und schloss die Augen.

„Wir werden genug Zeit haben, alles zu besprechen, was du besprechen möchtest und was wir besprechen müssen. Folge mir einfach, du musst dich um den Weg nicht kümmern. Das verspreche ich dir."

„Gut – dann los", sagte Emily frostig. Ihre Lust auf den Ausflug war auf dem Nullpunkt.

Der Gedanke, alternativ auf eine Übermacht des Bösen zuzusteuern, erschien ihr plötzlich nicht mehr so unattraktiv.

Sie gingen zum See hinunter. Emily schaute sich um. „Wo ist Immo?"

„Keine Ahnung", erwiderte Duncan. „Der Traumfänger kommt und geht, wie er will." Er deutete nach vorne. „In diesen See hinein und schon sind wir da. Sehr idyllisch. Normalerweise sollten uns keine Überraschungen erwarten, aber da die Zeiten leider nicht normal sind, wäre es besser, du bleibst hinter mir. Dämonen, du verstehst?"

Jetzt, wo es ernst wurde, schwand Emilys Mut. Im nächsten Moment würde sich ihr der Magen umdrehen. Duncan sah sie abschätzig an.

„Sei so nett und erledige das am Ufer, ja?"

„Wie einfühlsam", stieß sie mühsam hervor, während sie versuchte, ihre Nerven unter Kontrolle zu bringen. „Was hast du gedacht, wer dich hier begleitet? Ne Superheldin? Tut mir leid, dass ich dich enttäusche! Ich sollte gar nicht hier sein."

Mit einem raschen Schritt stand er genau vor ihr.

„Wieso haust du dann nicht ab? Du hast dich entschieden. Wenn du nicht einmal Verantwortung für deine eigenen Entscheidungen übernehmen kannst, hast du hier nichts verloren! Glaubst du etwa, ich habe Lust, meine Zeit zu verschwenden? Los, geh! Geh zurück nach Hause, das willst du doch! In dein tolles Leben! Sex, Drugs und Rock 'n' Roll!"

Sie starrten einander an, bis Emily blinzelte.

„Sex, Drugs und Rock 'n' Roll war im Mittelalter. Heute heißt es Rente, Botox und BMI."

„Was?"

Aller Ärger verschwand aus Duncans Miene. Er sah Emily an, als hätte sich ihre Haut grün verfärbt. Dann wich auch dieser Ausdruck und er seufzte.

„Hör zu: Ich weiß, dass du keine Superheldin bist. Aber du bist die Richtige. Ich wollte dich schon eher holen, aber Immo war so überzeugt davon, dich langsam mit allem vertraut zu machen, dass es viel, viel länger gedauert hat, als es sollte. Ich bin deshalb vielleicht ein wenig gereizt, aber das sollte eigentlich nicht dein Problem sein."

„Ich schätze deine Gabe der Erkenntnis."

„Es tut mir leid! Natürlich bist du nervös. Ich kann dir nicht erklären, was auf dich zukommt. Wir können auch keine Pläne machen. Das geht hier nicht. Es gibt keine Logik mehr für dich in naher Zukunft. Keine Logik und keine Physik, keine Gesetze. Dafür bin ich an deiner Seite und bleibe dort, was auch immer geschieht. Mein Name ist Sun Dèng Ken – mein wahrer Name ist Krieger. Mein Schwert ist jetzt einzig da, um dich zu schützen. Und jetzt gehen wir in dieses verdammte Wasser."

Erneut hielt er ihrem Blick stand.

„Wie pathetisch", erwiderte Emily. „Ich hoffe, du bist wirklich so gut."

„Geht's dir besser?", fragte er nur und ging weiter zum See. „Können wir?"

Sie atmete tief durch. „Warte!"

„Was?"

Erneut genervt drehte er sich zu ihr um.

„Danke."

Er wandte sich ab und ging wortlos weiter.

*

Das Wasser war da, aber es bot keinen Widerstand. Vor ihr verschwand Duncans Kopf in der Tiefe. Sie musste es ihm nur gleichtun.

Mit einem letzten Blick auf das Schimmern der Zwischenwelt tauchte Emily unter, ohne nass zu werden.

… und sah Holz.

Vor ihr erstreckte sich ein Wald riesenhafter, blattloser Baumgerippe, am Ende ihres Lebens versteinert und für die Ewigkeit bewahrt. Bizarre Knoten und freiliegende Wurzeln boten einen Anblick, durch den Emily sich in ein riesiges Kunstwerk hineinversetzt fühlte, ein Atelier teils vollendeter und teils in Arbeit befindlicher Skulpturen.

„Es gefällt dir", stellte Duncan neben ihr fest.

Sie schreckte zusammen. Die Gesichtszüge des Kriegers, seine ganze Körperhaltung hatten sich verändert. War er jemals zornig gewesen, ungeduldig, unverschämt? Jetzt stand er da, sein Schwert hing über seinem Rücken und er strahlte dieselbe Unerschütterlichkeit aus wie die Umgebung.

„Der Tod in seiner schönsten Form", sagte er und legte Emily eine Hand zwischen die Schultern, um sie vorwärtszuleiten.

„Ich hatte etwas anderes erwartet", erwiderte sie.

„Natürlich hast du das."

„Ich habe noch nie so viele tote Bäume auf einmal gesehen – sie sind so wunderschön! Sie wirken zusammen noch viel stärker."

„Ich glaube, vor allem hast du das erwartet, was du schon einmal gesehen hast. Aber wir sind hier in *meinem* Geist. Dieser Ort", Duncan unterstrich seine Worte mit einer Armbewegung, „hatte viele, viele hundert Jahre Zeit, zu dem zu werden, was er ist."

Er verstummte und wartete.

„Darf ich dir eine Frage stellen?", kam es langsam von Emily.

Duncan nickte. „Immo ist ein geiziger Gesprächspartner. Es gibt für uns in der Zwischenwelt keinen natürlichen Grund zu sterben, das ist das ganze Geheimnis. Keine Krankheiten. Unsere Körper verfallen nicht. Das heißt, wenn wir aufpassen und uns gegen spitze Gegenstände und Dämonen schützen, sind wir unsterblich. Keiner von denen, die du kennenlernen wirst, ist jünger als fünfhundert Jahre."

Sie taxierte ihn. „Ich hätte dich für jünger gehalten!"

Er lachte hell auf. „Das hoffe ich doch!"

Doch schnell wurde er wieder ernst. „*Dein* Selbst, Emily, ist noch jung. Es ist permanent verwirrt, sprunghaft – wie soll es da schon Formen bilden können? Woran sollte es sich festhalten? Es weiß ja noch nicht einmal, wonach es sich sehnen soll. Und das ist der einzige Grund für das Durcheinander, nichts sonst. Die Dämonen sind eine andere Baustelle, aber auch sie sind in einem jungen Selbst nicht selten. Ich schätze, dein Leben war bisher kein Spaziergang."

In seinen Worten lag so viel Verständnis, dass Emily unheimlich zumute wurde. Mit einem Male schien es doch nicht mehr so schrecklich, ihn an ihrer Seite zu haben. Lag es an diesem Ort? An der Harmonie hier?

Duncan lächelte. „Harmonie, das wäre schön."

Verfluchte Gedankenleserei!

„Eigentlich hatte ich Gouvernanten erwartet", sagte sie und reckte ihr Kinn nach vorn.

Wieder lachte er schallend heraus. Dann fasste er ihren Arm und drehte sie zu einer riesigen Wurzel.

„Wie auch immer – er ist keine Gouvernante, aber von ihm akzeptiert zu werden ist mindestens genauso unwahrscheinlich."

Zunächst regte sich nichts. Dann bewegte sich etwas, trat sehr zögerlich aus dem Schatten der toten Wurzel heraus. Ein Tier, kaum größer als ein Dackel.

„Ein Drache!", entfuhr es Emily. Unwillkürlich wich sie einen Schritt zurück. Der Drache fuhr zusammen, duckte sich und begann zu zittern. Er fiepte leise, und dieser herzzerreißende Ton eroberte Emilys Herz im Sturm. „Oh nein", wisperte sie und kauerte sich nieder. „Ich wollte dich nicht erschrecken, Kleiner!"

„Das ist Dàlóng." Duncan hockte sich zwischen sie und den Drachen. „Er ist schüchtern, aber glaube mir: Wenn er spürt, dass mir etwas geschieht, wird er zur Bestie. Komm schon her, Dàlóng!"

„Bestie, hm?" Emily betrachtete Duncan und den Minidrachen, der sich vor dem Krieger auf dem Boden wälzte und kleine Rauchwölkchen aus den Nüstern blies. Seine Schuppen funkelten rot und golden, die Schnauze war von seidigem, weißem Fell bedeckt. Behutsam streckte Emily ihm die Hand entgegen. Dàlóng hielt inne und streckte seinerseits den Hals, um an ihr zu schnuppern. Dann musste er niesen, und sein Gesichtsausdruck ließ Emily laut herauslachen. Sie war verliebt!

Ein wenig schwerfällig richtete sich der kleine Kerl auf und tapste zu ihr. Gleich darauf kuschelte er seinen Kopf an ihre Knie und sah sie aus schwarzen Knopfaugen an.

„Er mag dich!" Duncan klang erstaunt. Ein neuer, weicher Ausdruck war in seiner Miene erschienen. „Es scheint", sagte er schließlich und sprang auf, „dass uns wohl doch mehr Zeit bleibt, als ich befürchtet habe. Vielleicht war der Traumfänger doch nicht ganz von aller Intuition verlassen."

Ganz in der Nähe wuchs aus dem Nichts eine Blume aus einer toten Wurzel. Ein Schmetterling flatterte herbei und ließ sich auf ihr nieder.

„So viel zum Thema Klugscheißer", brummte Duncan.

„War das …?", begann sie, doch er unterbrach sie mit einer ungeduldigen Geste. Sein Gesicht verhärtete sich. „Das galt dir, ja", sagte er schroff und winkte ihr mitzukommen. „Immo passt auf, wie angekündigt."

Emily fühlte sich wunderbar leicht, als sie neben dem Krieger herlief, sich am Anblick der versteinerten Bäume ergötzte und Dàlóng beobachtete, der um sie herumflog.

„Lass uns ein wenig über Dämonen plaudern", sagte Duncan unvermittelt. „Ich nehme mal an, dass du mehr über die Situation wissen willst, in der du gelandet bist?"

„Auf jeden Fall." Emily sah ihn von der Seite an. „Hatte ich das nicht schon erwähnt?"

„Ich habe nicht immer Lust zu reden. Nutze es aus. Von deiner Mutter hat Immo dir inzwischen hoffentlich alles erzählt? Dann ist da noch diese andere Sache, die uns beunruhigt. Ein Dämon. Ein sehr mächtiger Dämon. In den alten Zeiten wurde er Balor genannt. Vor vielen Jahrtausenden gelang es früheren Wächtern, ihn in eine Festung mitten im Nichts zu verbannen, wo er seitdem keinen Schaden mehr anrichten kann. Kommt er jemals wieder frei, sähe das natürlich anders aus. Er ist ein echter Killer."

Scheinbar gedankenverloren zog Duncan sein Schwert vom Rücken.

„Es gehört zu meinen Aufgaben, an dieser Burg nach dem Rechten zu sehen. Ihre Mauern sind perfekt gebaut, das dachten wir zumindest. Seit einiger Zeit zweifle ich jedoch daran. Es kommt mir vor, als würde die Gegend auf einmal alle zerstörerischen Kräfte anziehen, die in ihrem Umkreis auftauchen. Dämonen rennen so lange gegen die Mauern an, bis sie sich ihre verdammten Schädel eingeschlagen haben. Das alleine können wir zwar kontrollieren, es richtet keinen wirklichen Schaden an … “

„Aber?“, fragte Emily ungeduldig.

„Rund um Balors Gefängnis geht etwas Merkwürdiges vor. Es ist nicht allzu lange her, da bin ich in einen Ansturm von Dämonen geraten, die als Armee angriffen. Das ist normalerweise überhaupt nicht ihre Art. Ich musste fliehen!“ Auf seiner Stirn stand eine steile Falte. „Was ich noch gesehen habe, ist, dass die Mauern der Burg schwankten.“

Heftig hieb er nach einem Ast am Wegesrand. „Und es ist sinnlos, es zu beobachten, wenn einem niemand glaubt!“

Der plötzliche Ausbruch war sofort wieder vorbei.

„Das verstehe ich jetzt nicht“, sagte Emily. „Du bist doch der Experte. Es ist dumm, dir nicht zu glauben.“

„Urteile nicht zu schnell.“ Müde strich er sich über die Glatze. „Ich habe mich aufgeführt wie ein blutiger Anfänger. Aber was mir viel mehr Sorgen macht, ist, dass wir es hier aller Wahrscheinlichkeit nach mit einer zweiten Kraft zu tun haben. Balor selbst ist ohne Verstand. Er würde es niemals schaffen, die Dämonen zu organisieren und sie sogar als Heer zu führen. Hinter dem, was jetzt passiert, steckt aber Methode. Ich habe Vergleichbares nie gesehen und auch nicht davon gehört.“

„Lange genug Zeit hättest du dafür ja gehabt.“ Emily fröstelte. „Das hört sich so an, als würde jemand versuchen, Balor zu befreien.“

„Und ihn zu benutzen, ja“, ergänzte Duncan. „Ein entfesselter Balor dürfte kein Spaß sein, wenn man den Legenden trauen kann. Ich für meinen Teil habe keine große Lust, die alten Geschichten auf ihren Wahrheitsgehalt zu prüfen.“

„Das ist es also? Ambrosias Wissen ist verschwunden, und ein mächtiger Dämon wird von jemandem befreit, dessen Identität ihr nicht kennt. Absurd, dass meine Mutter da mit drinhängen soll!"

„Kluges Mädchen." Duncans Tonfall veränderte sich nicht, aber sein Körper spannte sich und er hob das Schwert. „Würdest du bitte einen Moment lang bleiben, wo du bist?"

Das Licht wich zurück. Was blieb, war eine Düsternis, die auf der Lauer zu liegen schien. Dàlóng fiepte und flog nah an Emily heran. Sie bekam eine Gänsehaut.

*

In den Schatten der Bäume glühten Augenpaare, rot unterlaufene Gier. Schlagartig war die Luft erfüllt von kehligem Lachen. Eine Horde von übermannsgroßen Hyänen schälte sich ins Licht.

Es konnten keine echten Tiere sein: Diese hier waren schwarz – in Form gegossene Finsternis. Wie auf Kommando schwiegen sie und näherten sich langsam dem Krieger.

Duncan drehte sich im Kreis. Sein Schwert wurde zu seinem verlängerten Arm. Sein Körper spannte sich, bereit zum Sprung.

Der Kampf ging schnell. Ein verbissenes Knurren nach dem anderen erstarb unter dem Surren der Klinge. Als Duncan keine Minute später zwischen toten Leibern stand, atmete er vollkommen ruhig.

Bei Emily jedoch begann das Zittern erst. Sie war sich sicher, dass sie die Geräusche des schlachtenden Schwertes nie wieder aus dem Kopf bekommen würde. Es tröstete sie nur, dass Dàlóng sich an sie presste und erneut verängstigt fiepte. Bevor sie sprechen konnte, musste sie ihre Kehle freiräuspern.

„Lass mich raten. Das waren Dämonen, und als du vorhin sagtest, dass sie in einem jungen Selbst normal sind, war das nicht die komplette Version. Was machen die hier bei dir?"

Duncan stieß mit dem Fuß an eine tote Hyäne. „Das hier sind Aasfresser", sagte er und drehte sich zum Gehen. „Komm weiter."

„Warte!" Emily hielt sich die Nase zu und trat näher an die toten Dämonen heran. Obwohl ihre Körper aufgeschlitzt waren, floss weder Blut noch quollen Eingeweide hervor. Im Tod wirkten sie unwirklich, bizarr verformt. Im Zeitraffer zerbröselten sie und verschwanden.

„Ja, schau sie dir ruhig an!" Duncan kam an ihre Seite. „Die hier sind eher ungefährlich. Sie haben ein großes Maul, aber im Kampf sind sie träge und langsam."

„Das beruhigt mich nicht, wenn ich ehrlich sein soll. Ich fand sie ziemlich krass. Was sind denn dann gefährliche Dämonen?"

„Du meinst die wahren Gegner? Die tauchen in meinem Selbst nicht auf. Es gibt viele Spielarten, sie sind nicht alle nur aufs Fressen aus. Die wirklich mächtigen Dämonen haben andere Mittel, dich zu vernichten. Manche greifen einfach in deine Psyche hinein und treiben dich in den Wahnsinn."

„Fuck." Das hier ist kein Spiel – Immo hatte es gesagt. Bis zu diesem Moment war ihr nicht klar gewesen, was das bedeutete.

„Kannst du mich vielleicht doch besser nach Hause bringen?"

„Ungern", sagte Duncan. „Wenn wir scheitern –, wenn es uns nicht gelingt, das Wissen Ambrosias zurückzuholen, dann wird das Gleichgewicht der Welten zusammenbrechen. Was du hier eben gesehen hast, wird dir dann vorkommen wie die Erinnerung an die friedlichste Zeit deines Lebens."

Die Worte des Kriegers waren es nicht, die ihren Mut zurückholten. Es war eine unsichtbare Hand, die sanft ihre Wange streichelte. Es duftete nach Zitronen. Emily schloss die Augen. Vor sich sah sie ihren See, in dem funkelnde Blasen aufstiegen und lautlos zerplatzten.

Der Krieger hatte recht. Sie war hier, um eine Aufgabe zu erfüllen.

Als sie die Augen wieder öffnete, war es heller als zuvor und auch Dàlóng zeigte keine Angst mehr.

„Lass uns weitergehen!", sagte Emily.

Sie erntete einen anerkennenden Blick.

*

Die Leichtigkeit war aus ihren Schritten verschwunden, dennoch staunte Emily darüber, wie unbekümmert sie trotz der vergangenen Stunden blieb. Noch vor zwei Monaten war sie am Boden zerstört gewesen, weil ein Professor ihre Hausarbeit zerrissen hatte. Am Ende hatte sie eine Flasche an die Wand geschmissen.

„Du trägst eine besondere Kraft in dir, Emily. Ich schätze, bislang hatte sie noch keine Gelegenheit, ihr Potential zu entfalten."

Verfluchte Gedankenleserei!

„Wie meinst du das?"

„Ich bin mir nicht sicher."

Der Ernst in seiner Stimme weckte Emilys Neugier.

„Ich habe behauptet, dass Dàlóng weniger zutraulich ist als eine Gouvernante. Dir gegenüber wirkt das wie eine Lüge. Ambrosia mag dich. Sie braucht normalerweise eine lange Anlaufzeit, bevor sie jemanden in ihrer Halle schlafen lässt. Und Immo ..." Er stockte, als überprüfe er nochmal, was er sagen wollte. „Du kannst es nicht wissen, aber seine Laune hat sich gegenüber der Zeit davor um ein Vielfaches verbessert. Bevor er dich getroffen hat, hatten wir Angst, dass er depressiv wird."

Emily sah zu Boden. „Das klingt schmeichelhaft, aber ich weiß ehrlich gesagt nicht, was ich groß dazu beigetragen hätte. Oder findest du mich sonderlich nett? Das war bisher nicht mein Eindruck." Sie grinste. „Vielleicht bist du der Einzige hier mit dem richtigen Urteilsvermögen. Dich nerve ich hauptsächlich."

Duncan hustete gekünstelt. „Ich hatte dir erklärt, dass wir hier in meinem Selbst sind, oder?"

Ohne ihre Antwort abzuwarten, schritt er aus und ließ sie hinter sich. Der kleine Drache hatte sich auf ihrer Schulter niedergelassen und knabberte an ihrem Ohr.

*

Die Landschaft veränderte sich. Vor ihnen öffnete sich der Blick auf ein bewaldetes Tal, über dem bis zum Horizont dichte Nebelschwaden hingen. Der Duft der Bäume drängte den Hang hinauf. Trotz seiner Lebendigkeit fand Emily diesen Wald weit düsterer als die toten Kunstwerke zuvor.

Duncan blieb stehen und wandte sich ihr zu. „Unser Weg geht da durch. Das Tor zum Jenseits liegt hinter dem Wald. Nichts von dem, was uns begegnen wird, kann dir gefährlich werden, du kannst dich also entspannen. Das hier ist *meine* Baustelle, wie es so schön heißt. Alles, was du tun musst, ist, dich in meiner Nähe zu halten und Geduld zu haben. Dàlóng kommt übrigens nicht weiter mit. Sag Auf Wiedersehen."

„Och nö!" Enttäuscht sah Emily sich nach dem kleinen Drachen um. Er flog in halber Höhe neben ihr und gurrte leise. „Auf Wiedersehen heißt nicht Lebewohl", flüsterte Emily und stupste ihn zärtlich. Als sie zu Duncan sah, fand sie seine Miene ausdruckslos.

*

Die Atmosphäre des Waldes war die eines Sommertages kurz vor einem Unwetter. Vor ihnen öffnete sich ein breiter Weg, doch links und rechts davon hausten Schatten. Äste streckten sich aus dem Gehölz wie Knochenarme, die nach arglosen Wanderern griffen. Trotz Duncans Versicherung, dass ihr nichts geschehen würde, fühlte Emily sich bei jedem Schritt mehr, als würden ihre Füße in Bleischuhen stecken.

„Ich könnte ein wenig Sonne gebrauchen", murmelte sie. Etwas kitzelte in ihrer Hand. Sie sah eine leuchtende Kugel daraus hervorwachsen, die Wärme ausstrahlte und zuletzt über ihrer Handfläche schwebte. Es *war* eine Sonne, hosentaschenklein. Emily beobachtete, wie sie sich drehte, allmählich verblasste und verschwand.

Duncan räusperte sich. Der Bann brach. Emily entließ die angestaute Angst aus ihren Lungen und folgte dem Krieger.

*

Der Angriff kam von allen Seiten. Es war, als würde der Wald Ruß ausstoßen, doch dieser Ruß löste sich in Aberhunderte kleine Fledermäuse auf, die sich sammelten und in einer einzigen Welle auf Duncan stürzten. Wie auf Kommando ließen sie wieder von ihm ab und flatterten in loser Formation um ihn herum. Der Krieger war von Wunden übersät. Er sank auf die Knie und hielt die Arme schützend über den Kopf, während einzelne Tiere auf ihn hinunterstürzten und ihre blitzscharfen Zähne in ihn hineinschlugen. Sein Schwert lag auf dem Boden – was hätte er damit auch anfangen sollen gegen eine derartige Übermacht flügelschlagender Wesen?

Die ersten Fledermäuse krallten sich an seinem Körper fest und rissen rohes Fleisch heraus. Emily konnte sich weder bewegen noch den Blick abwenden. Sie spürte die Bisse der Tiere als ihr eigenes Entsetzen, das sich immer tiefer in sie hineinfraß.

Endlich richtete der Krieger sich quälend langsam auf – und schüttelte sich wie ein Hund, der aus dem Wasser kommt. Die Fledermausschar stob auseinander und floh zurück in die Dunkelheit.

Duncans Körper war vollkommen unversehrt. „Mistviecher", brummte er.

Emilys Anspannung wich. „Mistviecher?", stieß sie hervor. „Die haben dich bei lebendigem Leibe aufgefressen! Wie kannst du jetzt völlig unverletzt sein?"

Duncan musterte sie nachdenklich. „Wehgetan hat es schon", sagte er, hob sein Schwert auf und ging weiter.

„Hey!", rief sie ihm nach. „Ist es das, was du gemeint hast, als du zu Immo sagtest, du müsstest bezahlen für den Mist, den er gebaut hat?"

Er reagierte nicht.

„Du bist ja wahnsinnig! Und weißt du, was ich noch glaube? Du bist süchtig nach dem Scheiß. Du *brauchst* das alles hier!"

Vor Duncan erhob sich der Boden und formte eine verzerrte Teufelsfratze. Ein aufgerissenes Maul gab den Blick auf einen Schlund frei, in dem Feuer loderten. Der Gestank von Verwesung und verbranntem Fleisch raubte Emily die Sinne.

Duncan sprang hoch erhobenen Schwertes in den Feuerschlund. Der schloss sich und der Dämon verschmolz so schnell wieder mit dem Boden, wie er daraus aufgetaucht war. Der Krieger war verschwunden.

„Scheiße!", schrie Emily. Ihr erster Impuls riss sie zurück, doch dann stolperte sie vorwärts und betastete den Boden, in dem Duncan verschwunden war. Mit bloßen Händen versuchte sie, ein Loch zu graben. Wenn er dort verschüttet war, würde sie ihn finden!

Jemand packte sie, zog sie hoch und hielt sie fest. Der scharfe Geruch von Hirschhornsalz drang in ihre Nase und brachte sie zur Besinnung.

„Ich habe immer Angst, bevor ich diesen Weg gehen muss, immer. Wenn ich dann hier bin, verschwindet diese Angst, weil es an diesem Ort nichts gibt, das ich fürchten müsste. Immo weiß das, und er ist gnadenlos. Er kennt meinen Wahnsinn besser als ich selbst und *du* scheinst eine gute Schülerin zu sein. Aber süchtig bin ich ganz sicher nicht. Nicht nach dem Tod."

So plötzlich, wie er sie umschlungen hatte, ließ Duncan sie los. Emily stolperte einen Schritt vorwärts und fing sich wieder. „Verzeih' mir, ich wollte nicht …"

Der Krieger unterbrach sie mit einem ungeduldigen Wink. „Da gibt es nichts zu verzeihen. Du schlägst dich gut!"

Im Vorbeigehen tätschelte er ihr die Schulter. „Komm, es ist nicht mehr weit."

Emily beeilte sich, aufzuschließen.

„Riechst du immer so?", fragte sie, als sie ein paar Meter gegangen waren.

„Das ist eine reichlich intime Frage, findest du nicht?"

„Wieso? Es interessiert mich einfach."

„Was erwartest du? Ich bin ein blutrünstiger Irrer."

„Hör auf mich zu ärgern! Es ist eine einfache Frage. Schmetterlinge riechen nach Zitrone. Immo riecht nach dem Meer …"

Er blieb so abrupt stehen, dass Emily es erst gar nicht merkte.

„Immo hat gesagt, dass er nach dem Meer riecht?"

„Nein. Das habe ich selbst gerochen."

„Du hast gerochen, dass er nach dem Meer riecht?"

„Ja."

„Du hast ihm *gesagt*, dass er nach dem Meer riecht?"

„Ja doch!"

Duncans schwarze Augen ließen ihren Blick keinen Millimeter ausweichen.

„Was hat er dazu gesagt?"

„Was? Keine Ahnung. Sowas wie ‚Ich weiß'."

Der Krieger wandte sich ab und ging weiter.

„Ich glaube, das hat ihm gefallen", warf er über die Schulter zurück. Diesmal triefte seine Stimme vor Sarkasmus.

*

Der Wald zog sich von ihnen zurück und nahm einen Teil seiner Bedrohlichkeit mit.

„Was war das vorhin? Dieser Fratze, in die du reingesprungen bist?"

„Das?" Duncan überlegte kurz. „Das war ein alter Bekannter von mir."

„Der da wäre?"

„Menschen, die den Tod zu fliehen suchen, laufen ihm in den Rachen. Das hat ein verstorbener Freund von mir immer gesagt."

„Komm schon, rede mal Klartext."

„Es ist einfach: Entweder, du gehst dem Tod in aller Seelenruhe entgegen und wartest auf ihn, oder du läufst davon und nimmst ein scharfes Schwert mit."

Emily wartete, ob noch etwas kam. „Das ergibt keinen Sinn."

„Wirklich nicht?" Duncan sah mit unbewegter Miene nach vorne. „Verdammt."

Emily dachte noch einmal nach. „Es bedeutet, dass man sowieso sterben muss."

Er lächelte nur.

„Dies hier ist dein Selbst. Dàlóng gehört dazu, und er mag mich offenbar. Die Dämonen bedeuten auch etwas. War das grade der Tod?"

„Nein, das war natürlich nicht der Tod, ich bitte dich!"

„Angst vor dem Tod."

„Dichter dran."

„Die Fledermäuse …"

„Schmerzen", sagte Duncan nur.

„Angst vor Schmerzen."

„Nicht schlecht."

„Die Hyänen sind Aasfresser. Du hast dich darüber geärgert, dass du nicht ernstgenommen wirst …"

„Übertreibe es nicht mit deiner Psychologie."

„Sorry. Dann erzähl mir was darüber, was hinter der Pforte zum Jenseits passiert."

„Dann bist du mal an der Reihe", sagte Duncan munter und wich mühelos aus, sodass Emilys Hieb ins Leere ging.

Doch im nächsten Moment erstarrte er und hielt auch sie am Arm zurück. „Warte!"

Ein Stück weiter drang ein Leuchten durch den Nebel. Davor war die Silhouette einer schlanken Gestalt zu sehen.

„Bleib hier", sagte Duncan. „Setz dich hin und schließe die Augen, bis ich dir sage, dass du sie wieder aufmachen kannst."

Sie gehorchte widerspruchslos.

*

In der Dunkelheit hinter ihren Augen erschien ihr Wohnwagen. Sie selbst stand da, in farbverkleckster Kleidung, mit dem Pinsel in der Hand, verschwitzt, glücklich. Das war ihr Reich! Neben der Tür erblühte eine schneeweiße Lilie. Auf der anderen Seite wuchsen dunkelrote, duftende Rosen zwischen kräftigen Dornen. Eine Frauenstimme sprach:

„Kennst du schon das Märchen von Schneeweißchen und Rosenrot?"

*

Ein Schrei zerfetzte die Bilder und zerriss ihr das Herz. Gerade noch rechtzeitig erinnerte sie sich an Duncans Mahnung, die Augen geschlossen zu halten. Zitternd vor Schreck lauschte sie.

Ein Geräusch drang zu ihr und sie wünschte sich, sie hätte auch die Ohren zugehalten.

Duncan schluchzte.

Emily tastete sich in seine Richtung, bis sie seine Schulter berührte. Er erstarrte.

„Du solltest doch nicht ...", fing er an, doch Emily fiel ihm ins Wort.

„Meine Augen sind zu", sagte sie leise.

Sie hörte, wie er sich bewegte. Zwei Hände umfassten ihr Gesicht und ein schwieliger Daumen streichelte ihre Wange.

„Dann mach sie jetzt auf", flüsterte der Krieger. Sie sah in ein tränennasses Antlitz. „Was riechst du jetzt?"

Dort auf dem Boden lag Immo mit einer klaffenden Wunde in der Brust. Emilys Herz setzte aus, doch dann hörte sie eine Stimme aus ihrer Erinnerung.

Duncans Schwert ist scharf, aber es kann nichts töten, was auch nur einen Funken Lebenswillen in sich trägt.

Sie wusste, dass dort ein Dämon lag. Sie wusste, dass er nichts war als Duncans bildgewordene Angst. Doch die Beklemmung blieb.

Ein Duft drang in ihre Nase. Er kam von Duncan. Sie hatte gesehen, wie er kämpfte. Nichts an ihm wirkte schwach. Doch mit einem Mal hatte sie das Bedürfnis, ihn zu schützen. Sie verstand.

„Du liebst ihn."

Ein wenig Leben kehrte in Duncans Gesicht zurück, seine Augen trockneten.

„Lieben, begehren, verfluchen", flüsterte er. „Und wenn du dir selbst einen Gefallen tun willst, dann tu ihm niemals weh, hörst du!"

*

Auch dieser tote Dämon verschwand, ohne eine Spur zu hinterlassen. Ein leichter Wind strich durch die Bäume. Emily hörte wieder Vögel, der Nebel vor ihnen hatte sich gelichtet.

Der Krieger jedoch wirkte in sich gekehrt – Emily konnte es ihm nicht verdenken.

*

„Wir müssen rasten, bevor wir durch die Pforte gehen", brach der Krieger das Schweigen. „Du musst schlafen und ich muss dich noch auf Einiges vorbereiten."

„In Ordnung. Wo ist das nächste Gästehaus?"

Die Schritte neben ihr gerieten kurz aus dem Takt.

„Hier gibt es kein Gästehaus", sagte Duncan. „Wenn du Glück hast, findest du ein Stück Boden, der dir nicht dauernd in deinen süßen Hintern piekt."

„Ein Chauvi-Spruch? Ich hab schon auf der Straße geschlafen."

„Natürlich hast du das."

Emily grinste ihn von der Seite an.

„Du bist nicht zu fassen", ergab Duncan sich schließlich. „Wir sind auf einer ernsten Mission unterwegs, Mädchen, da gibt es nichts zu lachen."

Doch genau das tat sie, sie warf den Kopf in den Nacken und lachte. Lachte, bis sie sich den Bauch halten musste, ihre Augen überliefen und die Lungen um Luft bettelten. Der Krieger betrachtete sie mit einer Mischung aus Unglauben und Belustigung. Erschöpft wischte Emily sich die Tränen fort, als sie eine Bewegung bemerkte.

„Duncan!", flüsterte sie und deutete auf eine kleine Gestalt, die hinter ihm aus den Bäumen lugte. Langsam drehte er sich um.

Ein Kind stand dort, ein Mädchen, und beobachtete sie mit großen, neugierigen Augen. Es war kaum vier Jahre alt. Seine seidigen schwarzen Haare waren zu Zöpfen gebunden und es trug ein langes, buntes Kleid.

„Tian Shi."

Duncans Schwert fiel zu Boden. Er bückte sich und breitete die Arme aus. Über das ganze Gesicht strahlend sprang das Mädchen auf ihn zu und fiel ihm um den Hals. Jetzt war er es, der lachte. Er wirbelte die Kleine im Kreis und drückte sie an sich. Gemeinsam wandten sie sich schließlich Emily zu. „Tian Shi – das ist Emily. Emily – das ist Tian Shi. Ich habe sie hier seit einer Ewigkeit nicht mehr gesehen."

Das Mädchen musterte Emily. Dann verbarg es sich hinter Duncans Beinen.

„Sie mag dich", grinste der und zog es sanft wieder nach vorne. Emily konnte nicht anders als lächeln. „Sie ist bezaubernd! Hallo, Tian Shi – damit meinte ich dich."

Mit leuchtenden Augen blickte Tian Shi von einem zum anderen, dann zupfte sie den Krieger an der Hose und bedeutete ihm, ihr zu folgen.

„Süß, dass sie nicht spricht", sagte Emily, während sie mit den beiden zwischen die Bäume stapfte. „Ein bisschen schüchtern ist sie schon, oder?"

„Ich habe sie noch nie sprechen hören", sagte Duncan leichthin.

*

Die Lichtung war sonnenhell und moosbewachsen. Ein Bach plätscherte und Insekten flogen im blühenden Uferbewuchs. Um eine Feuerstelle lagen flauschige Decken.

„Nicht ganz ein fünf Sterne Hotel,", sagte Emily, „aber für eine Weile wird's gehen."

Duncan hatte sich bereits niedergelassen und versank in seiner konzentrierten Haltung. Leise legte sie sich daneben und schaute nach oben. Wieder spürte sie die Sonnenstrahlen, obwohl sie keine Sonne sah.

Tian Shi sprang derweil umher und summte vor sich hin. Es war eine hübsche Melodie, melancholisch und verspielt. Emily fielen die Augen zu. Bald hörte sie nichts mehr als die leise Kinderstimme.

Eine Decke hüllte Emily ein, als sie erwachte. Licht kam nur noch von einem knisternden Feuer, außerhalb seines Scheins war alles dunkel. Duncan wiegte das schlafende Kind auf seinem Schoß und lächelte Emily zu.

„Hast du geträumt?"

„Nicht, dass ich mich dran erinnern könnte", erwiderte sie.

Er nickte nur. Emily beobachtete die tanzenden Flammen.

„Hast du Hunger?", fragte Duncan schließlich. Emily verneinte.

„Umso besser", sagte der Krieger. „Dein Körper funktioniert hier anders als gewöhnlich."

„Wie eurer, meinst du? Muss ich hier nur essen, um Erinnerungen zu pflegen?"

Er antwortete nicht.

„Du willst was mit mir bereden, stimmt's?"

„Richtig" sagte Duncan.

Sie wartete.

„Deine Mutter und du – was hattet ihr für ein Verhältnis?"

Oh nein – nicht dieses Gespräch!

„Ich weiß nicht. Meistens war sie fröhlich, wir hatten eine Menge Spaß. Zumindest, bis mein Vater verschwand."

„Du willst nicht darüber reden."

„Ich habe es schon tausendmal getan. In der ersten Betreuung dachten die Sozialarbeiter, dass ich so aggressiv sei, weil ich mir die Schuld am Tod meiner Mutter gäbe. Sie dachten, wir hätten uns vielleicht gestritten, oder ich wollte mich selbst bestrafen, weil ich schlecht von ihr gedacht hätte."

„Und? Habt ihr?"

„Habt ihr was?"

„Euch gestritten."

Emily stockte. „Ja. An dem Morgen, an dem sie starb."

„*Ich verstehe*", hörte sie seine Stimme in ihrem Kopf, klar und deutlich. Sie sah ihn an und wusste, dass sie sich das nicht eingebildet hatte.

„Du wirst die Gedanken anderer nur dann hören, wenn du sie hören willst oder sie hören sollst."

Verschließe dich so viel du willst, Traumfänger.

Sie begriff.

*

„Habt ihr euch noch versöhnt?", fragte Duncan.

Sie hasste es, die Tür zu diesen Erinnerungen zu öffnen.

„Yep. Ich war aber trotzdem noch sauer auf sie."

„Manchmal geht das nicht so leicht. Kinder geben oft nach, bevor sie einen größeren Streit riskieren. Und Strafen."

„Ich weiß."

„War deine Mutter streng? Hätte sie dich bestraft?"

„Was bezweckst du mit diesen Fragen? Ich habe gar keinen Bock, darüber nachzudenken."

Er fixierte sie. „Du wirst, wenn alles so geschieht, wie wir uns das vorstellen, im Jenseits auf deine Mutter treffen. Wir wissen nicht, zu was für einem Wesen sie inzwischen geworden ist. Es kann sein, dass sie nach wie vor die Mutter ist, die sie für dich war. Dass sie sich Sorgen um dich macht und dich nur wiedersehen will."

„Bullshit", fiel Emily ein. „Ihr geht davon aus, dass sie Ambrosias Wissen gestohlen hat. Ich weiß ja nicht, für wen ihr meine Mutter haltet – aber ich finde den Gedanken abwegig, dass sie so eine komplizierte Mission aufzieht, nur um mich nochmal zu sehen. Ich meine ... sie war eine Mutter, aber doch keine andere Mutter als Millionen andere, die täglich sterben. Wieso sollte ausgerechnet sie auf eine so absurde Idee kommen?"

„Sehe ich genauso. Wahrscheinlich hat sie noch andere Motive. Und wahrscheinlich hatte sie Unterstützung. Wenn dem so ist, würde dich jedes Schuldgefühl ihr gegenüber angreifbar machen. Wie gesagt: Dämonen können in deine Psyche eindringen. Sie könnte versuchen, dich zu manipulieren, bis du dich nicht mehr erinnerst, weshalb du sie aufgesucht hast. Also nochmal. Fühlst du dich schuldig? Glaubst du, deine Wut war mit verantwortlich für ihren Tod?"

„Ich glaube das nicht, nein."

„In Ordnung. Jetzt wird es schwieriger. Was glaubst du *wirklich*?"

„Scheiße, bist du ein abgefuckter Psychiater?"

„Du wirst wütend."

„Ja, Herrgott! Das Thema nervt! Ich habe es zigmal mit zig Therapeuten durchgekaut. Ich bin jetzt erwachsen. Meine Mutter ist seit zwölf Jahren tot. Ich habe keine Schuldgefühle ihr gegenüber!"

„Du regst dich auf, weil ich einschätzen möchte, wie groß die Gefahr für dich ist? Verstehe."

„Was?" Irritiert strich sie sich eine Haarsträhne aus dem Gesicht. „Das stimmt doch gar nicht."

„Dann konzentriere dich mal darauf, könntest du das tun? Wir sind hier nicht in einer sinnlosen Therapiesitzung, zu der du entweder ja oder nein sagen kannst. Wir sind auf dem Weg in eine Situation, die unberechenbar und somit gefährlich ist. Ich muss wissen, worauf wir uns einlassen. Sei also verdammt nochmal ehrlich!"

Konnte er recht haben? Belog sie sich selbst?

„Ich weiß heute in jedem Fall, dass es Unsinn ist, den Unfall mit dem Streit in Verbindung zu bringen. Das ist magisches Kinderdenken. Es verlässt uns, wenn wir älter werden. Deshalb denke ich auch, dass ich glaube, was ich sage."

Nachdenklich sah er sie an, schließlich nickte er langsam.

„Du bist dir tatsächlich sicher. Ich vertraue darauf, auch wenn ein Risiko bleibt. Aber manchmal ist es wichtig, sich fürs Vertrauen zu entscheiden. Ich wünsche mir das für meine eigenen Urteile oft genug."

Im Feuerschein funkelten seine Augen noch dunkler als sonst. Emily erinnerte sich an den Streit zwischen Immo und dem Krieger. War es darum gegangen? Dass Immo Duncans Urteil nicht traute?

„Immo und ich sind uns ferner als früher, aber er verlässt sich immer noch auf mich. Meistens. Nein, es gibt noch andere Wächter. Du wirst sie kennenlernen, einer klüger als der andere. Keiner von ihnen hat gesehen, was ich an Balors Gefängnis sah!"

Er verstummte. Die Bitterkeit in seiner Stimme berührte Emily.

„Ich glaube dir", sagte sie behutsam. „Und ich werde achtsam sein. Obwohl ich eine scheiß Angst habe, dass ich es versaue."

Vorsichtig bettete Duncan Tian Shi auf das Moos, setzte sich zu Emily und legte den Arm um sie. Er war warm, viel wärmer als das Feuer.

„Alles, was du brauchst, findest du in dir. Tief hier drin", er legte seine Hand auf ihre Brust, direkt über ihr Herz, „weißt du alles, was du wissen musst. Dort herrscht kein Chaos, sondern Ordnung. Und außerdem wird Immo da sein und dich in dieser Realität halten. Er wird nicht zulassen, dass dir etwas geschieht – und ich ebenfalls nicht. Du bist nicht allein – vergiss das nicht."

Sie lehnte ihren Kopf an seine Brust. *„Schließ die Augen"*, erklang seine lautlose Stimme.

Eine Rose erblühte – ohne Dornen.

„Wann brechen wir auf?"

„Wann immer du bereit bist."

„Es soll erst wieder hell sein", flüsterte sie.

*

„Tian Shi, lass sie schlafen", hörte sie Duncan. Doch Tian Shis Lachen hatte sie bereits geweckt. Augenreibend setzte sie sich auf.

Noch jemand war auf der Lichtung, eine so erstaunliche Figur, dass Emily zunächst glaubte, sie träume. Ein alter Mann war es, mit schlohweißem Bart und ebensolchen Haaren. Er trug eine weite Beduinen-Tracht, schmutzig weiß und zerschlissen, zusammengehalten mit einer einfachen Kordel. Das Gewand eines Bettlers.

In seinen Händen hielt er einen Besen. Kleine Glöckchen waren an seinem Stil befestigt und läuteten im Takt.

Der Alte hüpfte und drehte sich über die Lichtung. Alle paar Schritte ließ er den Besen über das Moos gleiten, als wolle er den Boden fegen. Dabei lachte er und zog Grimassen in Richtung Tian

Shi, die ihm kichernd folgte und versuchte, seine Schritte und Hüpfer zu imitieren.

Emilys Blick riss sich los und suchte Duncan. Der Krieger saß in Mönchspose neben der Feuerstelle und hielt die Augen geschlossen.

„Duncan – wer ist das?"

Seine Miene blieb regungslos. „Ich habe nicht die leiseste Ahnung – am besten beachtest du ihn gar nicht."

Emily jedoch sah zurück zu diesem bizarren Schauspiel. Es schien ihr immer vertrauter zu werden, je länger sie zusah. Als der Alte sich mit tiefen Verbeugungen rückwärts ins Dickicht des Waldes zurückzog, war es ihr, als hinterließe er eine leere Stelle, die auch gestern schon da gewesen war, ohne dass sie sie bemerkt hätte.

Der Krieger öffnete die Augen und kam ebenfalls auf die Füße.

„Es ist Zeit", bestätigte Emily. Er nickte und ergriff Tian Shis Hand. „Wir müssen gehen, Kleines, aber wir kommen bald wieder."

Tian Shi fiel Duncan um die Beine und drückte sich an ihn. Dann sprang sie über die Wiese, pflückte in Windeseile einige Blumen und hielt sie Emily hin.

„Bitte bald", sagte Tian Shi und in ihrem Blick lag eine Traurigkeit, in die Emilys Herz sich einkuscheln wollte, um für immer spüren zu können, wie lebendig es war. Duncan sank auf die Knie und breitete seine Arme aus. „Endlich", flüsterte er. Noch einmal schmiegte Tian Shi sich an ihn, doch diesmal bedeckte der Krieger sie mit Küssen und streichelte ihr Gesicht, bevor er das Kind entließ, seine Wangen trocknete und aufstand.

„*Willkommen zurück.*"

Emily war sich nicht sicher, ob das an sie gerichtet war oder ob er mit sich selbst gesprochen hatte.

*

Sie stand neben Duncan vor einem leuchtenden Eisentor im Nebel. Die Strenge war ins Gesicht des Kriegers zurückgekehrt.

„Dahinter beginnt das Jenseits. Dort bist du genauso angreifbar wie ich. Außerdem wirst du nicht gerne gesehen sein, denn du hast einen lebendigen Körper. Denk daran, dass du dich zu jeder Zeit fallenlassen kannst, um zurückzukehren. Du bist besser ein lebender Feigling als eine tote Superheldin, vergiss das nicht! *Ich* bin die Superheldin, ich habe das Schwert und kämpfe die Kämpfe. Wenn dich jemand angreift und ich bin nicht da: Verschwinde! Tot ist schlimmer als Scheitern. Selbst wenn dies unsere einzige Chance sein sollte."

Tot.

Emily bemühte sich um einen tapferen Gesichtsausdruck.

„Worum es im Wesentlichen geht", fuhr Duncan fort, „ist Vertrauen. Wir müssen uns dort drin vertrauen, bedingungslos. Du tust, was ich dir sage, ohne zu widersprechen. Ohne Fragen zu stellen, verstehst du? Das ist deine Aufgabe, nichts sonst. Ich muss darauf vertrauen können, dass du mir vertraust und dass du ein bisschen einschätzen kannst, wie weit du dir selbst vertrauen kannst."

„Tust du das denn, mir vertrauen?"

„Sonst stünde ich nicht hier. Und du?"

Emily fand keine Zweifel in sich. „Ja", sagte sie, „ich vertraue dir."

„Gut."

Er schloss die Augen und horchte in sich hinein. Ein Schmetterling flatterte um seinen Kopf und ließ sich auf seiner Nase nieder.

„Eins noch."

„Ja?"

„Du bist klug. Hör auf damit."

„Wie bitte?"

„Ich meine das Denken. Hör auf, über alles nachzudenken."

„Wie soll ich das tun?"

„Ah?"

„Ernsthaft jetzt ... Das geht doch nicht."

Er zog sein Schwert. „Versuche es nochmal."

„Scheiße. Von mir aus."

„Es wird dir nicht schwerfallen."

„Nein, Sir."

„Ich werde jetzt dieses Tor öffnen. Du folgst mir hindurch, was auch immer passiert. Ohne mich kannst du hier nicht bleiben und das Tor schließt sich wieder."

„Ich habe verstanden."

„Ah?"

„Es interessiert mich gar nicht, ob ich das verstehe, ich mach es einfach so."

„Braves Mädchen."

„Hat Immo dir das eingeflüstert?"

„Hör auf zu denken!"

„Du sahst süß aus mit diesem Schmetterling."

*

Duncan trat einen Schritt vor und das Tor schwang wie von selber auf. Eine behaarte Klaue von der Größe eines Kleinwagens griff durch die Öffnung, packte den Krieger und zerrte ihn hinaus. Emily schrak zurück, doch sie hörte Duncan brüllen, und es klang nicht so, als sei er in Not. Zuletzt überzeugte sie sein „Komm verdammt noch mal her jetzt!". Sie erinnerte sich an ihre erste Pflicht und trat vor. Mit neugierig klopfendem Herzen wagte sie einen ersten Blick ins Jenseits.

*

Sie kam auf einem hohen Turm heraus. Vor ihr erhob sich ein gewaltiger Hügel, der aussah wie ein bunt marmorierter Wackelpudding. Er musste warten.

Duncan hing kopfüber in der Pranke eines affenartigen Monsters, das in zäher Langsamkeit nach ihm grapschte. Riesige Glubschaugen betrachteten das Zappeln und die zornigen Grimassen des Kriegers, der seinen Oberkörper immer wieder hochbog und zustach, ohne sichtbare Wirkung zu erzielen. Dabei fluchte er hingebungsvoll in allen existierenden und vielleicht auch erfundenen Sprachen. Grunzend hob das Monster ihn mal in die Höhe, mal drehte es ihn hin und her oder stupste einen beinlangen Finger gegen seine Brust. Als es sich jedoch anschickte, Duncans Kopf zwischen Daumen und Zeigefinger zu nehmen und daran zu ziehen, schrie Emily entsetzt auf.

Fluchend landete Duncan auf dem Boden, nur um sich wieder hochzurappeln und vor Emily zu werfen, denn der Grund für sein plötzliches Entkommen war, dass das Monster sich nun ihr zugewandt hatte. Es betrachtete sie wie ein verheißungsvolles neues Spielzeug. Emily schluckte. Sie war wirklich nicht mehr unsichtbar hier.

„Hau ab!", brüllte Duncan das Biest mit hochgereckten Armen und gebleckten Zähnen an. „Mach, dass du wegkommst, verzieh' dich, verschwinde! Na *los*!"

Mit dem letzten Wort rammte er sein Schwert kraftvoll in den haarigen Fuß. Endlich hatte er Erfolg: Der dumme Blick verklärte sich, Schmerz schien das Gehirn zu erreichen. Das Monster stierte Duncan sekundenlang an, dann flackerte Furcht in seinen Augen auf, es drehte sich um und floh – sprang einfach mit einem Riesensatz von dem Turm hinunter.

Emily stürzte zu dem Krieger und begann, ihn von oben bis unten abzutasten. „Bist du verletzt? Geht es dir gut? Was um Himmels willen war das für ein Ding?"

„Mir geht's gut", versuchte er sie zu unterbrechen. Als sie nicht reagierte, hielt er ihre fahrigen Hände fest. „Mir geht's gut", wiederholte er. „Es ist nichts passiert. Bitte pass auf, dass du nicht die Aufmerksamkeit auf dich lenkst, ja? Du erleichterst mir meinen Job dadurch nicht gerade."

„Ich wollte nur …", setzte Emily an, dann verstand sie. „Oh."

„Genau", nickte Duncan und schenkte ihr ein Lächeln. „Das dort war einer der Dämonen, die als Blockwart unterwegs sind. Sie halten nach Seelen Ausschau, die im Jenseits nichts zu suchen haben. Seelen, die noch an ihren Körpern hängen – wie wir. Obwohl wir hier natürlich durchaus etwas zu suchen haben. Verfluchte Erbsenhirne! Nichts als Fressmaschinen sind das, strohdumm und stur. Dass das Mistvieh ausgerechnet jetzt hier sein musste, war Pech. Gut, dass es sich dann doch noch an mich erinnern konnte, da hatte es wohl mal einen selten hellen Moment."

Endlich konnte Emily einen ausgiebigen Blick auf die Umgebung werfen. Als erstes fiel ihr auf, dass der Turm, auf dem sie standen, eher einem Hologramm glich als einem festen Gemäuer. Aber auch hier trug sie etwas, und sie verbot sich energisch jeden Gedanken daran, dass sie eigentlich fallen müsste. Der Wackelpuddinghügel entpuppte sich als Potpourri wild zusammengewürfelter Häuser, die alle Epochen und Kulturräume menschlicher Architektur abbildeten. Wolkenkratzer, Tipis, Blockhütten, Juchten, Iglus und Reihenhäuser drängten sich mit unzähligen anderen Bauten noch in den letzten freien Raum. Synagogen verschmolzen mit Kirchen und Moscheen, auf ihren Dächern kleine und große Tempel aller Religionen der Welt.

*

„Dies ist Tartarosia, die Stadt der wartenden Seelen. Dort liegt unsere erste Herausforderung."

Der Ernst in Duncans Stimme holte Emily zurück aus ihrer Faszination.

„Die Bauten dort sind ebenfalls Seelen. Sie sind etwas Besonderes, denn normalerweise hat totes Material keine Seele. Aber überall, wo Menschen wohnen oder beten, hinterlassen sie einen Teil ihres Selbst. Und das findet sich zuletzt hier."

Er führte Emily dichter an den Rand des Turms und deutete nach unten. „Siehst du die Bewegungen dort? In den Zwischenräumen? Das alles sind Seelen von toten Menschen."

Tatsächlich wimmelte es dort unten wie in der gut bevölkerten Haupteinkaufsstraße einer Großstadt an einem sonnigen Samstagnachmittag. Emily schauderte.

„Du hast recht, dich zu fürchten", sagte Duncan. „Diese Seelen sind uns nicht freundlich gesinnt. Sie hassen alles, was im Gegensatz zu ihnen noch einen lebendigen Körper hat. Deshalb sind sie hier – sie hängen an ihrem alten Selbst fest."

„Was machen sie mit uns, wenn sie uns kriegen?"

Duncan dachte nach. „Sie haben keine Gefühle mehr. Aber sie erinnern sich an Gefühle, und sobald sie jemanden spüren, der randvoll ist mit Leben und allem, was dazugehört, werden sie versuchen, dieses Leben anzuzapfen. Sie können ihre eigenen Gefühle nicht zurückholen – aber sie können von deinen naschen. Und wenn du das zulässt, werden sie dich aussaugen wie einen nassen Schwamm. Du vertrocknest und spürst nur noch Löcher in dir."

Emily roch mit einem Mal ihren eigenen Angstschweiß. „Na danke. Und wie bitte schön soll ich das verhindern?"

„Gar nicht", sagte Duncan. „Dafür reicht deine Erfahrung noch lange nicht." Er überlegte kurz. „Genau genommen hast du ja noch gar keine. Immo und ich werden das für dich übernehmen. Du", er sah sie streng an, „hörst auf zu denken."

„Das kann ich nicht!" Sie drehte Duncan so, dass sie sich seiner vollen Aufmerksamkeit sicher sein konnte. „Ich funktioniere so nicht. Du musst mir erklären, was passiert, und ich muss es verstehen. Ich kann nicht einfach vertrauen, das ist mir nicht gegeben. Dafür bin ich schon zu oft gefickt worden von Menschen, die mich eigentlich beschützen sollten. Es tut mir leid, wenn ich eine Enttäuschung bin – aber über diesen Schatten kann ich nicht springen."

„Hm." Sein Gesicht verzog sich unwillig, aber er nickte. „Ich schätze es, dass du ehrlich bist. Das ist für mich nie eine Enttäuschung, schlag dir das schnell wieder aus dem Kopf. Was wir tun werden, ist nicht schwer – aber es hört sich für dich vermutlich befremdlich an. Vielleicht auch nicht. Unsere Schwäche ist, dass wir vergessen haben, wie es ist, ganz ohne Vorwissen die Wege zu gehen, die für uns selbstverständlich sind."

„Verstehe. Also denkt ihr euch, dass ihr mich einfach unter die Arme klemmt und mitschleift wie eine Puppe?"

„Ah, das tut weh. Nein!" Duncan seufzte. „Verstand ist dir hier wirklich im Weg. Uns auch, glaub mir das bitte. Was wir tun werden, ist Folgendes: Du machst die Augen zu. Ich werde dich führen und Immo wird für dich deine Gefühle abschirmen."

Sie runzelte die Stirn. „Das kann er?"

„Ich hätte erwartet, dass du erst mal *mich* fragst, wie ich denn ohne Schaden durch diese Parasiten komme. Aber bitte … Traumfänger?"

Emily spürte ein Kribbeln, das sich von ihren Fingern bis zum Herz tastete. Sie schloss die Augen. Im Rücken spürte sie eine starke Wand.

Vor ihr stand Immo, ganz dicht, seine grünen Augen blickten in die ihren. Sie sog seinen Duft ein, spürte seinen Atem. „Ich passe auf dich auf."

So real wirkte er, dass sie einen Moment brauchte, um zurückzukehren.

„Vertraust du?", fragte Duncan leise.

Emily nickte.

„Dann los", sagte er, fasste ihre Hand und sprang.

Wie an Fallschirmen glitten sie hinab und landeten genau dort, wo ihre Sinne den Boden vermuteten.

„Wir müssen zum kleinen Stadttor, also dort entlang!" Duncan deutete nach vorn. „Wenn die Geister kommen, machst du die Augen zu, hörst du! Ich halte dich fest und führe dich. Du wirst sie spüren, aber sie können dir nichts tun. Versuche, nicht darüber nachzudenken, aber mach dir auch keinen Stress. Ich weiß, dass ich viel verlange von dir – aber ich will dich nicht mit dem Gefühlsleben einer Tomate zurückbringen."

Emily konnte nur noch nicken, nicht mehr sprechen. Mit jedem Schritt, den Duncan sie vorwärts führte, wurde ihr schwerer zumute. Alle Härchen auf ihrem Körper richteten sich auf. Sie konnte die Unruhe, die Gier und den Hass der toten Seelen schmecken. Und sie wusste, dass ihre Willenskraft sie im Stich lassen würde.

„Wie kommst *du* da durch?", fragte sie – ein letzter Versuch, sich abzulenken.

„Ich mache das ständig. Ich bin ein Mönch. Hör auf zu denken."

Es war so weit. Emily riss die Augen auf.

Der Geist einer alten Dame in einem langen weißen Nachthemd rauschte auf sie zu. Dort, wo ihre Augen sein sollten, waren tiefe, schwarze Löcher. Sie verzog ihr Gesicht, was zu ihren Lebzeiten vielleicht ein Lächeln ergeben hätte. Mit ihrer halben Gestalt drang sie in Emily ein und brabbelte unverständliche Worte. Es tat weh. Emily war, als würde ihr Innerstes mit nassen, eiskalten Tüchern abgerieben. Sie versuchte verzweifelt, die Alte und mit ihr die Kälte abzuwehren. Sinnlos. Schon drang ein zweiter Geist in sie ein. Zu dem Flüstern der Frau gesellte sich eine harsche, fordernde Stimme, auch sie nur eine Anreihung von Lauten, die mit Sprache so viel zu tun hatten wie Zementbrocken mit dem Taj Mahal.

Emily hörte ihren eigenen Schrei. Die Geister sogen ihn auf, stürzten sich voller Gier tiefer in sie hinein …

„Mach deine verfluchten Augen zu!"

Der Befehl traf sie wie ein Peitschenhieb. Sie riss die Arme hoch und verbarg ihr Gesicht.

*

Sie ging durch dichten Nebel, die geisterhaften Stimmen waren verschwunden. Jemand war bei ihr, jemand Warmes. Er brachte ihr tiefen Frieden. Doch dann wurde ihr Körper erneut in eisig nasse Handtücher gewickelt. Sie rang nach Luft. Kälter. Es wurde immer kälter. Und auch die Stimmen kehrten zurück, zischend, besessen von ihrem Verlangen.

Verzweifelt presste sie die Augen zusammen.

*

Kälte und Stimmen verschwanden. Sie stand bis zur Hüfte in einem Ozean. Vor ihr glitzerte eine Straße aus Licht bis zum Horizont. Nackt tauchte sie ins Wasser und schwamm los in Richtung Sonnenuntergang. Sie würde schwimmen, bis sie nicht mehr konnte, und sich dann sinken lassen, mit den letzten Strahlen des Tages untergehen.

Doch nein. Hier würde sie nicht versinken. Jemand hielt sie und sorgte dafür, dass sie sich ohne Anstrengung über Wasser halten konnte.

Immo war bei ihr.

*

Und jemand zog ihr behutsam die Arme vom Gesicht und schenkte ihr ein schwaches Lächeln. „Es ist vorbei, Emily. Alles ist gut. Du hast es geschafft."

„Nicht ich", murmelte sie. Der Taumel zwischen den Wirklichkeiten war anstrengend. Wo war ihr wahres Selbst, welche Welt war real? Das Meer oder das Grauen?

Nicht denken! Sie hielt sich an dem fest, was jetzt gerade da war.

Vor ihnen gab ein Tor den Blick auf einen Wirbel frei, der aussah, als würden alle Grautöne der Welt in ihm verrührt. Eine Riesin stand davor, in den Händen ein flammendes Schwert, dessen Strahlen sie umhüllte wie ein Mantel.

„Keine Sorge", sagte Duncan. „Sie tut nichts."

Emily schaute noch einmal zurück. Sie standen auf einem Hügel jenseits der Stadt. Von hier aus wirkte Tartarosia fast schön, doch die Erinnerung an die Kälte ihrer Bewohner war noch zu frisch. Fröstelnd wandte Emily sich ab.

„Du siehst ja grässlich aus!", entfuhr es ihr, als sie Duncan ansah. Sein Gesicht war blass und wirkte um Jahre älter. Ein seltsamer, fast irrer Glanz lag in seinen Augen.

„Danke", erwiderte der Krieger und zog eine Grimasse. „Es waren ganz schön viele diesmal – du bist ein potenter Magnet in deiner jugendlichen Unschuld."

„Du hast schon wieder alles abgekriegt!"

Sein Lachen klang bemüht. „Natürlich, ich *bin* dein Wächter. Es ist Sinn der Sache, dass ich das abfange, was dir schaden will. Du", fügte er hinzu und sah sie ernst an, „wirst deine Kraft noch brauchen. Zum Beispiel jetzt. Wenn wir da durchgehen, Emily, wirst *du* uns weiterführen. Deine Instinkte werden den Kontakt zu deiner Mutter als erstes aufnehmen. Ich habe ein Tor gewählt, das uns in ein Gebiet führt, in dem uns wenig Gefahr drohen sollte. Vorerst brauchst du also nicht in Panik zu geraten. Ich sage dir aber rechtzeitig Bescheid."

„Du tust es schon wieder! Bezieh mich ein, hörst du? Tu nicht so, als hätte ich keine Ahnung von gar nichts!"

Duncan räusperte sich. „Nun – genau so ist es aber. Du willst das nicht hören, ich kann das verstehen. Aber es ist so."

Ruhig wartete er, bis Emilys Zorn verrauchte. „Wir sind im Jenseits", fuhr er dann fort. „Ich bewege mich hier seit 1800 Jahren, aber mehr als eine grobe Karte ist dabei nicht herausgekommen. Und auch die gilt nur für meine eigenen Wege. Wenn du irgendwann mal alleine hier sein solltest, wirst du dich nach dem, was du heute siehst, nicht mehr richten können. Es verändert sich ständig. Orientieren kannst du dich ... nach Gefühl. Im Laufe der Zeit entwickelst du Instinkte, die dir helfen, die Umgebung hier zu lesen.

Im Grunde sind es nur Ahnungen, die uns führen können, verstehst du das? Können wir jetzt weiter?"

*

Emily folgte Duncan durch das Tor. Der Wirbel wich zur Seite wie ein Vorhang. Gemeinsam traten sie in eine Landschaft, die so märchenhaft grünte und blühte wie die Fantasie eines romantischen Malers. Es war ein Bild, das man im Schlafzimmer aufhängte, weil man sich ein wenig dafür schämte und es insgeheim doch liebte.

Keine einzige Pflanze, kein Baum und keine Blume kamen Emily bekannt vor.

„Das sind die Seelen ausgestorbener Pflanzen."

Ein leises Plätschern lockte sie zu einer Quelle. Emily verspürte mit einem Male Durst – so viel Durst, dass sie glaubte, kaum noch genug Feuchtigkeit im Mund sammeln zu können, um ihn zu öffnen. Sie sank auf die Knie und hatte sich schon fast Wasser in den Mund geschöpft, als Duncan sie von hinten packte und zurückriss.

„Mädchen!", raunzte er. „Hast du den Verstand verloren?"

Ihr Durst war so schnell verschwunden, wie er gekommen war.

„Vergiss die Frage", fügte Duncan etwas friedlicher hinzu. Einige Schritte von der Quelle entfernt sank er auf die Knie. „Du bist hier nicht in deiner eigenen Welt. Hier trinkst du weder Wasser noch Wein oder Champagner und du isst auch nichts, egal ob du es findest oder angeboten bekommst. Ich sagte dir schon, dass ich dich nicht mit dem Gefühlsleben einer Tomate zurückbringen will."

„Oh Mann." Emily schüttelte ungläubig den Kopf. „Die ganze Zeit erzählst du mir, dass es eigentlich unnötig ist, mir was erklären zu wollen, und wenn es mal wichtig wäre ..."

„Ich weiß, ich weiß." Müde winkte er ab. „Ich brauche eine Pause, es tut mir leid. Die verfluchten Parasiten haben mir mehr zugesetzt als sonst. Jetzt setz dich endlich!"

Doch Emily stand da wie eingefroren. In ihrem Kopf rauschte es. Unverständliche Wortfetzen durchzuckten dies Rauschen wie ein Radio im Sendersuchlauf. Die Umgebung begann zu flackern. Ihr Gleichgewichtssinn taumelte.

Etwas näherte sich: ein Zischen. Wie eine Peitsche sauste es auf sie zu …

„Sssssssssss … *spring!*", knallte der Befehl in ihren Geist und setzte ihren Körper unter Strom. Mit einem Schlag klärte sich ihr Kopf und nur noch am Rande sah sie in das entsetzte Gesicht des Kriegers, der bereits in die Höhe schnellte.

Doch es kümmerte sie nicht. Sie fiel und wurde durch den Boden gesaugt. Alles verschwand in einem grauen, wirbelnden Tunnel. Sie beschleunigte. Schneller, immer schneller, bis zu einem Punkt, an dem das Bewusstsein sie verlassen wollte und ihre Haut sich vom Körper lösen.

Dann schwebte sie regungslos.

Hatte sie selbst angehalten oder war der Raum um sie herum stehengeblieben? Alles war schwarz, es machte keinen Unterschied, ob sie die Augen schloss oder nicht.

Erst Sekunden später holte ihr eigener Schrei sie ein.

*

Duncans Blick stand ihr wieder vor Augen. Sein Entsetzen. Hier war etwas schiefgelaufen. Entsetzlich schief.

Sie war allein.

Und alles Reden von Schutz und Führung wurde zur Farce.

Sie wurde ohnmächtig.

*

Als sie zu sich kam, sprang die Schwärze sie an. Emily fand keinen Halt, weder für die Augen noch für sonst einen Sinn. Nichts verriet ihr, ob sie sich bewegte, ob sie schwebte, ob sie lag oder stand.

Sie wollte rufen, doch ihre Stimme verlor sich, noch bevor sie ihren Mund verlassen hatte. Sie dachte an ihren Wohnwagen und versuchte, ihren Körper dazu zu bewegen, sich fallenzulassen.

Es funktionierte nicht.

„Immo! Duncan! Wo seid ihr? Wo bin ich? Helft mir!"

Nur diesen stummen Schrei sandte sie mit aller Kraft auf den Weg.

*

Er wird nicht zulassen, dass dir etwas geschieht – und ich ebenfalls nicht. Du bist nicht allein ...

*

Ein spöttisches Lachen erklang in Emilys Kopf.

„Das haben sie dir gesagt, nicht wahr? Dass sie dich beschützen würden und auf dich aufpassen."

Ihre Augen fanden Halt, endlich! Eine Frau trat aus der Dunkelheit und kam auf sie zu. Eine Frau, immer noch so vertraut, dass Emilys Eingeweide sich verknoteten.

Plötzlich erinnerte sich ihr Körper daran, wie er sich bewegen musste. Helena Spring schritt wie auf festem Boden, und sogleich meldete sich Emilys Überzeugung, um ihr mitzuteilen, dass sie ebenfalls stehen konnte.

Ihre Mutter war bei ihr, schön und stark, ohne Anzeichen von Schwäche, kein bisschen durchscheinend wie die Geisterseelen in Tartarosia.

„Sie haben dich getäuscht, um ihre Ziele zu erreichen." Helenas Mund bewegte sich nicht. *„Das ist ihre Art, ich musste es auch schon feststellen. Aber hierhin können sie dir nicht folgen. Selbst der Traumfänger erreicht dich hier nicht."*

Sie legte ihren Kopf schief und musterte Emily. *„Was geht in dir vor, mein Kind? Geht es dir gut?"* Sie streckte die Arme aus, ihre Lippen bewegten sich und Worte hallten klar und deutlich in Emilys Ohren:

„Es tut mir leid. Du musst sehr enttäuscht sein. Sie sind ungeheuer charmant. Zum Verlieben. Aber Emily – mein Kind! –, wie schön ist es, dich zu sehen! Endlich, endlich bist du da."

„Mein Kind?", hörte Emily sich erwidern. Sie trat einen Schritt zurück. Alles in ihr wollte fliehen und zugleich zu ihrer Mutter stürzen, sich in ihre Arme werfen und hemmungslos weinen.

Die Freude wich aus Helenas Blick.

„Du traust mir nicht. Ich bin tot, nicht wahr? Wie kann ich hier sein? Oh Emily ... Es ist so viel Zeit vergangen! Schau dich an, du bist erwachsen! Wie konnte ich bloß glauben, dass du mich einfach so akzeptieren würdest?"

Wie sehr sie sich selbst belogen hatte! Nichts war vergessen, gar nichts. Der Kloß in Emilys Kehle glitt tiefer und band sich auf ihren Magen, schwer wie ein Mühlstein. „Stimmt, Mama. Ich bin erwachsen. Und du warst nicht da."

Tränen erstickten ihre Stimme, doch sie zwang sich dazu, sie hinunterzuschlucken. Immer noch wollte sie sich nicht entscheiden, den Schritt nach vorne zu wagen. Doch ihre Mutter kam auf sie zu und streckte eine Hand nach ihr aus. Emily tauchte in ein Bad aus Erinnerungen. Bilder von ihrem Zuhause, ihrem gemeinsamen Leben, vom Esstisch und der bunten Blechdose, gefüllt mit Kakao.

Dort war der Toaster, der nur noch die Stufen „angewärmt" und „verbrannt" kannte. Blumen standen auf dem Tisch, ein Strauß rote Tulpen. Hinter dem Fenster blühte der Apfelbaum.

Sie war dort, sie waren beide dort. Die Dunkelheit war endgültig verschwunden, die Zeit hatte sich zurückgedreht. Es war früher, und alles war real.

Sie standen in der Küche.

Wie in Trance ging Emily die wenigen Schritte um den Tisch herum zu dem Schrank neben dem Herd. Ihre Hand zitterte, als sie einen kühlen Griff berührte und die Schublade aufzog. Da lag sie.

Die rote Brille.

Ihre Gläser waren ganz, waren noch nicht bei dem Sturz auf den Steinfußboden zerbrochen, damals, an dem Tag, als sie mit der Sozialarbeiterin durch die Wohnung gegangen war, um nach Dingen zu suchen, die sie als Andenken mitnehmen wollte.

Sie starrte auf ihre Hand. Dort war keine Narbe von jener Scherbe, an der sie sich bei dem Versuch, das kaputte Glas ganz aus dem Gestell zu drücken, geschnitten hatte.

Sie fuhr herum, als sie ein Maunzen hörte. Kleopatra sprang auf den Tisch – ihre wunderschöne graue Katze Kleopatra – und breitete sich dort aus wie ein dickes, schweres Lexikon. „Lies' in mir", schienen ihre Augen zu sagen.

Emily streichelte das weiche Fell und spürte die Wärme des lebendigen Körpers.

„Wie ist das alles möglich?"

Das ist es nicht, flüsterte etwas in ihr. *Es ist vollkommen unmöglich, und das weißt du!*

Aber sie wollte dies Unmögliche so sehr, dass dieser Wunsch wuchs und wuchs, bis er alles andere zur Seite drängte – bis nur noch Schmerz war.

„Katzen", sagte ihre Mutter. „Sie haben ihre eigenen Geheimnisse."

Kleopatra schmiegte sich an Emilys Hand und schnurrte behaglich, als sie sie hochhob und sich mit ihr auf den Stuhl setzte, auf dem sie früher schon immer gesessen hatte.

Helena setzte sich gegenüber. Minutenlang sahen sie einander einfach nur an. Emily kraulte die Katze. Ob all dies wieder verschwand, wenn sie die Frage stellte, die ihr auf der Zunge lag? Doch konnte Wirklichkeit einfach so verschwinden?

„Erzähl mir von dir", sagte Helena unvermittelt. „Wie ist es dir ergangen, Liebes? Wo haben sie dich untergebracht, als ich weg war? Hast du es gut getroffen? Bei Gott, ich habe mir all die Jahre nur gewünscht, dass es dir gutgeht!"

Emily sah in diese grauen Augen, mitten hinein in eine Traurigkeit, die sie schon als Kind wahrgenommen, aber nie gesehen hatte. Sie räusperte sich. „Ja", sagte sie, und entschlossener: „Ja! Ich habe es sehr gut getroffen, wirklich! Eine sehr nette Familie hat mich aufgenommen. Sie haben selbst vier Kinder, stell dir das vor! Auf einen Schlag so viele Geschwister – du weißt, dass ich mir immer Geschwister gewünscht habe. Und sie hatten zwei Hunde und ein Pony. Hühner. Es war so lustig, Mama, jeden Morgen hat der verdammte Hahn gekräht! Kannst du dir vorstellen, dass ich ihm manchmal gerne die Gurgel umgedreht hätte?"

Sie lachte, als ihre Mutter lachte. „Inzwischen wohne ich nicht mehr da, aber sie unterstützen mich noch. Ich bin jedes Wochenende bei ihnen, Tattis Kuchen ist der beste. Ach so – Tatti nenne ich meine Pflegemutter. Sie hat nie erwartet, dass ich Mama sage oder so. ‚Du hattest eine Mama, und die kann ich nicht ersetzen', das hat sie gesagt."

Emilys Augen brannten bei dem Versuch, nicht zu blinzeln. Sie hielt dem Blick ihrer Mutter stand, diesem traurigen Blick, der jetzt von Rührung überschwemmt wurde und trotzdem trocken blieb. *Siehst du nicht, dass ich lüge, Mama? Ich habe schon immer gelogen.*

„Ach, schön", sagte Helena. „Wie wunder-, wunderschön!"

Emily wollte über den Tisch hinweg die Hand ihrer Mutter greifen, aber Helena stand wieder auf, holte zwei Gläser aus dem Schrank und drehte das Wasser an der Spüle auf.

Emily fasste sich ein Herz.

„Hast du Ambrosias Wissen gestohlen?"

Mit dem Rücken zu ihr nickte Helena. „Deshalb haben sie dich geschickt. Ich wusste, dass du das fragen würdest."

Sie war nicht wütend. Sie hatte diese Frage erwartet.

„Ja", sagte sie, „ich habe es getan und ja, mir hat jemand geholfen."

Was die anderen vermutet hatten. Helena machte keinerlei Anstalten, es zu leugnen. Sie drehte den Wasserhahn zu und schaute aus dem Fenster.

„Mama?" Emily registrierte kaum, dass Kleopatra von ihrem Schoß sprang. „Wer hat dir geholfen? Mama?"

Endlich wandte Helena sich wieder um.

„Entschuldige", sagte sie und lächelte unsicher. „Was ich dir erzählen werde, hört sich vollkommen absurd an. Ich weiß nicht, ob du mir glauben wirst oder ob du alles missverstehst. Wäre ich an deiner Stelle, wäre ich mir auch nicht sicher. Außerdem weiß ich nicht, wie weit du schon in den Bann von Immo, Ambrosia und diesem – schrecklichen Kerl geraten bist, den sie den Krieger nennen."

„Duncan?" Emily zog die Augenbrauen hoch. Ihre Haut kribbelte. „Ich kenn die doch kaum. Lass es einfach drauf ankommen. Bitte!"

„Es war dein Vater."

Der Satz traf Emily verzögert, doch dann glich er einem Hammerschlag.

„Jeremy ist tot."

„Das haben wir gedacht, Emily, ja. Und als ich in diesem Auto saß und wusste, dass ich sterben würde, war meine erste Sorge, ob ich ihn jetzt wiedersehen würde." Sie schlug die Hände vors Gesicht. „Ich fühle mich so schrecklich, dass ich dir das erzähle! Ich hätte zuerst an dich denken sollen! Bis heute, Emily, frage ich mich, ob ich damals stärker hätte kämpfen können. Um mein Leben, darum, bei dir zu bleiben …"

Mit einer unwirschen Handbewegung unterbrach sie sich selbst. „Aber das braucht uns jetzt nicht zu kümmern. Es ist gutgegangen, du musstest nicht leiden."

Hatte sie das wirklich gesagt – sie, ihre Mutter? *Du musstest nicht leiden.* Wenn Emily sich jetzt bewegte, würde sie von innen heraus aufgeschnitten und verbluten.

Helena beugte sich zu ihr hinüber. „Dein Vater fand mich, als ich im Jenseits war und darauf wartete, wieder zurückkehren zu können, um dich zu finden. Er fand mich, und er war vollkommen anders als die Seelen der Toten, diese grässlichen Schatten. Er war eine Person aus Fleisch und Blut. Kannst du dir vorstellen, wie mich das aufgewühlt hat?"

Emilys Kopf fühlte sich an, als sei er mit Watte gestopft. „Es muss krass gewesen sein", hörte sie sich sagen.

„Oh, das war es! Und warte nur, bis du seine Geschichte hörst! Er war lange Zeit im Inneren Australiens. Dort freundete er sich mit einem alten Schamanen an und lernte von ihm die Kunst, sich den Blicken des Todes und seiner Wächter zu entziehen und im Jenseits zu wandeln. Viele Jahre hat dein Vater nichts getan als alles Wissen in sich aufzunehmen und nach einem Weg zu suchen, die Sterblichkeit zu überwinden. Er hat es geschafft! Und inzwischen …"

Helenas Stimme überschlug sich vor Begeisterung. „Inzwischen ist er stark. Stärker, als du oder einer der Zwischenweltler es jemals glauben würden. Er ist stark, und mit der Hilfe einiger Freunde bereitet er ein Geschenk für die ganze Erde vor. Ambrosias Wissen ist uns dabei behilflich. Und jetzt bist auch du hier und wir bleiben für immer zusammen!"

Helenas Worte rauschten in Emilys Ohren. Etwas stach in ihren Finger, wie ein Dorn. Ohne es richtig zu bemerken, steckte sie den Finger in den Mund. Blut.

„Was für ein Geschenk?", fragte sie.

Helena Spring stand auf und griff erneut die zwei Gläser. Sie zögerte, als sei ihr etwas eingefallen.

„Wie hat Immo Traumfänger dich eigentlich gefunden? Er sagte zu mir, dass er es nicht kann. Ich habe ihm geglaubt."

„Hm?"

Emilys Blick war abgelenkt. Ein Schimmern glitt um den Kopf ihrer Mutter, eine kaum sichtbare Kugel, die jetzt, da Helena neben dem Fenster stand, in regelmäßigen Abständen ein fahles Licht reflektierte.

Draußen schien der Mond.

„Eigentlich bin eher ich in ihn hineingestolpert", sagte Emily.

Helena lachte verächtlich auf. „Ganz der Showman. Ich wette, er hat dich mit seinem Charme übergossen. Ich weiß inzwischen Geschichten über ihn, du würdest staunen!"

Nachts am offenen Fenster bitte ich den Mond, hineinzukommen …

Emily blinzelte. Ihr wurde schlecht.

Sie sah, wie ihre Mutter den Wasserhahn an der Spüle öffnete und erst das eine, dann das andere Glas füllte. War es Einbildung oder verzerrte sich ihre Gestalt für den Bruchteil einer Sekunde?

„Trink, Liebes!", sagte sie.

Wie in Zeitlupe bewegte sie sich auf Emily zu. Ihre Lippen öffneten und schlossen sich, doch die Worte, die sie sprach, hatten einen anderen Rhythmus.

„Weißt du noch, dass ich dir damals das Märchen von Schneeweißchen und Rosenrot erzählen wollte? Dein Vater wird der Welt Abbadon schenken. Wir können uns auch einen Kakao machen."

Der Drang, die Augen zu schließen, wurde übermächtig. Da war ihr Bett, in ihrem Wohnwagen, weiß bedeckt, darauf lag eine Rose.

Sie wird hier auf dich warten.

Ein Teil von Emily erwachte.

In dem Moment, als Helena sich zu ihr beugte, um das Glas auf den Tisch zu stellen, schnellte Emilys Hand nach vorne und griff nach der schimmernden Kugel.

Das Glas fiel zu Boden. Sein Klirren wirkte wie eine befreiende Ohrfeige.

Emily war wieder vollständig sie selbst und starrte in die Knochenfratze einer verwesenden Leiche.

Die Küche war fort. Eine entsetzliche Kälte fuhr in Emily hinein und ließ zuerst ihr Herz und dann ihren Körper gefrieren. Sie fiel nach hinten.

Fiel.

Und fiel.

Wieder schien die Finsternis undurchdringlich, doch unmittelbar, bevor Emily aufschlug, brach aus dem Schwarz ein Himmel und er war übersät mit Sternen.

Der Aufschlag traf sie unvorbereitet. Er presste alle Luft aus ihren Lungen. Das Wasser unter ihr öffnete sich und verschluckte sie. Schnell umhüllte sie die Kälte der Tiefe. Ihre Bewegungen versagten, ihre Gedanken verschwammen. Nichts war mehr wichtig. Es war vorbei. Es war ihr egal.

Schon drang Wasser in ihre Lungen. Bunte Lichter tanzten für sie. Dann störte ein Fleck dieses schöne Bild. Er war hell und wurde immer größer.

Ihr Kopf stieß durch die Oberfläche des Sees.

*

Jemand zerrte sie an die Luft. Ein greller Schmerz schoss durch ihre Lungen, als ihr Reflex zu atmen mit dem herausbrechenden Wasser kämpfte.

Luft!

Emily prustete und spuckte, während sie zum Ufer gezogen wurde, wo ein zweites Paar Hände sie griff und auf festen Boden hob.

Sie musste sich an etwas erinnern. Etwas war wichtig!

Jemand nahm ihr Ambrosias Wissen aus der Hand. Die Kugel! – „Ich habe die Kugel", flüsterte sie und wollte sich zurückfallen lassen in die Geborgenheit der bunten Lichter.

„Emily! Bleib wach! Nicht ohnmächtig werden!", hörte sie von weit her eine Stimme.

War noch jemand da außer ihr selbst, hier, in dieser Dunkelheit? Aber sie sollte nicht denken. Nicht denken – dann würde alles gut.

Sie wurde in die Höhe gehoben, getragen. Sie verbarg das Gesicht an einem Hals und sog einen Duft ein. Die Schärfe der Anstrengung, eine wundervolle Süße, das Salz des Meeres.

Sie war zu Hause.

Im Wohnwagen stieß Immo die Tür zum Bad auf und ließ sie auf den Toilettensitz gleiten. Er kniete vor ihr nieder und begann, Schuhe und Strümpfe von ihren Füßen zu zerren.

„Kannst du dich ausziehen? Emily? Du bist klatschnass und eiskalt. Ist diese Dusche warm?"

Er kam Emily vor wie eine Erscheinung, vom Himmel geschickt. Sie saß da und starrte ihn an, während ihre Zähne klapperten und ihr ganzer Körper zitterte. Wie wunderschön er war!

„Emily? Wird dieses Wasser warm?"

Was wollte er nur von ihr?

Immo öffnete den Duschhahn und hielt prüfend seine Hand darunter, kurz darauf resignierte er.

„Du musst unter die Decke."

Allmählich füllten sich seine Worte mit Sinn. Unter die Decke, ins Bett: Wärme. Ja.

Sie war zu schwach für eine Antwort, aber sie versuchte ihre Finger unter Kontrolle zu bringen, um aus diesen Eiswasserklamotten herauszukommen.

Gleich darauf schoben zwei warme Hände die ihren zur Seite.

„So wird das nichts. Entschuldige bitte – darf ich?"

Immo kniete vor ihr und zog ihr T-Shirt, Hose und Unterwäsche aus.

Er führte sie zu ihrem Bett und half ihr dabei, sich hinzulegen. Dann breitete er die Decke über ihr aus und stopfte sie fest. Doch die Kälte wurde nicht weniger.

Sie würde nicht weichen, sondern sie immer fester umklammern, gnadenlos und tödlich. Vergessen! Ihre Mutter hatte sie vergessen. Ihre Mutter war weggegangen, um für ihren Vater zu sterben.

Für wen würde sie jetzt sterben?

„Oh verdammt!" Wem gehörte diese Stimme doch gleich? Sie hörte sich besorgt an. Ob sie für *sie* sterben dürfte?

Die Decke wurde angehoben und jemand glitt hinter ihr ins Bett. Sie spürte glühende, lebendige Haut an ihrem Rücken und Arme, die sich schützend um sie schlangen.

Die Kälte schwand.

Immo. Er hieß Immo.

Sein Atem traf ihren Nacken, ein warmer Hauch, der sich in ihr ausbreitete und ihre Gedanken beruhigte. Jetzt konnte sie fallen – doch nicht mehr in Dunkelheit, sondern in einen tiefen Schlaf.

*

Langsam tröpfelte ihr Zeitgefühl zurück, kehrten die Sinne wieder. Sie spürte Immo nach wie vor dicht hinter sich. Wie lange lagen sie schon so? Es fühlte sich gut an.

„Ich wusste es", murmelte sie.

„Was wusstest du?"

„Dass du mich nur ins Bett kriegen wolltest."

Seine Arme versteiften sich, doch nur für einen Moment. Dann grub er seine Zähne in ihre Schulter und biss zu – fest genug, dass sie aufquiekte.

„Willkommen zurück, du freche Person."

Sie drehte sich zu ihm und hatte die passende Antwort schon auf der Zunge. Sein Blick brachte sie zum Schweigen.

„Was willst *du* denn?", fragte er leise.

Ohne auch nur einmal nachzudenken zog sie ihn an sich und küsste ihn. Seine überraschten Lippen wurden weich. Emily drückte ihn auf den Rücken und stützte sich über ihn. „Das fragst du mich ernsthaft, Herr Gedankenleser?"

„Nein", sagte er und barg ihr Gesicht an seiner Brust. Heftig pochte sein Herz. Er streichelte ihren Rücken, bis sie sich entspannte.

„Ich habe schon lange nicht mehr mit jemandem geschlafen", gestand er ihr endlich. „Und das ist auch nicht mein Plan."

„Ich nehme es zur Kenntnis", sagte sie und küsste ihn abermals.

„Emily ..."

„Sei einfach still. Denk nicht nach."

Noch einmal löste er sich von ihr und sah sie an. Sie entdeckte einen neuen Ausdruck in seinen Augen. Entschlossen setzte er sich und zog sie auf seinen Schoß.

Offenbar hatte er seinen Plan geändert.

*

„Du hast Narben", stellte Immo fest, als sie entspannt nebeneinander lagen und er mit zartem Finger Muster auf ihre Haut malte.

„Stören sie dich?"

„Nein", sagte er rasch, bevor er zögerte. „Ich weiß, was das ist."

„Ist länger her."

„So alt bist du noch nicht, als dass es lang genug her sein könnte."

Emily schwieg betroffen. Sie wollte widersprechen, aber seine
Anteilnahme legte sich wie ein schweres Gewicht auf ihre Brust.
Wollte sie sich wirklich weiter selbst belügen? So, wie sie sich vorgelogen hatte, über den Tod ihrer Mutter hinweg zu sein?

„Du brauchst mir nichts erklären", sagte Immo leise. „Ich trage
deine Geschichte längst hier." Er legte eine Hand auf seine Brust.
„Und ich habe mir vorhin, während du schliefst, auch angesehen,
was du als Letztes erlebt hast."

Emily drehte sich auf den Rücken. „Es war ein ziemlicher Scheißtag. Aber Ambrosias Wissen habe ich zurückgebracht, stimmt's?"

Sein Finger spielte jetzt mit ihren Locken. „Ich würde nicht sagen,
dass es nur ein einziger Scheißtag war."

„Was meinst du damit?"

„Du warst eine ganze Woche weg."

Sie versuchte, diese Information zu greifen. „Das kann nicht sein.
Dann wäre es ja ... Ich habe doch nicht geträumt, oder? Eine Woche
irgendwo im Koma gelegen und irrsinnige Sachen gesehen?"

„Schön wär's. Aber diese unterschiedliche Zeitvorstellung
kommt vermutlich daher, dass du in einer anderen Dimension
warst. Ich konnte dich nur sehr, sehr schwer finden." Ärgerlich
wedelte er durch die Luft, als wolle er die Worte vertreiben. „Es ist
im Moment nicht wichtig. Oder besser, nichts, worum du dich sorgen müsstest – das tun andere schon."

„Ich hatte das Gefühl, dass Duncan auch ziemlich überrascht
war."

Die Miene des Traumfängers verfinsterte sich. „Das kannst du
laut sagen."

„Geht es ihm denn gut? Oder fühlt er sich furchtbar?"

Immo betrachtete sie gedankenverloren. „Weiß nicht recht", sagte er. Kaum merklich spannte sich sein Körper, er schlüpfte in seine Hose und setzte sich weg von ihr auf den Sessel. „Komm rein, Krieger", rief er. „Sie fragt nach dir."

„Kann ich mich vielleicht auch erstmal anziehen?", protestierte Emily, doch Duncan trat schon in den Wohnwagen, zaudernd wie ein Eindringling und mit ernstem Gesicht. Ihr kam es vor, als hätte sie ihn vor einer Ewigkeit zuletzt gesehen. Sie hatte mit ihm gelacht, ihn verletzlich gesehen, im Kampf bewundert und Angst um ihn gehabt.

Und nun stand er tatsächlich da und machte sich Vorwürfe.

Alles andere war unwichtig. Sie beeilte sich, zu ihm zu kommen.

„Mir scheint du kannst eine Umarmung vertragen, alter Mann!"

Im ersten Moment stand er da wie versteinert, doch dann legte auch er die Arme um sie. Der Ernst wich aus seinem Gesicht, als er sie musterte.

„Es ist verdammt gut, dich zu sehen, Emily. Vorhin sahst du noch so aus, als wärst du tot."

„Nur k.o.", erwiderte sie. „War alles ein bisschen anstrengend."

Über ihre Schulter hinweg tauschte Duncan einen Blick mit dem Traumfänger.

„Was wissen wir?", fragte er und setzte sich auf Emilys Bett.

Immo runzelte die Stirn.

„Die ganze Geschichte ist merkwürdig, aber das Seltsamste für mich ist der Teil, in dem es um Emilys Vater geht, diesen Jeremy Spring. Wenn Helena sich das nicht aus den Fingern gesogen hat, dann haben wir gewaltig etwas übersehen, Krieger."

„Wir ist gut", brummte Duncan. „Würdet ihr mich aufklären bitte? Ich habe mich wie ein Gentleman benommen und *nicht* in Emilys Erinnerungen herumgestöbert."

„Es war wichtig", sagte Immo nur, seine Miene wurde hart. Duncan hob abwehrend die Hand. „Schon gut, entschuldige."

„Entschuldige dich bei Emily."

„Spinnst du – wofür das denn?", entfuhr es der.

„Genau dafür!" erwiderte Immo zornig. „Fängst du jetzt wieder damit an, Duncan?"

„Nein." Der Krieger schien zu ruhig. „Ich habe mich unglücklich ausgedrückt. Es tut mir sehr leid. Können wir uns bitte um die wichtigen Dinge kümmern?"

„Ich würde ja", sagte Emily rasch. „Wenn ihr mich lasst, kann ich erzählen."

Einmal mehr lag eine Spannung zwischen den beiden in der Luft, die ihr fast schon gestaltlich vorkam.

Dann legte sich Immos Wut. „In Ordnung", sagte er.

*

Emily pausierte nur, um sich etwas anzuziehen. Dass sie splitternackt in Gesellschaft von zwei Männern war, von denen nur der eine mit ihr geschlafen hatte, amüsierte sie lediglich kurz. Während sie ein T-Shirt aus dem Schrank kramte, dachte sie schon wieder an die letzte Szene mit ihrer Mutter.

„Am Ende war es komisch, sie schien verwirrt. Irgendwie ferngesteuert. Sie hat mit diesem Märchen angefangen, mit Schneeweißchen und Rosenrot. Wie in den Bildern, die du mir geschickt hast, Immo: Schneeweißchen und Rosenrot. Das war die letzte Geschichte, die sie mir erzählt hat vor ihrem Tod."

„Warte!"

Es war das erste Mal, dass einer der beiden sie unterbrach. Immo beugte sich zu ihr. Er sah alarmiert aus.

„Ich habe dir keine Bilder von einem Märchen geschickt. Wann soll das gewesen sein?"

„Als …", Emily stockte. „Nun, ich schloss die Augen und sah meinen Wohnwagen, die Rosen, die Lilien. Es war eine Erinnerung an den Tag, als ich ihn gestrichen habe – ein sehr schöner Tag. Und am Schluss hörte ich meine Mutter sprechen."

Immo sank im Sessel zurück und schloss die Augen.

„Was geschieht hier?", flüsterte er tonlos.

Er saß da, als hätte ihn jemand ausgeschaltet. Emily wagte nicht, ein Geräusch zu machen.

Lange war es vollkommen still, dann endlich regte Immo sich.

„Niemand ändert einfach so Bilder, die ich jemandem schicke. Und im Gedächtnis des Traumfängers gibt es keine Erinnerungen an manipulierte Träume. Emily …", er hob beschwörend seine Hände, „bitte erzähle mir Genaues von den Träumen, die du hattest, bevor du in die Zwischenwelt kamst. Ich muss mehr darüber erfahren."

„Natürlich tu ich das. Obwohl …", sie wühlte ihr Traumtagebuch aus der Schreibtischschublade hervor. „Ich habe sie aufgeschrieben, du kannst sie lesen."

Sie reichte ihm das Büchlein und zuckte entschuldigend mit den Schultern. „Ich erzähle nun mal nicht jedem gleich von meinen Träumen."

Immo nahm das Buch, schlug es auf und vertiefte sich hinein. Die ersten Seiten überflog er nur, doch dann gelangte er zu der Stelle, an der Emily die Begegnung mit dem Blumenverkäufer in der Bahnhofshalle schilderte. Er runzelte die Stirn, schien jetzt Wort für Wort zu lesen, ebenso bei den folgenden Aufzeichnungen.

„Ich kann das nicht glauben." Er starrte Emily an.

„Was meinst du? Ich hab mir das nicht ausgedacht."

„Hast du nicht? Um Himmels willen, guck nicht so! Ich weiß, dass du nichts davon erfunden hast. Aber es wäre mir lieber."

„Du sagtest, dass es im Gedächtnis des Traumfängers keine Erinnerung an manipulierte Träume gibt. Wie lange bist Du denn schon Traumfänger?"

„Wie lange ich was?" Es schien zu dauern, bis ihre Worte zu ihm durchdrangen. „Ich meinte die Seele des Traumfängers. Das ist, was alle hier ausmacht, die Du kennenlernen wirst. In unseren Körpern wohnen alte Seelen – zum Teil ur-, uralte Seelen – und die des Traumfängers ist eine der ältesten. Sie lassen unsere Körper unsterblich werden, wenn wir uns zu ihnen bekennen. Und dann gibt es kaum noch einen Weg, das rückgängig zu machen."

Duncan bewegte sich unruhig.

„Keine Sorge", sagte Immo leise. „Ich mache das jetzt schon seit 2400 Jahren."

Er schwieg, als müsse er dieser Zeit erst einmal selbst nachspüren, nachdem er sie laut ausgesprochen hatte.

„Das ist auch für einen toten Wald alt", sagte Emily.

„Ich bin viel jünger als er", warf Duncan ein. „Auch wenn mein Rücken mir manchmal älter vorkommt."

Immo nickte. „Für dich ist das im Moment unvorstellbar, Emily. Vielleicht ändert sich das. Worauf es jetzt ankommt, ist, dass es noch nie vorgekommen ist, dass jemand anderes als der Traumfänger Träume geformt hätte. Manipuliert."

Emily war nicht überzeugt. „Wie kannst du dir so sicher sein? Das ist eine Menge Zeit. Bist du gleichzeitig ein Superhirn?"

„Mitnichten", lächelte Immo. „Auch hier gibt es andere Formen des Wissens. Erinnerung steckt nicht nur in deinem Kopf, sondern in jeder Körperzelle. Und in der Seele. Eine Verbindung zur Seele zu haben, so wie ich – wie wir -, bedeutet, sich erinnern zu können."

„Eine Art hypomanischer Juckreiz", sagte Duncan. „Er schlägt auf alles Mögliche durch."

Immos finsterer Blick streifte ihn. „Ich wusste bis gerade nicht, was genau es war, das mich gestört hat. Intuition braucht einen Anker in der Realität, um Sinn zu erhalten."

Immo stellte sich vor Emilys Schreibtisch und deutete auf die Weltkarte.

„Ist das dein Vater?"

Vorsichtig löste er das Foto und betrachtete es, berührte die glatte Oberfläche.

Neben Emily setzte Duncan sich auf. Seine Muskeln spannten sich.

„Traumfänger?"

Immo ließ das Foto fallen und krümmte sich. Ein ersticktes Gurgeln drang aus seiner Kehle. Doch bevor Emily reagieren konnte, richtete er sich schon wieder auf.

„Wenn das Jeremy Spring ist, dann haben wir ein Problem", sagte er. „Wir müssen zu Ambrosia. Es wird Zeit, alle Wächter zusammenzubringen."

„Was ist bloß los mit euch?"

Immos Erleichterung darüber, dass Duncan vorgegangen und den Wohnwagen wieder verlassen hatte, war zu offensichtlich.

Doch er schüttelte nur den Kopf. „Davon ist nichts geheim. Du wirst die Geschichten noch hören. Aber nicht jetzt, jetzt haben wir dafür keine Zeit. Wir müssen los." Er streckte Emily die Hand entgegen. „Wir gehen durch dein Selbst, du musst also vortreten."

„Durch mein Selbst?" Erschrocken wich sie zurück. „Sorry, aber dafür bin ich noch nicht wieder bereit. Ich hatte gerade genug Abenteuer. Es ist gefährlich dort!"

„Unsinn. Ich bin doch auch noch da."

„Und wo ist dein Schwert?"

Die Bilder des Übelkeit erregenden Durcheinanders tauchten in ihr auf. Und mittendrin *ihre* Dämonen, nicht die eines anderen.

„Du hast ja Angst."

„Was du nicht sagst! Und zwar nicht nur vor meinem Selbst", gab sie zu. „Ich frage mich, wieso du so heftig auf das Bild meines Vaters reagiert hast."

„Intuition."

Sie wartete.

„Und Resonanz." Sein Blick wollte sie wohl vom Weiterfragen abhalten, aber sie dachte nicht daran.

„Er ist mein Vater. Ich denke, dass ich ein Recht darauf habe, als Erste zu erfahren, was du für Vorstellungen entwickelst."

„Da ist was dran", sagte er. „Du hättest ein paar mehr Erklärungen verdient, aber es ist schwierig, über etwas zu sprechen, das einem genauso selbstverständlich ist wie Atmen. Ich kann dir nur sagen, dass ich Menschen spüren kann und mich nicht anstrengen muss, um ihr Wesen zu erkennen. Es hat nichts mit den Träumen zu tun, die ich ihnen schicke … es ist einfach ein Wissen, das da ist. Sofort, wenn ich in ein Gesicht sehe."

„Hältst du ihn für böse?"

„Es war schmerzvoll, ihn zu betrachten. Als sei er von großem Leid umgeben. Und von dunkler Macht." Er zögerte kurz. „Und er fühlte sich nicht an wie eine tote Seele."

„Dann hat meine Mutter die Wahrheit gesagt? Er hat einen Weg gefunden, seine Sterblichkeit zu überwinden."

„Jedenfalls ist er nicht tot, dessen bin ich mir sicher. Nicht tot im normalen Sinne. Es tut mir leid."

„Du brauchst dich nicht entschuldigen. Ich wollte es wissen. Er ist *mein* Vater!"

„Ich weiß. Entschuldige."

„Mein ganzes Leben gerät gerade aus den Fugen."

„Es tut mir leid!"

„Halt die Klappe." Sie ging zu ihm und küsste ihn. Seine Nähe wirkte besser gegen die Angst als Worte.

„Ich brauche dir gar nichts zu erklären", flüsterte er ihr ins Ohr. „Du verstehst mich besser, als du denkst."

Emily sah ihn an. Eine Bitte lag in seinem Blick. Behutsam strich sie ihm eine Haarsträhne aus dem Gesicht. „Ich verstehe, was du meinst, wenn du sagst, dass du Menschen schnell lesen kannst. Ich kann das oft genug selbst. Ich vertue mich aber auch manchmal."

„Seltener, als du denkst, vermute ich."

„Ich habe dich anfangs für einen irren Spinner gehalten."

Immo lachte und löste sich von ihr. Zielstrebig ging er zum Schrank neben ihrem Schreibtisch und holte eine leere Weinflasche heraus.

„Die hast du aufgehoben."

„Naja. Sie ist von 1897." Entschlossen nahm sie ihm die Flasche aus der Hand, platzierte sie auf ihrem Nachttisch und stellte die Rose hinein, die er ihr geschenkt hatte. Immo beobachtete sie, dann klatschte er in die Hände. „Gehen wir? Langsam wird es wirklich Zeit."

„Aber ich will immer noch nicht."

Er seufzte. „Wir schauen einmal rein und dann entscheidest *du*, ob wir weitergehen, in Ordnung?"

*

Der Wechsel in die Zwischenwelt kam ihr inzwischen nicht schwieriger vor als der Sprung über einen schmalen Graben. Sie ließ sich fallen in das, was immer noch ihr Wohnwagen war, nur weiß und schimmerig. Immo öffnete die Tür zum inzwischen vertrauten Nebel.

„Nach dir."

Sie tastete sich an der Tür entlang, die Stufen hinunter …

Vor ihr öffnete sich eine riesige Kuppelhalle. Die Wände waren mit Mosaiken verziert. Im Zentrum stand ein fünfstufiger, runder Brunnen, Mittelpunkt eines Steinmandalas, das den Boden bedeckte. Vom höchsten Punkt der Halle aus fiel ein Lichtstrahl auf eine Kristallkugel an der Spitze des Brunnens und brach sich in allen Farben des Regenbogens. Das einzige Geräusch war das Plätschern des Wassers.

„Willkommen zuhause." Immos Stimme klang belegt.

All die Lichtpunkte, die durch die Luft tanzten. Die Stille, die sie mit weit offenen Armen einlud. Emily musste es laut hören, in die Leere des Raums hinein. „Das ist mein Selbst?"

„Das ist dein Selbst."

Sanft schob er sie nach vorne. Sie legte den Kopf in den Nacken und ließ den Anblick der gewaltigen Kuppel auf sich wirken.

„Keine Dämonen da", war der Gedanke, der als Erstes wieder den Weg aus ihrem Mund fand. Immo lachte. „Die dürften hier schwer Zugang finden."

„Letztes Mal waren sie da."

„Vergiss diese Erinnerung. Du warst noch nicht wach."

„Machst du Witze? Ich habe jetzt noch Adrenalin im Blut von dem Schreck."

„Das meine ich nicht."

Er war ihr vollkommen zugewandt. Sein Blick hielt sie so gefangen wie der Zauber der Lichtspiele zuvor. „Wo sind deine Erinnerungen jetzt?", fragte er leise. Sie wollte ihn auslachen. Was zur

Hölle meinte er schon wieder? Aber seine Miene ließ das nicht zu. Er trat näher.

„Wo ist die Frage hin, die ich dir eben gestellt habe?"

Seine Fingerspitzen streichelten ihr Gesicht. „Seit wann stehe ich schon hier und ist all das Wirklichkeit, was wir in den letzten Stunden miteinander hatten?"

Er wollte eine Antwort. Er wollte sie so sehr, dass ihr Herz zu platzen drohte. Doch was? – Was nur sollte sie darauf sagen? Was erwartete er von ihr?

„Was ist *hier*?", fragte er, noch leiser, noch drängender, und tippte auf ihre Brust.

Tief hier drin weißt du alles, was du wissen musst.

„Jeder Schritt ein Neuanfang", flüsterte sie und fasste nach seiner Hand. Immo drückte sie so fest, dass es wehtat. „Verzeih' mir", sagte er und ließ sie los. Hinter seiner Erschöpfung fand Emily Zufriedenheit.

Sie selbst fühlte sich leer – als ob etwas aus ihrem Inneren fort sei. Doch sie wusste gleichzeitig, dass sie es nicht vermissen würde.

„Was hast du mit mir gemacht?"

„Gar nichts." Erneut griff er nach ihrer Hand, diesmal behutsam, und drehte Emily zu einer hölzernen Flügeltür. Das Relief einer Waage verlief quer über beide Hälften.

„Dort geht es zu Ambrosia. Du wirst noch andere Türen hier finden, wenn du bereit bist, sie zu öffnen. Oder dich daran erinnerst, dass sie existieren."

Ihr Blick war offenbar Frage genug.

„Dieses Selbst hier ist für mich nur noch eine Bestätigung, Emily. Was genau deine Aufgabe diesmal sein wird, weiß ich nicht – aber deine Seele ist definitiv schon öfters in einem Körper gewesen. Und du kennst mich."

„Ach ja?" Sie stellte sich vor ihn, der Flügeltür den Rücken zugewandt. „Im Moment kenne ich gar nichts mehr, so kommt es mir vor. Mich nicht, dich nicht und ganz sicher keine Seele, die vorher schon in jemand anderem gesteckt hat. Machst du das mit Absicht? Willst du mich mental irgendwie aufbauen oder so? Das dumme

Menschlein darauf vorbereiten, dass es sich auf etwas einlassen muss, was ein einfacher Mensch gar nicht schaffen kann?"

Er runzelte die Stirn. „Ich weiß nicht, wie man Menschen zu einem bestimmten Zweck benutzt. Und ich bin auch kein Schauspieler. Es gibt nur eine Wahrheit und die kennst du."

„Ihr sagt das so leicht. Ich habe nicht das Gefühl, dass ich diese Wahrheit kenne, von der du sprichst. Ich kenne mich selbst nicht mal wirklich."

„Willkommen im Club", sagte er düster. „Wobei ich dir vergewissern kann, dass Selbstzweifel auch nur den Gezeiten unterworfen sind. Ich habe mich in den Jahrhunderten, die ich in diesem Körper verbracht habe, schon zigmal verloren und wiedergefunden." Es lag Traurigkeit in seiner Stimme.

„Und ist bei dir grade Ebbe oder Flut?", fragte Emily.

„Sag du es mir."

Tausende Jahre alt war das Kind, in dessen Antlitz sie plötzlich blickte. „Ich kenne dich noch längst nicht ganz", sagte sie. „Aber das wird sich ändern, ich verspreche es dir. Meine Antwort lautet Flut. Und du bist ja doch ein Schauspieler", fügte sie hinzu, als sein Blick wankte.

Vor ihrem inneren Auge erschien eine offene Tür, doch im nächsten Moment wurde sie von unsichtbarer Hand zugeschlagen. Immo zog Emily heftig in seine Arme und schwieg so laut, dass ihre Ohren dröhnten.

*

Gegenüber der Tür, dort, wo sich schon bei Emilys erstem Besuch die Einrichtung ständig geändert hatte, standen vier Personen bei einem ovalen Tisch. Nur Duncan eilte ihnen entgegen.

„Na endlich! Man kann sich ja nicht mehr sicher sein, dass Leute hier nicht einfach verschwinden."

Immo stutzte, dann schweifte sein Blick suchend durch den Raum. „Brenda ist nicht hier."

„Ich kann sie nicht finden! Entweder hat sie sich völlig verschlossen oder ..." Duncan verstummte.

„Ach Sun!" Immo streckte die Hand aus, zog sie jedoch im letzten Augenblick wieder zurück. „Du kennst sie doch, sie wird zu tun haben und will nicht gestört werden. Ich schicke ihr eine Nachricht, wenn es dich beruhigt."

Emily hätte nicht damit gerechnet, aber der Krieger entspannte sich und schenkte ihr sogar ein Lächeln, bevor er sich auf den Weg zum Tisch machte.

„Schön, dich zu sehen", warf er ihr über die Schulter zu.

„Ist ja nicht so lange her diesmal", erwiderte Emily. Ambrosia kam zu ihr und umarmte sie.

„Ich freue mich so, dich zu sehen! Du hast einen fantastischen Job gemacht, meine Liebe!"

„In der Tat", kam eine schneidende Stimme vom Tisch. „Im Gegensatz zu unseren beiden Versagern hier. Schön, dass jetzt auch der andere sich endlich bequemt, hier aufzutauchen."

Ein Mann hatte gesprochen. Er wirkte einerseits um die 30 Jahre alt, andererseits sah er aus, als sei er aus der Zeit gefallen in seinem braunen, spitzenbesetzten, golddurchwebten Gehrock. Er saß so gerade, dass sein Oberlippenbart einer exakt ausgerichteten Wasserwaage glich.

Sein Blick galt dem Traumfänger.

Der schien unbeeindruckt, bis durch seine Stimme die Kälte drang.

„Patricius! Mal wieder schlecht geträumt?"

Mit der Anmut einer Katze, die sich auf ihre Beute stürzt, sprang er auf den Tisch, genau vor Patricius. Der schreckte zurück und hob abwehrend die Hände.

„Wen meinst du mit Versager?" Immo tat einen Satz zurück und setzte sich auf einen Stuhl.

Die Gesichter im Raum erstarrten.

„Wenn du deine unsägliche Unhöflichkeit für einen Moment abstellen würdest, Patricius, dann könnten wir beginnen. Wäre das in Ordnung für dich?" Duncans Stimme klang zuckersüß. „Könntest du ein wenig Anstand zusammenkratzen?"

Der Angesprochene wich Duncans Blick aus.

„Willst du dazu irgendetwas sagen?"

„Von mir aus!", stieß Patricius hervor. „Niemand will dich aufregen, Krieger."

„Bestens!", erwiderte Duncan und wandte sich zu Emily.

„Komm her, Mädchen. Er will nur spielen."

„Lass es gut sein, Duncan", ermahnte Ambrosia.

„Ja ja, keine Angst. Emily, setz dich."

Er geleitete sie zu dem leeren Platz neben Immo, ging selbst weiter und blieb hinter Patricius stehen.

„Ich stelle dir die Anwesenden kurz vor, sofern sie mich nicht für ungeeignet halten."

Ambrosia ließ sich seufzend am Kopf des Tisches nieder.

„Dies ist also Patricius, und wenn er unser aller Luft nicht verschwendet, um den Mund aufzumachen …"

Ambrosia schlug mit der flachen Hand auf den Tisch. Irgendwo im Raum fiel eine Rüstung scheppernd zu Boden. Immo streckte die Beine aus und verschränkte die Arme hinter dem Kopf. Über den Tisch hinweg tauschten er und der Krieger einen Blick, in dem für den Bruchteil einer Sekunde wortloses Verstehen aufblitzte.

„Entschuldigung. Ich vergesse mich ja selbst. Patricius", fuhr Duncan fort, „ist unser Hüter des Wassers. In ihm wohnt die Wasserseele, seit rund 500 Jahren. Er ist also kaum älter als du, aber längst ein zuverlässiges Mitglied unserer Gemeinschaft. Frag ihn nach irgendwas, das Blubb macht." Fast schon zärtlich tätschelte er Patricius' Schultern.

Zu Emilys Überraschung stand Patricius auf und verbeugte sich knapp in ihre Richtung. „Es ist mir eine Ehre", sagte er mit vollendeter Höflichkeit und nahm wieder Platz. Im nächsten Moment zog er ein blütenweißes Tuch aus der Brusttasche und wischte sich damit erst die eine, dann die andere Schulter ab.

„Lass dich davon nicht beeindrucken", sagte die Frau neben Patricius. Der Ursprung ihrer Stimme schien außerhalb ihres Körpers zu liegen. „Diese Abneigung ist Jahrhunderte alt." Sie lächelte Emily zu und wirkte dadurch erst richtig sichtbar. Filigrane Gesichtszüge forderten dazu auf, genauer hinzuschauen.

Emily konnte die Schönheit nicht greifen, die sie sah – denn im Grunde waren da nur Asymmetrie und Zerbrechlichkeit. Jung wirkte sie, mit hellbrauner Haut und weißen Haaren, die hinunterfielen auf ein weißes Kleid. Eine Tiara mit einem blauen Edelstein schmückte ihre Stirn.

„Für euch heiße ich Malaika", sagte sie und nickte erst Emily, dann Duncan zu. „Ich übernehme meine Vorstellung selbst, wenn du gestattest, Krieger. Meinen wirklichen Namen kann heute niemand mehr aussprechen, denn wie mein Volk ist auch meine Muttersprache lange ausgestorben. In mir wohnt die Seele der Luft, und ich heiße dich herzlich willkommen, Emily Spring!"

„In der Luft zu Hause und im Himmel geboren", sagte Patricius mit unvermittelter Wärme. Malaika schenkte ihm ein Lächeln und senkte den Kopf. Es war, als würde ihr ganzes Selbst sich in den Hintergrund zurückziehen. Gleichzeitig wurde Emilys Aufmerksamkeit zu der letzten Gestalt gezogen, die etwas entfernt vom Tisch in den Schatten stand.

„Albuin", krächzte ein Mann. Anders als die anderen sah er körperlich so alt aus, wie er Jahre hinter sich haben mochte. „Verbunden mit der Erdseele selbst."

Schwer stützte er seinen krummen Körper auf einen Stock. Seine braune, zerschlissene Kleidung war bar jeder Verzierung. Schlohweiße Haare und ein verfilzter Bart sahen aus, als hätten sie lange keine Pflege mehr erhalten. Er ging barfuß.

Jetzt hob er den Kopf.

Ein Blick aus eisblauen Augen traf Emily, und während er sie ganz in seinen Bann zog, ging eine Veränderung mit dem Alten vor. Sein Körper richtete sich auf und gewann an Kraft. Seine Haut glättete sich, das Haar nahm die Farbe junger Baumstämme an und wurde voller, der Bart verschwand. Vor Emily stand ein außergewöhnlich hübscher Mann, kaum älter als sie selbst. Er strahlte sie an.

Sie schauderte.

Duncan übernahm wieder die Vorstellung. „Albuin ist ein Exempath und er ist älter als wir alle hier. Menschen seiner Art gibt es schon lange nicht mehr."

„Exempath?"

„Meine Gefühle", sagte Albuin und seine Stimme klang jung und klar, „bilden sich in meinem Äußeren ab. Eine Laune der Natur, die sich nicht durchsetzen konnte. Wir waren nie sehr viele."

„Interessant", war alles, das Emily dazu einfiel. „Freut mich, dich kennenzulernen."

„Ganz meinerseits", erwiderte Albuin und sein Lächeln nahm noch an Strahlkraft zu. Er zog seinen Stuhl an den Tisch und setzte sich mit einer ähnlichen Eleganz wie Patricius, jedoch fern von dessen Affektiertheit. „Es würde mich interessieren", sagte er, „wie Sun Dèng Kén das beschreiben würde, was meine Aufgabe ist. Bitte stell du mich der jungen Dame weiter vor, ich möchte sie lieber nur ansehen."

Neben ihr bewegte sich Immo unruhig.

„Ich verzichte", sagte Duncan, „Es ist leider so, dass ich mit Dingen, die aus der Erde kommen, nicht halb so gute Erfahrungen gemacht habe wie du."

Vor Emilys faszinierten Augen verwandelte sich Albuin in einen mittelalten Mann. Eine Nickelbrille erschien auf seiner Nase. „Haben wir hier etwa einen Fall von Demut?"

Albuin zwinkerte dem Krieger zu, sprang auf und wurde mit jedem Schritt wieder jünger.

Er blieb bei Emily stehen. „Du glaubst gar nicht, wie gut es tut, ein frisches Gesicht in dieser Halle zu sehen. Und dann auch noch so ein, mit Verlaub, wunderschönes."

Schon wieder bekam sie eine Gänsehaut. Sie wusste nicht, wie sie ihre Hände halten oder wohin sie den Blick richten sollte. Sie musste sich zwingen, Albuin weiter anzusehen.

Der nickte zufrieden.

„Entschuldige meine Offenheit", sagte er und löste den Blickkontakt. Jetzt sah er nur noch aus wie ein durchschnittlicher Mittdreißiger.

„Die Erde ist meine Verbündete", sagte er. „In ihr schlummert seit jeher die Kraft der Erneuerung. Sie zerstört, um neu zu erschaffen. Sie lässt sterben, was wiedergeboren wird. Als Hüter ihrer Seele dient mir diese Macht zur Heilung. Und das bin ich hier: der Heiler."

Das Donnern der Flügeltüren hätte die dramatische Untermalung seiner Worte sein können – doch als Emily herumfuhr, sah sie den wahren Grund:

Eine Frau rauschte in den Raum. Rote Locken wallten um ihren Kopf. Stiefel knallten auf den Steinboden. Und als wäre ihr nicht ohnehin alle Aufmerksamkeit sicher, hielt sie ein Schwert, um dessen Klinge blaue Flammen züngelten.

„Traumfänger, was soll das hier?", dröhnte ihre Stimme. „Ich wollte mich gerade ein wenig ausruhen!"

Es war Duncan, der zuerst reagierte und mit einem Schrei auf sie zusprang. Bevor er etwas sagen konnte, hatte sie ihn mit ihren fleischigen Armen an ihren gewaltigen Busen gedrückt. „Sun! Wie schön, dich zu sehen, du bist ja völlig unerreichbar in letzter Zeit."

Auch Immo war aufgestanden. Mit einem Lächeln küsste er ihre Hand.

„Brenda", sagte er nur und gab ihr den Blick auf den Tisch frei.

„Jetzt wird mir einiges klarer", sagte die Kriegerin. Sie ließ die beiden Männer stehen und kam zu Emily. „Ich habe schon gehört, dass du angekommen bist. Benehmen sich die Jungs anständig? Oh ja, das tun sie, ich sehe es an dem Blick, den ihr gerade tauscht." Sie lachte herzlich und streckte Emily die Hand entgegen. „Ich bin Brenda", sagte sie. „Wenn du Feuer brauchst, komm zu mir. Mein lieber Traumfänger", wandte sie sich wieder an Immo, „ich habe dir zu viele meiner Geheimnisse verraten. Dass du mich immer wieder finden kannst, ist erstaunlich. Ich habe die letzten Tage oben in Schottland am Krankenbett eines Felsdrachen gesessen. Er ist von Dämonen angefallen worden, mitten in seinem Revier."

Drachen? Emily wurde hellhörig.

„Schon wieder Dämonen." Duncan drehte sich zu Patricius, Malaika und Albuin herum und erhob seine Stimme. „Hört ihr zu?"

Patricius lachte abfällig. „Also bitte! Ich will hier niemanden beleidigen, aber Drachen sind Drachen und das, was *du* behauptet hast, Krieger, geht in eine ganz andere Dimension."

„Ach, wundervoll!" Brenda setzte sich auf Immos freien Stuhl, legte ihr Schwert vor sich auf den Tisch und lehnte sich zurück. „Eine *dieser* Zusammenkünfte. Würde mich jemand aufklären, damit ich mitstreiten kann?"

„Wie kannst du nur so blind sein?", fuhr Duncan Patricius an. „Spätestens nach Emilys Geschichte muss doch selbst bei dir eine Glocke läuten! Es kommt etwas auf uns zu! Deine Bedenkenträgerei ist fahrlässig!"

Brenda seufzte und sah Immo an. „Sei so lieb", bat sie nur. Er nahm ihre Hand.

„Wie kommst du nur auf den Gedanken, dass Dämonen sich von etwas anderem kontrollieren lassen könnten als ihren Instinkten oder anderen Dämonen? Und du hast alle üblichen Verdächtigen überprüft, oder irre ich mich? Irrst *du* dich etwa in diesem Punkt?"

Auch Albuin schien zu den Leuten zu gehören, die Duncan als *einer klüger als der andere* beschrieben hatte.

„Schon gar nicht entsteht plötzlich ein Dämonenheer, das nichts Besseres zu tun hat, als die Gefängnisfestung eines Rivalen zu erstürmen. Willst du mir am Ende noch erzählen, dass sie ihn zum König krönen wollen?"

Das war wieder Patricius.

Duncan holte Luft, um zu antworten, doch dann winkte er ab und ließ sich auf seinen Stuhl fallen. Er legte die Fingerspitzen aneinander und verfiel in Schweigen.

Malaika war es, die als Nächste das Wort ergriff.

„Krieger", sagte sie gerade so laut, dass jeder sie verstehen konnte, „niemand hier zweifelt an deiner Wahrnehmung. Aber du musst verstehen, dass wir uns Gedanken um dich machen und darum, ob du nach allem, was dich seit Jahren belastet, nicht einfach erschöpft bist und Dinge siehst, die nicht existieren."

Emily starrte sie fassungslos an. In ihr hatte sich alles verknotet, als sie den ganzen Unterstellungen lauschte.

„Ich glaube Duncan", sagte sie laut.

„Ach ja?" Patricius zog die Augenbrauen hoch. In Emilys Bauch jedoch breitete sich eine warme Welle aus. Immo hatte den Kontakt zu Brenda unterbrochen. Die Hüterin der Drachen saß nach wie vor mit geschlossenen Augen da, doch der Traumfänger richtete sich auf.

„Keiner von euch wird sich aufmachen, um nachzusehen, ob Duncans Wahrnehmung getrübt ist oder nicht. Dazu seid ihr nicht mutig genug. Ich selbst weiß, dass er recht hat. Die Zeichen sind deutlich zu spüren, und sie werden stärker."

Emily vernahm das Knistern deutlich, die unhörbaren Gedanken, die von Geist zu Geist flossen und sich niemandem offenbarten als dem, der sie hören sollte. Es dauerte nur Sekunden, dann schossen Patricius und Immo simultan in die Höhe und machten Anstalten, sich aufeinander zu stürzen.

„Schluss!", donnerte Brenda und riss die Augen auf. „Ihr seid schlimmer als Schattendrachen – setzt euch, alle beide!"

Widerspruchslos nahmen Immo und Patricius wieder Platz. Brenda sprach weiter. „Deine Ahnungslosigkeit Drachen betreffend in allen Ehren, Patricius, aber selbst du solltest wissen, dass Drachen und Dämonen von Natur aus wie Feuer und Wasser sind. Sie haben keinen Platz am selben Ort, genauso wenig wie Licht und Dunkelheit. Der Angriff allein wäre also schon Grund für neue Fragen. Aber zusammen mit dem, was Duncan vor Kurzem gesehen, was er am eigenen Leib erfahren hat, und was ich jetzt über Emilys Erlebnisse gehört habe? Wenn ihr jetzt immer noch meint, dass ihr es mit Wahnvorstellungen zu tun habt, mein lieber Schwan! Dann seid ihr nicht nur blind, sondern verstockt obendrein. Wie dem auch sei", unterband sie Patricius' Protest, „ich kenne euch lange genug und weiß, dass es manchmal sinnlos ist, diese Dinge ausdiskutieren zu wollen. Wir werden einen anderen Weg gehen. Huang Lung wird uns beraten. Wenn er urteilt, dass wir uns alles nur einbilden – umso besser."

„Du willst den Psychopathen einschalten? Bist du wahnsinnig?",
fragte Patricius. „Er schläft um diese Zeit. Erinnerst du dich, was
beim letzten Mal passiert ist, als wir ihn geweckt haben?"

„Wir ist gut", entgegnete Brenda kühl. „Aber keine Angst, diesmal ist es zu ernst, als dass ich dich wieder an ihn ranlassen würde.
Ich gehe selbst. Und ich nehme jemanden mit, der seine Neugierde
wecken wird, das hat noch immer funktioniert. Emily wird mich
begleiten."

„Was?" Duncan fuhr auf.

„Niemals!", rief Immo.

„Oh bitte!" Brenda warf die Hände in die Luft und sackte ent-
nervt auf ihrem Platz zusammen.

„Das ist viel zu gefährlich."

„Sie hat schon genug getan."

„Du kannst doch selbst nicht einschätzen, wie er reagiert."

„Wie willst du sie beschützen, wenn Huang Lung sie angreift?"

„Absoluter Wahnsinn Brenda, vollkommen verantwortungslos."

Brenda stieß Emily leicht mit dem Fuß an. Ihre Blicke trafen sich.
„Seid ihr fertig?"

Als keine Widerrede kam, stand Brenda auf.

„Ich weiß nicht genau, wie ihr das einschätzt, was ihr beiden bislang mit Emily angestellt habt, aber in euren Augen war das
scheinbar vertretbar. Habe ich euch deswegen den Kopf gewa-
schen? Nein, habe ich nicht. Ich habe mir angehört, was ihr für Pläne habt und darauf vertraut, dass ihr wisst, was ihr tut."

„Brenda, ich …", fing Duncan an, doch die Drachenhüterin
brachte ihn mit einer ungeduldigen Geste zum Schweigen.

„Ist das, was ihr geplant habt, schiefgegangen? Ja, euer Teil des
Plans ist schiefgegangen. Wir können dankbar sein, dass Emily
geistesgegenwärtig genug war und zurückgekehrt ist. Habe ich
auch nur daran *gedacht*, einem von euch Vorwürfe zu machen?"

„Ach Brenda." Immo hatte den Kopf in die Hände gestützt und
rieb sich die Schläfen.

„Ruhe!", befahl die Kriegerin. Sie blieb dicht vor Immo stehen
und tippte ihm mit ihrem Schwert an die Brust.

„Mit welchem Recht nehmt ihr euch heraus, das infrage zu stellen, was ich vorschlage? Haltet ihr mich für senil?"

Dieses Mal waren die beiden so klug zu schweigen. Brendas Gesichtszüge wurden milder.

„Ich weiß, dass ihr euch um sie sorgt." Sie legte Immo die Hand auf die Schulter. „Deine Gefühle für sie sind offensichtlich, Traumfänger, und du, Duncan, brauchst sowieso immer jemanden, den du beschützen kannst. Aber im Endeffekt ist es Emilys Entscheidung, das wisst ihr genauso gut wie ich. Aus diesem Grund muss auch ich mich bei dir entschuldigen, Liebes. Natürlich habe ich erst mal nur laut gedacht, was *ich* mir vorstelle. Aber das letzte Wort hast du. Du entscheidest."

„Ach herrje", sagte Emily. Alle Blicke waren auf sie gerichtet.

„Nun denn. Wer ist dieser Huang Lung, zu dem ich mit dir gehen soll und der angeblich so gefährlich ist?", fragte sie.

„Huang Lung ist ein Drache", erwiderte Brenda. „Genau genommen ist er der König der Drachen."

„Die Geburtsstunde der Drachen ist heute nur noch eine Legende." Brenda machte es sich am Tisch bequem, zog eine Pfeife aus der Rocktasche und begann sie zu stopfen. „Huang Lung soll von der Sonne selbst geboren worden sein, um ihren geliebten Planeten für das Leben vorzubereiten. Er bewegte sich übers Land wie eine Schlange und formte so die Flussbetten. Mit seinem Feuer verflüssigte er Stein und durch pure Körperkraft warf er Berge auf und verschob ganze Kontinente. Dann paarte er sich mit seinem eigenen Schatten und schuf so die ersten Nachkommen, die sich weiter und weiter auf der Erde verbreiteten."

„Meine Ahnen kannten all die Geschichten noch." Duncan schien einer Erinnerung zu lauschen, die ihn aus lang vergangener Zeit erreichte. „In seltenen Nächten haben sie am Himmel das Leuchten der Drachen gesehen. Zeichen, wie Runen. Es hieß, dass man die Botschaft der Drachen nur verstehen müsste, um seinem Leben eine glückliche Wendung zu geben. Alles andere wurde unwichtig. Wer die Zeichen sah, hörte auf, am Leben teilzuhaben. Die Sehnsucht war eine Besessenheit. Irgendwann wagte es kaum noch einer, in den Himmel zu blicken."

„Seit vielen Jahrhunderten schon haben sich die Drachen aus der Welt des Diesseits zurückgezogen. Sie leben in der Zwischenwelt und in Dimensionen, die nur ihrer Art zugänglich sind", sagte Brenda und nickte dem Krieger zu. „Sie danach zu fragen ist nicht ratsam. Die meisten von ihnen vertrauen den Menschen nicht. Weder können sie sie verstehen noch vergessen, dass es eine Zeit gab, in der sie ohne Gnade verfolgt und getötet wurden."

„Ich wette, das wäre nicht anders, wenn sie heute noch da wären", sagte Duncan grimmig. „Die Menschheit lernt in solchen Dingen nichts dazu. Wenn sie Huang Lung zu Gesicht bekämen, würden sie als Erstes überlegen, wie sie ihm seine goldenen Schuppen stehlen könnten."

Brenda schmunzelte. „Ich würde denjenigen gerne sehen, dem es gelingt, Huang Lung eine seiner Schuppen zu stehlen."

„Ich nicht", sagte Duncan.

„Huang Lung", wandte Brenda sich wieder an Emily, „ist niemand, der Menschen mag. Aber verbunden ist er ihnen trotzdem. Manchmal kommt er mir vor wie ein Forscher, manchmal wie ein verbitterter Alter, der nicht verkraften kann, dass seine Welt sich geändert hat. Die Menschen haben über die Jahrtausende hinweg die Kontrolle übernommen und formen die Erde jetzt nach *ihrem* Bild. Das zu akzeptieren fällt ihm schwer."

Emily nickte langsam. Ihre Nervosität prickelte immer stärker, es blieb ihr nur ein einziger Gedanke:

Drachen! Sie sollte einen Drachen sehen!

„Es ist tatsächlich ein großes Erlebnis und wird ganz und gar kein Traum sein." Immo sah sie ernst an. „Und das solltest du dir klarmachen, bevor du darüber nachdenkst, mit Brenda zu gehen."

„Natürlich gehe ich mit Brenda!"

Immos Sorge schlich sich in ihren Kopf *„Dich wiederzufinden war schwierig. Was, wenn so etwas noch einmal passiert, und ich finde dich nicht mehr?"*

„Komm doch mit", sagte sie. „Bitte!"

Er zog sie an sich und wühlte sein Gesicht in ihre Haare.

„Es ist nicht mein Weg. Also kann es nur deiner allein sein."

„Dann begleite *ich* euch."

Duncan. Emily war ihm unendlich dankbar für dieses Angebot, aber diesmal war es Ambrosia, die widersprach.

„Nein", sagte sie und erhob sich von ihrem Platz. In diesem Augenblick sah sie aus wie eine Herrscherin, unnahbar und entschieden. „Du weißt, wo deine Aufgabe liegt, Krieger. Es ist an der Zeit, die Festung weiter zu beobachten, du musst dich auf den Weg machen. Und du, Immo Traumfänger, wirst diesen Weg beschützen und es Brendas Erfahrung überlassen, Emily zu führen und Huang Lungs Launen einzuschätzen"

Ihr Blick wanderte von einem zum anderen, zu jedem einzelnen der Anwesenden.

„Ihr alle wisst, was zu tun ist, was eure Aufgaben sind. Ihr habt diskutiert und gestritten, und jetzt entscheide ich, dass die Zeit für Vorbereitungen da ist. Ihr liebt alle, was ihr tut und was ihr behütet. Sorgt dafür, dass es nicht in Gefahr gerät, nur weil wir uns nicht einigen können zu handeln."

„Ich würde ja gleich aufbrechen", sagte Brenda, „aber dann wäre Immo mir wohl die längste Zeit wohlgesonnen gewesen. Außerdem ist es in der Tat vernünftiger, noch einen Tag auszuruhen. Ich brauche selbst eine Pause." Gähnend streckte sie sich und zündete ihre Pfeife an. „Was auch immer mir die Pflege des Drachen nicht an Kraft geraubt hat, das verliere ich zuverlässig in eurer Gegenwart. Wie auch immer", sie lächelte Emily an, legte ihr den Arm um die Schultern und drückte sie kurz, „es freut mich sehr, dass du mich begleiten willst. Ich würde dir gerne versprechen, dass du es nicht bereuen wirst, aber da Huang Lung in dieser Sache mitsprechen wird, lasse ich es lieber sein. Wir treffen uns morgen um diese Zeit wieder hier."

Emily lächelte tapfer zurück.

Duncan klopfte ihr im Vorbeigehen aufmunternd auf den Rücken. „Wird schon, Mädchen", brummte er. „So schlimm ist der Kerl gar nicht. Ich wünsch dir Glück! Wenn du mich ernsthaft brauchst, ruf mich, dann lasse ich Balor Balor sein."

Er verschwand, und ein Teil von Emily bedauerte das sehr.

*

Mit Immo lief sie schweigend zurück. Diesmal ließ sie sich Zeit, setzte sich auf den Rand des Brunnens und tauchte ihre Hände ins Wasser. In das Wasser *ihres* Brunnens.

In sich selbst?

Noch wusste sie nicht so recht, wie sie sich das vorzustellen hatte.

„Am besten gar nicht", sagte Immo und setzte sich zu ihr. „Erst, wenn du konkrete Fragen an dich selbst hast, macht es Sinn, das zu lesen und zu deuten, was du vorfindest."

Sie nickte geistesabwesend. „Das war ganz schön schräg da drin", sagte sie und deutete zurück zu den Flügeltüren. „Was für seltsame Leute! Krass, wie ihr übereinander hergefallen seid! Es klang so unversöhnlich. Wie könnt ihr das seit Jahrhunderten durchhalten? Mir wäre das zu anstrengend."

Immo wirkte nachdenklich. „Vielleicht haben wir im Laufe der Jahrhunderte den Glauben daran verloren, dass der andere sich ändern könnte."

„Ernsthaft?" Emily musterte ihn, wie er ihrem Blick auswich und stattdessen auf den Boden sah. „Aber wir ändern uns ständig. Wir lernen, wir wachsen. Und ganz nebenbei vergessen wir auch. Ich finde Vergebung ein großes Wort, aber letztlich läuft es darauf hinaus."

„Hm." Mehr kam nicht von ihm. Stattdessen nahm er ihre Hand und streichelte sie mit einem Finger. Die Stille gewann an Innigkeit. Und Emily beschloss, für den Moment einfach nur zu genießen, wieder mit ihm alleine zu sein.

*

In ihrem Wohnwagen ließ sie sich aufs Bett fallen.

„Komm zu mir", bat sie, doch Immo rührte sich nicht.

„Lass uns lieber eine Runde spazieren gehen", sagte er. „Ich brauche Himmel über mir. Ich will Gras spüren."

Im Diesseits brach die Nacht hinein. Schon nach wenigen Schritten zog Emily ihre Schuhe aus – weil sie plötzlich begriff, wieso der Traumfänger immer barfuß ging. Ihre Füße waren hier, auf dem festen Boden, wie ein eigenes Sinnesorgan.

„Weißt du noch, dass du gesagt hast, dass jemand, der reden will, dafür keine Fragen braucht?"

„Das habe ich gesagt? Klingt schlau."

Über sein Gesicht flog ein Schmunzeln, doch gleich wurde er wieder ernst.

„Duncan ist schwul, war dir das klar?"

Emily geriet nur kurz aus dem Tritt. „Ich dachte, wir denken nicht in Schubladen."

„Touché! Du darfst meine Frage trotzdem beantworten."

War es ihr klar? Ihr war der Verdacht gekommen, in seinem Selbst.

Lieben, begehren, verfluchen. Dieser Geruch ...

„Und wenn es so wäre?"

„Du weißt, was er für mich empfindet?"

Dahin ging die Reise also.

„Ja, das weiß ich."

„Es ist für deine Maßstäbe lange her, aber wir waren mal ein Paar."

„Ein Paar? Das heißt, du auch ...?"

„Ich habe in dieser Hinsicht keine Vorlieben."

Natürlich. Sie ging langsamer und blickte über den See, der von der untergehenden Sonne golden gefärbt wurde. „Du liebst Seelen", sagte sie. „Egal, in welchem Körper sie stecken."

„Vielleicht nicht ganz egal." Er hielt sie fest und blieb stehen. „Aber danke, dass du es so sehen kannst. Mir ist es erst durch Duncan wirklich klargeworden, aber die Veranlagung ist vermutlich auch durch die Traumfängerseele einfach da. Ich bin dazu geboren, alles Leben zu lieben und zu achten. Speziell in mir, in meiner Inkarnation sind die Gene aller Völker dieser Erde vereint."

„Vor über 2000 Jahren wusste man schon was von Genen?"

Immo schnaubte. „Es ist nicht so, als wären die Menschen damals dümmer gewesen, nur weil sie weniger Möglichkeiten hatten als heute und es die Begriffe noch nicht gab. Mit Genen habe ich mich dann selbst beschäftigt, als es soweit war. Meine Eltern haben viel Wert darauf gelegt, dass ich wusste, woher ich stamme."

„Verstehe. Worauf willst du hinaus?"

Er presste die Lippen zusammen und drückte ihre Hand ein wenig fester. „Mach mal die Augen zu, ich will dir was zeigen."

Ein Junge saß auf einer blühenden Wiese. Er war kaum älter als fünf und hatte schwarzes, dichtes Haar. Ganz still saß er da, die Hände ausgestreckt, die Augen in gespannter Erwartung geschlossen. Schmetterlinge flatterten um ihn herum. Wie auf ein geheimes Kommando hin ließen sie sich auf ihm nieder.

Das Bild weitete sich und Emily sah im Hintergrund eine Frau stehen. Schön war sie, dunkel und geschmückt mit den gleichen seidigen Haaren wie ihr Sohn. Sie betrachtete ihn voller Zuneigung, dann rief sie etwas.

Während die Schmetterlinge fortflogen und der Junge sich zu ihr umdreh-te, sah Emily für den Bruchteil einer Sekunde seine tiefgrünen Augen.

„Sie hat meine Erziehung sehr ernstgenommen. Ich war mit meiner Geburt auserwählt, ihr Nachfolger zu sein, und sie wollte, dass ich meine Pflichten erfüllen kann."

„Sie war vor dir die Traumfängerin?"

„So ist es." Immo ließ sie los und wandte sich zum Weitergehen. „Genau wie mein Vater ahnte sie wohl mehr von meinem Wesen, als sie mir erzählt hat. Sonst hätten sie mich nicht beide immer wieder darauf ... hingewiesen, wie wichtig es ist, niemandem zu schaden."

„Es gibt vermutlich nicht viele Kinder, die auf einer Wiese sitzen und mit Schmetterlingen spielen können", sagte Emily und schloss zu ihm auf. „Zumindest nicht, ohne ihnen die Flügel auszureißen."

Seine Miene blieb ausdruckslos. „Nein, vermutlich nicht."

Eine Weile brütete er stumm vor sich hin. „Als meine Mutter starb", fuhr er schließlich fort, „war ich noch keine 30 Jahre alt. Ich kam in die Zwischenwelt, und Brenda nahm mich unter ihre Fittiche. Ich hatte noch eine Menge zu lernen. Dasselbe tat Brenda Jahrhunderte später für Duncan."

Er unterbrach sich und runzelte die Stirn. „Nein, dasselbe nicht. Duncan brauchte eine ganz andere Art Führung. Er war so ahnungslos wie du, als er die Zwischenwelt betrat, und vor allem war er bis zum Rand gefüllt mit Hass. Sein Leben war anders verlaufen als meines. Seine Mutter war Japanerin und hatte eine Affäre mit einem englischen Kaufmann, als sie längst einem mächtigen Mann versprochen war. Das Ergebnis war Duncan. Seinen leiblichen Vater hat er nie kennengelernt. Sein Stiefvater hat ihn angenommen, weil er sich keine öffentliche Blöße geben wollte. Aber er hat es ihn spüren lassen, dass er nicht sein eigener Sohn war. Duncan ist von ihm nie behütet worden. Nur verachtet und geschlagen. Zum Schluss wurde er in ein Kloster gesteckt, um ihn vor den Gewaltausbrüchen dieses Mannes zu schützen."

Immo gab Emily Gelegenheit, das Gesagte zu verdauen. In seinen Augen loderte ein dunkles Feuer. Sie hatte das Gefühl, dass er ihr nicht die *ganze* Geschichte erzählte.

„Mit acht Jahren kam er also in ein Kloster, wo er auch Gewalt ausgesetzt war, aber dort bekam er wenigstens eine Chance. Ihm wurde beinahe alles, was er heute als Krieger braucht, schon damals beigebracht. Er genoss es, sein eigener Baumeister zu sein. Aber sein Hass brannte weiter, und er hat noch viel Schlimmes erlebt. Er war völlig am Ende, als wir ihn zu uns holten."

Emily hatte die Hände zu Fäusten geballt.

Dieser Duft … so zart war er und verletzbar … Wie hatte er das alles ausgehalten?

„Die Kriegerseele in ihm war immer wach. Jede einzelne der alten Seelen beschützt ihren Träger auch. Wir halten mehr aus als Normalsterbliche."

„Was war das für ein Kloster?", fragte sie, um irgendetwas zu sagen.

„Hm?" Immo warf ihr einen Blick zu. „Irgendwann wird Duncan dir mehr erzählen und dir vermutlich klarmachen, dass ihn all das nicht mehr belastet. Das Kloster existiert längst nicht mehr. Es lag damals am Rande einer Siedlung, heute heißt sie Peking. Es wurde in einem Krieg zerstört. Niemand erinnert sich mehr daran."

Emily war nicht zufrieden, aber sie ahnte, dass sie es besser darauf beruhen ließ.

„Erzähl weiter bitte."

Immo legte die Stirn in Falten. „Wo war ich? Nicht so wichtig. Duncan war kaum älter als du, als wir ihn in die Zwischenwelt holten, und nachdem er sich einmal mit dem Gedanken angefreundet hatte, fand er sich so schnell in seine neue Rolle ein wie niemand vor ihm. Er ist nicht nur die perfekte Verkörperung der Kriegerseele, sondern er besitzt auch eine Gabe, zwischen den unterschiedlichsten Welten zu wechseln, ohne darüber nachzudenken. Er stellt etwas dar, das die Zwischenwelt lange nicht mehr gesehen hatte. Vielleicht noch nie."

Immo lächelte versonnen.

„Wir waren oft betrunken damals, ohne getrunken zu haben. Es war wie ein Sog, mit Duncan gemeinsam in echte Welten einzutauchen. Ich hatte mit dem Diesseits nur noch über Träume zu tun und vergessen, wie viel realer es ist."

Das Heraufziehen der Nacht schien auch seine Stimmung zu verdunkeln. Er ging näher ans Ufer und setzte sich auf einen Felsen. Emily stellte sich neben ihn.

„Wirst du mich hassen?"

In seiner Stimme schwang Angst. Rasch hockte sie sich hin und sah zu ihm auf. „Wieso sollte ich? Du erzählst mir Geschichten von früher. Ich bin nicht eifersüchtig oder so! Was ist los mit dir?"

„Ich habe mit dem, was ich dir zu erzählen habe, noch gar nicht angefangen. Dass du nicht eifersüchtig bist, habe ich schon gemerkt. Wieso solltest du auch – du weißt ja schon, dass Duncan und ich nicht mehr zusammen sind."

„Okay", sagte sie langsam. „Lass es drauf ankommen, ja? Zurück kannst du jetzt nicht mehr."

Er nickte. „Die echte Welt der Sterblichen wurde über die Jahrhunderte wie eine Sucht für mich. Sie war so ... lebendig. So wandelbar, so ... schnell. Ganz anders als das Leben in der Zwischenwelt mit denen, die im Vergleich dazu immer nur dieselben blieben. Die mich zeitweise ... Aber das gehört nicht hierher. Duncan war der Einzige, den ich immer an meiner Seite hatte. Ihn dahaben wollte, mit jeder Faser meines Seins. Und dann habe ich ihn verraten. Sie alle habe ich verraten und alles, wofür meine Eltern mich großgezogen hatten."

Er schlug seine Hände vors Gesicht und begann, rhythmisch vor- und zurückzuwippen. Emily wagte nicht, ihm Fragen zu stellen oder auch nur allzu laut zu atmen.

„Ob du es glaubst oder nicht", fuhr er endlich fort, „ich habe anfangs den Zusammenhang zwischen Traum und Realität überhaupt nicht gesehen. Niemand hat mir das erklärt – vielleicht wusste es auch tatsächlich niemand damals. Träume waren Träume. Sie hatten keine Verknüpfung zum wirklichen Leben. Verrückt, oder? Ich meine, eigentlich sollte ich der Experte sein."

„Redest du vom Unterbewusstsein? Träume haben eine andere Sprache für das, was wir wissen und erleben. Natürlich sind sie mit der Realität verbunden!"

Er richtete sich wieder auf. „Ja, so ist es wohl, grob ausgedrückt. Siehst du, wie selbstverständlich sogar dir das ist? Und ich …"

„Aber es muss keine Rolle für dich spielen, warum ein Traum zu einem Menschen gehört. Dass es der richtige ist, weißt du auch so, habe ich recht?"

„Das weiß ich auch so, ja. Und vermutlich hätte ich es dabei belassen sollen. Aber leider habe ich Verdacht geschöpft. Und als die Menschen begannen, ernsthafte Theorien über Träume aufzustellen, war ich neugierig. Ach!"

„Aber das ist doch normal!" Emily fühlte sich zunehmend unwohl. „Du bist doch auch ein Mensch. Wissen zu vermehren gehört dazu, wenn man Mensch ist."

Sanft nahm er ihre Hand und presste seine Lippen darauf. „Ich habe mich verloren durch dieses Wissen. Weil mir plötzlich klarwurde, dass die Träume, die ich zu den Menschen durchließ, Spiegel ihres Seins sind. Ihrer Handlungen. Und was ich dort fand, hat mich erst nur entsetzt, aber nach und nach mürbe gemacht. Zu viele von ihnen steckten voller Schuld, die anderen voller Leid. Und Schuld und Leid hängen voneinander ab, ich habe es mitgefühlt. So viel Gewalt und Tod ist in den einen Seelen – so viel Gebrochenheit in den anderen. Sie ermorden einander. Sie zerstören Leben. Ich habe das irgendwann nicht mehr ausgehalten! Ich bin erst wahnsinnig geworden vor Schmerz … und dann wütend. Zerfressen von Hass auf die, von denen so viel Leid ausging. Die einfach weiterlebten, sich ihrer selbst so unerträglich sicher … So viele haben nie auf ihre Träume gehört … Die Träume hätten sie retten können. Ihnen zeigen, wer sie wirklich sind und was sie anderen antun. Aber sie waren vollkommen umsonst, sie machten einfach weiter … Und die Träume haben geschrien, jede Nacht. Ich konnte nicht mehr! Ich musste etwas tun."

Seine Augen lagen im Schatten.

„Duncan hat mich die ganze Zeit über gewarnt. Er sagte mir, ich soll mich entweder aus dem Leben der Menschen raushalten oder wenigstens auch die anderen Seiten sehen – die Menschen, die einfach nur ihr Leben leben. Wir haben uns gestritten, ich weiß nicht mehr wie oft. Ich war vom Hass zerfressen. Ich wollte etwas tun – bildete mir ein, etwas tun zu müssen. Obwohl ich genau wusste, dass eine Einmischung in das Träumen der Sterblichen für einen Traumfänger jenseits jeder Vorstellungskraft liegt. Es gab im Kosmos nicht einmal den Gedanken daran, dieses Gesetz zu brechen. Auch daran hat Duncan mich erinnert."

Immo zögerte. „Eines Tages habe ich die Träume eines Menschen manipuliert. Eines Mörders. Ich habe all seine Schuld in sie gepackt. Er musste davon träumen, Nacht für Nacht, wochenlang, bis er nicht mehr schlafen konnte, nicht mehr schlafen wollte. Bis er genauso wahnsinnig war wie ich und sich in den Tod stürzte."

Er veränderte seine Position, und der Rest des Tageslichts traf sein hartes Gesicht.

„Es war ein Dammbruch. Unendlich befriedigend."

Emily schwieg, bis seine Miene zusammenfiel.

„Es war schrecklich! Ich habe weitergemacht, es gab ja immer wieder Dinge zu sehen, die niemand sehen kann, ohne verrückt zu werden. Der große Krieg ... Ich bin ein Mörder, Emily. Tausende habe ich umgebracht."

Sein Schmerz und seine Übelkeit fluteten Emily. Fahl wie ein Toter saß er jetzt da. Mit einem Male sprang er auf, stürzte sich ins Wasser und tauchte unter.

Sie wartete, obwohl sie am liebsten hinterhergesprungen wäre, versuchte lediglich vorsichtig, seinen Geist zu berühren – doch er verschloss sich. Gerade begann sie sich Sorgen zu machen, als er prustend wieder auftauchte und zu ihr kam.

„Entschuldige", sagte er.

„Schon gut." Sie streckte ihm die Hand entgegen. Er zitterte.

„Meine Güte, das Wasser ist kalt! Lass uns zurück in den Wohnwagen gehen."

Er protestierte nicht.

*

Emily gab ihm ein Handtuch und eine Wolldecke.

„Leg sie über dich!"

Ein wenig Leben kehrte in seine Augen zurück, das Zittern ließ nach. Er kauerte sich auf dem Sessel zusammen und zog die Decke so weit über sich, dass sein Gesicht gerade noch herausguckte.

„Ich schäme mich so sehr, Emily, kannst du dir das vorstellen?"

Sie saß auf der Bettkante und beugte sich zu ihm. „Aber es hat doch die Richtigen getroffen. Du wolltest für Gerechtigkeit sorgen. Es war falsch, aber doch nichts, was dich bis in alle Ewigkeit belasten sollte! Verzeih dir selbst, dann wird alles wieder gut."

„Du weißt ja nicht, was du redest!" Seine Reaktion kam so heftig, dass Emily zurückwich. „Die Gesetze, die ich brach, sind nicht zum Brechen vorgesehen. Das ganze Universum taumelte. Niemand wusste, was los war, wieso das Gleichgewicht plötzlich kippte. Wieso alle Kraft nötig war, es aufrechtzuhalten … wieso wir kurz davor standen, den Kampf zu verlieren. Niemand wusste es, bis Duncan es endlich wagte, das Undenkbare zu denken. Er wollte nicht, dass es wahr ist. Ich habe ihn bitter enttäuscht."

Seine Stimme wurde wieder fester.

„Er war außer sich, und mir war es egal. Er versuchte, meine Dummheit aus mir herauszuprügeln. Aber ich glaubte tatsächlich, dass ich es *schaffen* könnte, dass ich kurz davor war, das Böse ein für alle Mal aus den Menschen zu vertreiben. Als Prügel und Schreie nichts halfen, begann er, mich anzuflehen. Er bettelte, kannst du dir das vorstellen? Es war mir egal. Und letztlich hat er die einzig mögliche Konsequenz gezogen und mich verraten. Ihn ernsthaft zum Gegner zu haben war Ernüchterung pur. Mein Wahn stoppte sofort."

„Das heißt, du hast aufgehört? Was haben sie mit dir gemacht?"

„Mit mir gemacht?" Die Erinnerung legte sich um seine Stimme und drückte zu. „Es gab ein Urteil. Ich wurde bestraft. Und bei aller Nüchternheit habe ich mich damals von Duncan losgesagt. Ich konnte ihn nicht mehr ertragen. Nicht so wie früher."

„Oh Immo!"

Er hob abwehrend die Hände. „Das ist nicht alles."

Emily sah in seine kalten, trockenen Augen.

„Ich wurde bestraft", erwiderte Immo leise, „und habe jede Möglichkeit verspielt, mein erbärmliches Leben zu beenden. Denn die Traumfängerseele darf nicht sterben, solange sie in Dunkelheit lebt. Ich hasse mich selbst und kann daraus nicht fliehen."

Sie sank vor ihm auf die Knie, nahm seine Hände, streichelte seine Arme hinauf, hielt ihn fest. Diesmal wehrte er sich nicht.

„Aber wie kannst du dich denn selbst hassen und gleichzeitig so schön sein? Hass macht doch hässlich – du bist nicht hässlich! Du kannst doch lieben! Und du hast alle Zeit der Welt, wieder zu dem zu werden, der du warst. Du bist unsterblich!"

Sein Schmerz war wie ein Orkan.

„Ich habe keine Kraft mehr!"

Im nächsten Moment schirmte er sich wieder ab.

„Entschuldige. Aber das ist die Pointe meiner Geschichte: Ich erwarte nichts mehr, nur Selbsthass und Dunkelheit."

Emily sagte nichts, lange nicht. Stumm sahen sie einander an, bis sie die Tränen bemerkte, die ihre Wangen hinunterliefen.

„Und was ist mit mir?"

„Was soll mit dir sein?"

„Spiele ich keine Rolle in deiner Pointe?"

Es war, als würde er aufhören zu atmen, als würde er sich darauf vorbereiten, den letzten Rest seiner Seele aus sich herauszureißen und ihr entgegenzustrecken.

„Willst du das denn noch?"

Emily schlug die Hände vor den Mund. Ihr Blick verschwamm und sie brachte nur einen heiseren Ton hervor. „Natürlich will ich das!"

Dann lag sie in seinen Armen und spürte ihn überall, spürte seine Hände, seine Küsse. Sie zog ihn mit sich aufs Bett und tauchte in ihn hinein. Der Duft des Meeres. Seine Wärme.

Er war ein Echo in dem leeren Raum in ihr, und es war undenkbar, dass sie jemals wieder von ihm getrennt sein könnte.

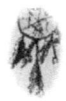

„Was zieht man eigentlich an, wenn man einen Drachen trifft?"

Emily kam aus dem Bad und rubbelte ihre Haare trocken. Immo saß mit einem von Emilys Büchern auf dem Sessel und blickte nicht einmal auf.

„Lass doch einfach an, was du gerade anhast."

So hatte er schon dagesessen, als sie vorhin aufgewacht war.

„Meinst du, ich soll mein Handy mitnehmen und ein Selfie mit ihm machen?"

„Die Geschichte von diesem Andrew ist großartig!" Immo klappte das Buch zu und sah Emily begeistert an. „Es ist, als würde sein Selbst sich samt seiner Bewohner ins Außen stülpen."

„Interessant." Emily lächelte. Er hatte sich eines ihrer Lieblingsbücher gegriffen.

„Vielleicht solltest du doch was anziehen", gab er zurück. „Wie wäre es mit Mrs. Ochmonek?"

„Haha, und wenn er Hunde nicht mag?"

„Du brauchst nicht nervös zu sein. Drachen sind schon in Ordnung, wenn man weiß, wie man sich benehmen muss."

Emily schlüpfte in eine Hose. „Guter Hinweis. Weiß ich das denn?"

„Mach es nicht, wie Patricius es machen würde. Gemacht hat. Egal."

„Was hast du eigentlich gegen den armen Patricius?"

„Meine Güte", Immo runzelte die Stirn. „Du verstehst es wirklich, mit dem Feuer zu spielen."

„Komm schon. Keine Antwort?"

„Nein", sagte er knapp. „Gehört nicht hierher."

Sie musterte ihn kritisch, doch mehr kam tatsächlich nicht.

Konnte sie es sich denn nicht selbst zusammenreimen? Nach allem, was Immo ihr erzählt hatte, ging es vielleicht bei der Antipathie zwischen den beiden auch darum? Aber warum sollte er dann nicht darüber reden wollen? Er hatte doch schon alles gesagt.

„Brenda wird dich über Huang Lung aufklären, keine Angst. Und nun ist es Zeit. Wir müssen los."

„Jetzt warte doch mal!"

„Hm?"

Wie sollte sie es bloß ausdrücken? „Geht's dir gut?"

Diesmal dachte er erst nach.

„Du bist da und ich liebe dich", antwortete er so leise, dass sie es fast nicht verstehen konnte. „Das reicht mir für den Moment."

*

Brenda stand breitbeinig in Ambrosias Halle, die Hände auf ihr Schwert gestützt. Missbilligend runzelte sie die Stirn, als Immo und Emily hineinkamen.

„In fünf Minuten wäre ich euch holen gekommen."

Immo lachte sie an, ein schmatzender Kuss landete auf ihrer Wange.

„Aber wie üblich bin ich vollkommen pünktlich."

Brenda grunzte. „Pünktlich und ungewöhnlich gut gelaunt, wie ich sehe. Freut mich. Also", ihr prüfender Blick galt Emily, „dann wollen wir mal, oder?"

Emily nickte, doch bevor sie vortreten konnte, hielt Immo sie zurück. „Ich will mich noch verabschieden."

Er zog sie in die Arme und schmiegte sein Gesicht in ihre Haare.

„Hörst du zu?"

„Ja."

„Was immer passiert und was immer Brenda dir sagt: Du hörst nur auf dich selbst. Hast du das verstanden?"

„Schon – aber warum?"

„Es ist einfach wichtig, ok? Ich habe keine Ahnung, warum. Du bist … noch nicht ganz wach."

„Ach rutsch mir doch den Buckel runter!"

Emily wollte sich aus der Umarmung lösen, aber er hielt sie fest. Sie war viel zu nervös, um Lust auf seine Rätsel zu haben.

„Kein Rätsel. Ich will nur sichergehen, dass du ins kalte Wasser reinspringst, wenn du es siehst, und dich nicht erst fragst, ob du schwimmen kannst."

„Du bist gnadenlos. Duncan hat so etwas erwähnt."

Einen Moment lang stand er stocksteif. „Danke."

„Ich werde auf mich hören, versprochen." Kurz vergrub sie ihre Nase an seiner Brust, atmete seinen Geruch ein, um ihn mit sich zu tragen. „Genau genommen tue ich schon mein ganzes Leben nichts anderes."

Endlich drehte sie sich um und ging zu Brenda, die sehr interessiert eine der Marmorsäulen betrachtete.

*

„Bist du in der Zwischenwelt schon über eine längere Distanz gereist?"

Emily verneinte.

„Es ist nicht schwierig, wir müssen nur eine bestimmte Ebene erreichen, die sich um Zeit und Raum … sozusagen herumpfuscht. Wenn du den Ort kennst, zu dem du reisen willst, kannst du alleine gehen – ansonsten brauchst du jemanden, der dich führt."

„Ah", sagte Emily nur. Herumpfuschen.

Brendas Erklärung schien ihr recht kreativ zu sein, auf der anderen Seite klang es auf diese Art deutlich freundlicher als Duncans ständiges Gemoser.

Brenda griff ihre Hand.

„Erinnere mich dran, dass ich mit Duncan noch ein paar Benimmlektionen wiederhole. Alles, was du jetzt tun musst, ist, meine Hand festzuhalten und dich darauf zu konzentrieren, bei mir zu bleiben."

*

Schritt für Schritt verblasste die Umgebung. Emily spürte ein leises Vibrieren in der Luft, das stärker wurde, sich in einem Ton sammelte … Die Welt wurde zu einem summenden Tunnel. Farben flackerten auf, kamen ihnen entgegen und zogen an ihnen vorbei.

Alles beschleunigte sich.

Das Summen steigerte sich zu einem enervierenden Pfeifen, das höher stieg, höher und höher … Als sie glaubte, den Ton keine Sekunde länger aushalten zu können, verstummte er.

Sie standen mitten auf einem Schachbrett, das in alle Richtungen bis zum Horizont reichte – ein schwarz-weißes Meer aus exakter Geometrie, mit einer unzähligen Anzahl von Feldern.

Brenda klopfte sich energisch an die Ohren.

„Je älter ich werde, desto mehr macht mir dieses verdammte Pfeifen zu schaffen!" Sie lachte fröhlich. „Ich hoffe, du bist nicht enttäuscht. Allzu viel zu sehen gibt es hier nicht. Trotzdem ist es eine einzigartige Gegend. Aber stell mir bloß keine Fragen! Ich weiß nur, wie ich hierherkomme – und dass es irgendwie funktioniert."

„Vergiss die Naturgesetze", grinste Emily, „das hat schon Duncan zu mir gesagt. Obwohl es hier schon ziemlich mathematisch aussieht."

Wieder lachte Brenda. Sie wurde dabei zu einem einzigen Resonanzkörper. Das wirkte so ansteckend, dass auch Emily nicht anders konnte, als loszuprusten. Überrascht fand sie sich in einer Umarmung wieder, bevor Brenda einen Schritt zurücktrat und den linken Arm schüttelte.

Ein glitzerndes Band schlängelte sich durch die Luft, haarfein und golden, umschlang Emilys Hüfte und verband sie so mit Brendas Handgelenk.

„Vielleicht ist es unnötig", sagte Brenda, „aber wir sollten kein Risiko eingehen."

Emilys Puls beschleunigte sich. „Soll das so etwas wie eine Leine sein?"

„Ganz genau. Sie könnte verhindern, dass dir Ähnliches wie auf dem Ausflug mit Duncan noch einmal passiert." Brenda zögerte. „Er hasst diese Art der Verbindung."

Der reumütige Blick des Kriegers erschien vor Emilys innerem Auge.

Unsere beiden Versager.

„Hätte er mich etwa an die Leine nehmen sollen?"

Brenda wirkte mit einem Male ernst.

„Wie viel weißt du von Duncan?"

Was wusste sie wirklich von ihm? Sie hatte ihn beobachtet und Dinge gehört.

„Du hast bereits einen tieferen Einblick als manch anderer", unterbrach Brenda ihre Gedanken.

„Es macht Sinn", wagte Emily eine Aussage. „Duncan dürfte kaum etwas mehr verabscheuen als Fesseln."

„Und was glaubst du, weiß Duncan von dir?"

Nichts als Güte stand in Brendas Augen. Sie nickte zufrieden, als sie sah, wie Emily begriff.

„Er kann andere Menschen lesen, auch wenn er sich manchmal weigert, es zu tun. Aber jetzt lass uns weitergehen. Auf dich wartet ein Abenteuer, das sollten wir nicht vergessen!"

Emily fühlte sich in Brendas Gegenwart wie ein Kind, das an die Hand genommen und aus einer furchteinflößenden Situation hinausgeführt wird. „Komm mit", sagte diese warme, starke Gegenwart, „ich zeige dir den Weg."

Von ihr würde sie nicht enttäuscht werden.

*

Aus irgendeinem Grund hatte Emily angenommen, dass die Ebene unter ihren Füßen fest war. Der erste Schritt belehrte sie eines Besseren. Sie schwankte wie auf einer gigantischen Hüpfburg, die immer mehr Form und Halt verlor. Der Boden sank ein, wo sie gingen, und stülpte sich über ihren Köpfen wieder zusammen. Röhren entstanden, Tunnel mit Abzweigungen. Und schnell hatte Emily jede Orientierung verloren.

Sie war froh, dass Brenda sie angebunden hatte. Die Hüterin des Feuers wirkte unbeeindruckt. Sie bewegte sich zielstrebig wie eine Schlafwandlerin.

„Brenda …"

Emily konnte ihre Unruhe kaum noch ignorieren. Die Tunnel wurden zu Krakenarmen, die nach ihr griffen und versuchten, ihre Aufmerksamkeit in sich hineinzuzerren. Gerüche bombardierten sie: Kaffee. Herbst. Ein Gestank wie aus einer Bärenhöhle. Eisiger

Wind pfiff über ihre Haut und verschwand. Menschenstimmen, ein Zischeln und Wispern in allen Sprachen.

Schritt für Schritt steigerte sich Emilys Unwohlsein. So konnte sie nicht weitergehen, es war unmöglich. Ihre Nerven drohten zu überspannen, und in ihrem Kopf wurde der Presslufthammer immer lauter.

„Brenda!"

„Ja?"

„Ich kann nicht mehr."

„Was?"

Brenda taxierte sie. Ihr fragender Ausdruck wich Entschlossenheit, als sie Emilys Wahrnehmung gelesen hatte. Mit einem Schritt war sie bei ihr und schlang die goldene Leine fester um ihre Hüfte.

Für den Moment wich zumindest das Gefühl der Bedrohung.

„Wie zum Teufel findest du hier den Weg?", fragte Emily.

„Nun", sagte Brenda behutsam. „Ich sehe hier nur einen Weg. Aber bei dir ist das anscheinend anders."

„Du siehst nur einen Weg? Aber ..."

„Ich weiß", schnitt Brenda ihr das Wort ab. „Und ich weiß nicht", fügte sie sanfter hinzu. „Dies ist etwas, was dich betrifft. Ich habe keine Antwort, tut mir leid. Möchtest du, dass ich Duncan rufe? Er kann uns begleiten."

„Ich dachte, er hätte anderes zu tun."

„Lass ihn das entscheiden. Er käme nicht, wenn er woanders dringender gebraucht würde."

Da war Emily sich nicht so sicher. Duncan würde jede Aufgabe sofort vergessen, wenn Brenda ihn riefe. Dieses Gefühl war gar nicht mal so übel.

„Nein!", sagte sie entschlossen. „Ich schätze, wenn ich mich ablenke, wird es gehen."

„Sicher?"

„Sicher."

Brenda nickte, und Emily war sich gewiss, eine Prüfung bestanden zu haben.

„Mutig genug. Und ich denke auch, dass er gekommen wäre –
Kollateralschäden eingeschlossen. Dann bleibst du jetzt ein bisschen dichter bei mir und wir plaudern übers Wetter. Oder auch
über andere Themen, es liegt ganz bei dir. Möchtest du irgendetwas wissen?"

„Meinst du Fragen wie: Wann sind wir endlich da? Oder eher
persönliche Dinge aus diversen Nähkästchen?"

„Persönlich oder intim?"

„Ich bitte dich!"

„Natürlich intim." Brenda grinste sie an. „Und ich werde bestimmt nicht antworten auf solche Fragen."

„Ein Rückzieher?"

„Jeder hat ein Recht auf Geheimnisse."

„Ich glaube nicht, dass ich hier welche haben könnte."

„Da irrst du dich, Schätzchen. Es gibt niemanden, der weniger in
deinen Gedanken wühlen wird als derjenige, der es könnte. Und
wenn du an Immo denkst: Dafür legt er viel zu viel Wert auf seine
eigene Privatsphäre im Kopf."

Dachte sie an Immo? Natürlich tat sie das! Brenda wirkte angespannt, als sie neu ansetzte.

„Der Traumfänger ist ein intuitives Wesen. Niemand kann ihm in
dieser Hinsicht das Wasser reichen. Intuition ist für Immo dasselbe
wie Wissen, einfach so, ohne Erklärungen. Erklären kann er oft gar
nicht."

Die nächsten Sätze kamen aus ihr heraus, als kochten sie plötzlich
über, nachdem sie lange auf kleiner Flamme erhitzt worden waren.

„Es zerreißt mich, kannst du dir das vorstellen? Es zerreißt mich,
was da passiert ist. Was er getan hat und was für ein Hass zwischen ihm und Duncan ist. Er tut mir unendlich leid, aber ich würde ihn am liebsten so lange schütteln, bis er wieder so ist wie früher. Nicht so … verbittert gegenüber allen, die ihn nie verurteilt
haben, und gegenüber der ganzen Welt gleich dazu. Du bist der
erste Mensch seit viel zu vielen Jahrzehnten, den er wieder lieben
kann. Allein deshalb sollten wir dir einen roten Teppich ausrollen.
Und allein deshalb müssen wir dafür sorgen, dass dir nichts zu-

stößt. Denn das Universum braucht den Traumfänger, und sie brauchen ihn … bunt und fröhlich und dem Leben zugewandt. Die Menschen brauchen ihn. Falsche Träume zur falschen Zeit können großes Unheil anrichten."

„Ich bin mir nicht sicher, ob ich dafür wirklich verantwortlich sein will. Scheint mir eine ziemlich große Aufgabe zu sein."

„Keine Aufgabe! Um Himmels Willen, versteh mich nicht falsch! Es tut mir leid, ich hätte nichts sagen sollen."

„Schon gut. Aber findest du wirklich, dass sie sich hassen? Ist das nicht etwas stark ausgedrückt?"

„Wie würdest du es bezeichnen?"

Ja, wie? Sie hatte Duncans Schmerz gesehen und Immos Verzweiflung. Die Blicke, die sie sich zuwarfen. Die Art, wie sie füreinander einsprangen. Ihr wortloses Verstehen. Auf der anderen Seite …

„Sie sind sprachlos", murmelte sie und ließ das schimmernde Band durch ihre Finger gleiten. „Sie haben keine Ahnung, was mit ihnen passiert ist, wie sie da reingeraten sind und wie sie damit umgehen sollen."

Einige Minuten lang trotteten sie schweigend nebeneinander her.

„Ich würde sehr gerne glauben, dass es nur Sprachlosigkeit ist", sagte Brenda schließlich. „Aber ich fürchte, sie reißen sich einfach nur zusammen." Sie zögerte, sprach aber weiter. „Ein paar Tage, bevor Duncan sich offenbar entschloss, dein Kommen ein wenig, nun ja, zu beschleunigen, hatten die beiden einen Streit, der Ambrosias komplette Halle in Schutt und Asche gelegt hat. Malaika soll sogar geflohen sein. Ich war nicht da, ich hätte vielleicht rechtzeitig eingreifen können, also bevor sie sich an die Kehle gingen, aber so mussten Patricius und Ambrosia dazwischen gehen. Ich sage *mussten*, denn das Echo dieses Kampfes hörte ich selbst noch auf der Hochebene der Winterdrachen."

Emily bemühte sich um Gelassenheit. „Man sollte meinen, dass es wichtigere Probleme gibt, oder?"

Doch was sie hörte, beunruhigte sie. Dieser Streit musste der Auslöser dafür gewesen sein, dass Immo zu ihr gekommen war und versucht hatte, ihr die Zwischenwelt zu erklären – und sich selbst. Er hatte sich mies gefühlt dabei. War Hass doch der richtige Ausdruck?

Brenda schnalzte mit der Zunge. „Es in deinen Gedanken zu lesen, ist beklemmend. Ich sehe es ja wie du, vieles mag Hilflosigkeit sein. Dieser Hass wirkt auf mich manchmal fast zwanghaft. Als würde er sie steuern und sie entscheiden sich immer wieder dafür, ihn fortzuführen."

„Du hältst Hass für eine Entscheidung?"

„Natürlich. Jedes Gefühl ist eine Entscheidung."

Emily schwieg. Zu überzeugt wirkte Brenda, als dass sie ihr widersprechen wollte.

„Wie auch immer", sagte Brenda. „Ich habe noch keinen Schlüssel gefunden, mit dem ich die Stahltür zwischen ihnen öffnen könnte, sodass sie endlich von Herzen Frieden schließen. Bist du ok?"

„Verwirrt. Etwas. Aber an diesen Zustand gewöhne ich mich allmählich."

„Ich weiß genau, wie du dich fühlst. Du bist nicht die Erste und wirst nicht die Letzte sein."

„Ich finde die anderen sehr merkwürdig. Albuin, Malaika und Patricius meine ich. Darf ich sagen, dass mich Malaikas Psycho-Art ziemlich abschreckt? Seid ihr befreundet?"

Brenda lächelte. „Die Welt, die sie sieht, ist nicht immer die Welt, die wirklich ist. Malaika schwebt ein bisschen, das gehört vermutlich zu ihrer Berufung. Sie ist ein herzensgutes Wesen, vor ihrem Blick verliert alles seine Bösartigkeit, weil sie immer Gründe sucht für ein Verhalten und niemals den ganzen Menschen verurteilt. Ich mag sie sehr, ja."

„Patricius ist in sie verknallt."

Brenda stutzte kurz. „Verknallt, das ist nett. Ich würde eher sagen, er betet sie an. Und vielleicht ist das der sympathischste Zug an Patricius, nun ja. Ich sollte nicht so viel schwätzen, schon gar nichts Schlechtes, aber du hast ihn ja kennengelernt."

„Hat das auch eine Geschichte?"

„Herrje, das ist wieder sowas, worüber ich lieber nicht reden will. Natürlich hat er eine Geschichte. Niemand ist, was er ist, ohne eine Geschichte. Und versteh ihn nicht falsch – er ist nicht gefühlskalt. In ihm ist große Leidenschaft für das, was er tut und auch für das, was er rund um sich sieht. Mit Immo stößt er auch deshalb so heftig zusammen, weil Patricius alles beurteilen und bis ins Detail durchleuchten will. Das ist für den Traumfänger eine Qual, aber Patricius kann genauso wenig aus seiner Haut wie er. Sie müssen um ihr Vertrauen immer wieder kämpfen – und Vertrauen ist wichtig bei unserer Arbeit."

„Was hat er denn mit Duncan für ein Problem?"

Brenda zögerte. „Das ist komplizierter. Ich weiß nicht genau, ob ich mir da ein Urteil erlauben darf."

„Ach was, natürlich darfst du das! Ich muss es ja nicht übernehmen."

„In Ordnung, aber das ganze Drumherum erzähle ich jetzt nicht. Letzlich läuft es wohl darauf hinaus, dass der liebe Duncan sich nach wie vor, so oft er das auch abstreitet, für den Schutz des Traumfängers zuständig fühlt. Wenn Patricius anfängt, an Immos Verstand zu knuspern, nimmt Duncan das persönlich. So ist es."

„Was ist mit Albuin? Er scheint auch nicht sonderlich beliebt zu sein."

„Albuin? Schnickschnack. Er hat eine Sonderstellung. Malaika und er sind schon am längsten in der Zwischenwelt. Immo kann mit ihm nicht viel anfangen, weil Albuin sich nicht lesen lässt wie andere Menschen. Dadurch, dass er Exempath ist, trägt er nicht viel Irrationales in sich. Das langweilt Immo, glaube ich. Vielleicht irritiert es ihn auch. Und Duncan ist Albuin mehr verbunden, als ihm lieb ist, weil es Albuin ist, der ihn regelmäßig zusammenflickt. Jugendlicher Leichtsinn, das muss er sich dann anhören."

Emily kicherte. Der Weg war leichter geworden in den letzten Minuten. Brenda besaß eine Art, die Dinge unkompliziert zu machen. Und auch die Umgebung war nicht mehr so verwirrend wie zuvor: Nach und nach verschwanden Tunnel und es kamen keine neuen hinzu. Über ihnen öffnete sich der Raum. Es ging aufwärts.

Dann erstreckte sich wieder eine ebene Fläche vor ihnen. Brenda blieb stehen und löste die Leine von Emilys Hüften.

„Da sind wir", sagte sie. „Aufgeregt?"

„Ach du meine Güte!" Bis vor einer Sekunde hatte Emily noch verdrängen können, wohin sie unterwegs waren. „Der Drache!"

„Huang Lung. Gewöhne dich dran, seinen Namen zu nennen. Aber keine Angst, er ist nicht gefährlich und gewiss auch kein Psychopath, was auch immer Patricius behaupten mag. Immerhin durfte er unbeschadet wieder nach Hause. Fast unbeschadet. Kaum der Rede wert. Egal." Sie wedelte mit der Hand, als wolle sie die Worte, die ihr gerade rausgerutscht waren, vertreiben.

„Stell ihn dir lieber vor wie Duncan. Er poltert und knurrt, beißt aber wirklich selten. Und tief in seinem Innern hat er ein Herz aus Gold. Sei nur ehrlich zu ihm. Er kann Gedanken lesen und dein Wesen erkennen, ohne dass du selbst weißt, dass du diese Gedanken hattest oder ein solches Wesen bist."

„Hört sich ja ganz einfach an." Emily konnte den Sarkasmus nicht aus ihrer Stimme fernhalten.

„Es *ist* einfach, denk nicht zu viel drüber nach."

„Wo habe ich das bloß schon gehört?"

*

Kaum hatte Brenda Emilys Hand ergriffen, als sie schon in den Boden einsanken.

Sie stürzten in die Tiefe, doch Brenda fasste ihre Hand mit eisernem Griff. Emilys Körper schnitt durch eiskalte Luft, ihre Ohren dröhnten, die Kleidung wollte sich durch ihre Haut hindurch ins Innere flüchten.

Kilometer unter ihr befand sich die Erde und die Schwerkraft funktionierte hervorragend. Emilys Wangen flatterten. Der Fallwind peitschte ihr die Tränen aus den Augen und riss sie fort.

Brenda sackte mit dem Oberkörper nach vorne und zog Emily mit sich. Der Boden drehte sich zum Himmel und wieder zurück – und alles war ruhig.

Wie Federn fielen sie weiter, einer Fläche entgegen, die bis zum Horizont reichte – ein Ozean voller Farben.

Sie sanken auf eine Insel zu. Lange, bevor sie den Boden erreichten, strömte der Duft zu ihnen empor. Der Duft des Traumfängers.

Ein Kloß wuchs in Emilys Kehle, sie drückte Brendas Hand und spürte, wie ein Finger die ihre streichelte.

*

Vor den Steilklippen der Insel ragten drei Felsen hoch aus dem Wasser. Auf einem von ihnen landeten sie.

Endlich war wieder Raum für Sprache.

„Wo sind wir?"

„Pagan, ziemlich genau zwischen Japan und Neuguinea", erwiderte Brenda. „Diese Felsen werden Göttertränen genannt."

Emily hielt ihr Gesicht in den warmen Wind. Er spielte mit ihren Haaren.

„Das ist ein schöner Name. Woher kommt er?"

Als sie nur Schweigen erntete, sah sie Brenda an. Die Drachenhüterin runzelte die Stirn.

„Möchtest du die Legende hören? Sie könnte dir nahegehen."

„Wieso das?"

„Sie hat mit Immo zu tun. Vielleicht. Sie ist sehr alt. Willst du oder willst du nicht?"

„Mit Immo? Glaubst du ernsthaft, du kommst da wieder raus? Haben wir Zeit? Dann los!"

Brenda seufzte. „Zeit spielt weit weniger eine Rolle, als manch einer das annehmen mag. Also hör zu. Zu Urzeiten gab es noch keine Ozeane auf der Welt, nur die Flüsse auf dem Land, die in tiefe Löcher mündeten. In dieser Welt lebten die Vorfahren der Menschen. Sie waren wild und hatten keinen Sinn für die Zukunft, für ihre eigene Geschichte oder Dinge wie Kunst. Musik war ihnen genauso fremd wie Gnade, und deshalb töteten sie das, was schwächer war als sie selbst, ohne Reue. Ihre Sprache war primitiv, ohne jede Poesie. Das Feuer konnten sie noch lange nicht beherrschen.

Doch im Universum gab es einen jungen Gott – die Legende spricht von einem Gott –, der in die Träume dieser Vormenschen blicken konnte. Er war fasziniert, denn hinter aller Wildheit und

Grausamkeit fand er ein Potential, das noch niemand zu deuten vermochte –, aber er wusste, dass es ein besonderes war. Etwas Großes schlummerte in diesen Wesen und wartete darauf, geweckt zu werden.

Die Menschen würden über sich hinauswachsen, ihre eigenen Grenzen sprengen können. Sie würden Fantasie entwickeln und sich von der Liebe leiten lassen, von Kreativität und Vorstellungskraft. Sie würden die Kraft haben, die Erde zu gestalten und sie für alle zu einem neuen, besseren Ort zu machen.

Er glaubte so sehr an diese Idee! Also formte er sich selbst einen menschlichen Körper und ging zu ihnen, um sie zu lehren. Schnell fand er einige, die sich um ihn scharten und zuhörten. Er brachte ihnen eine neue Sprache bei, mit deren Hilfe sie begannen, Begriffe zu finden für Dinge, von denen sie bislang nichts wussten, weil sie im Nebel der Wortlosigkeit unentdeckt geblieben waren.

Er zeigte ihnen, wie sie mit Bildern ihre eigene Geschichte schaffen und Zukunft gestalten konnten. Tag für Tag sah er, wie ihre eigenen Träume Gestalt annahmen.

Doch dann zeigte sich zum ersten Mal, dass es nicht möglich war, den Geist aller Menschen gleichzeitig zu wecken. Veränderungen machten vielen von ihnen Angst. Ihr Nicht-Verstehen wandelte sich in fanatische Gegenwehr. Sie wollten ausmerzen, was sie als Bedrohung empfanden.

Also verfolgten sie jede und jeden, die im Verdacht standen, die Lehren des Fremden anzuhören. Sie blähten sich auf, indem sie seine Ideen verhöhnten. Sie nahmen ihn und fesselten ihn an einen Felsen mitten in der Wüste.

Dort sollte er in der Sonne stehen und sterben, während sie und ihr Stamm längst weitergezogen waren und alle Erinnerungen an ihn und seine Worte vergaßen.

Aber er war ein Gott, er konnte nicht sterben. Er hing an dem Felsen, Äonen lang, allein und voller Trauer. Und er weinte.

Es war ein göttlicher, nie versiegender Tränenstrom. Salziges Wasser, das auf heißen Wüstenboden fiel und fiel und fiel und fiel. Bis der Boden sich irgendwann in Schlamm verwandelte. Bis das

Wasser stieg und den Gott umspülte und ihm irgendwann bis zum Hals stand. Doch er konnte nicht aufhören zu weinen. Manche sagen, dass er nur untergetaucht ist und am Grunde des Meeres immer noch seine Tränen vergießt. Andere sind sich sicher, dass er eines Tages befreit wurde, vermutlich von anderen Göttern, die meinten, dass er nun zur Genüge für seine Torheit gebüßt hätte.

Wie auch immer: Die Menschheit brauchte lange, um erneut einen ersten Schritt zu tun. Und dort, wo damals ein junger Gott ihr Potential sah, ist sie noch lange nicht angekommen."

*

Du riechst nach dem Meer.
Ich weiß.
Du hast ihm gesagt, dass er nach dem Meer riecht?

*

Brenda nahm sie in die Arme und hielt sie fest.

„Ich sage nicht, dass es mir leidtut, dass ich dir diese Geschichte erzählt habe, denn eigentlich wusste ich, dass du so reagieren würdest. Dein Herz schlägt schon längst für ihn. Und wenn du ihn kennen willst, solltest du diese Geschichte kennen. Wenn der Traumfänger in sein Selbst hinabsteigt, dann findet er dort einen Ozean, denn im Gegensatz zu dem Gott der Legende weint ein Traumfänger seine Tränen nach innen. Du wirst Immo nie weinen sehen."

Emily schloss die Augen. Aus der Dunkelheit streckte sich ihr eine offene Hand entgegen. Auf der Hand lag ein Herz – ein lebendes, pochendes Herz. *„Emily …"*

„Danke, dass du mir das erzählt hast", sagte sie leise. Ihre Tränen waren versiegt. Stumm schickte sie einen Gruß auf den Weg, und gleich darauf spürte sie eine sanfte, vertraute Berührung.

„Ich vermisse dich."

„Ich bin doch da."

„Bist du in Ordnung, Liebes? Es gäbe da noch einen Drachen, dem wir unsere Aufmerksamkeit …"

„Ich weiß, Geschichtenfrau. Wieder anwesend. Müssen wir irgendwo klopfen?"

„Etwas in der Art. Bleib du vorerst genau da stehen, wo du jetzt stehst. Beobachte und höre zu. Wenn er dich anspricht, denk daran, sei höflich und ehrlich. Er versteht und spricht alle Sprachen und er erwartet Respekt. Alles klar?"

Emily nickte. Nervös vergrub sie ihre Fingernägel in den Handkuppen.

Brenda sprang vom Felsen hinunter aufs Meer. Natürlich trug es sie, dies war die Zwischenwelt. Sie fand ihr Gleichgewicht, hob das Schwert, stieß es ins Wasser und zog Furchen, die sich zu Zeichen verbanden, hinabsanken und verschwanden …

Ein leises, helles Klingeln, fremd und trotzdem vertraut, streifte Emilys Aufmerksamkeit.

„Wach auf!"

Alle Bewegung hielt inne, der Wind schwieg. Die Farben des Ozeans vereinigten sich zu einem strahlenden Weiß.

Ein Koloss stieg aus der Tiefe auf und brach durch die Wasseroberfläche. Ein goldener Schuppenpanzer. Ein schlangenartiger Schwanz wuchs in die Höhe, voller Anmut und ohne ein einziges Geräusch. 50 Meter – höher.

Es donnerte, als er hinabsauste und das Wasser traf.

Dann tauchte ein Kopf vor Brenda auf: Huang Lung, König der Drachen.

In seinen Augen loderte das Feuer der urzeitigen Erde.

„WAS WILLST DU, BRENDA FEUERHERZ?"

Die Stimme schien die Welt selbst als Resonanzraum zu nutzen.

Brenda neigte ihren Kopf. „Ich grüße dich, Huang Lung."

„WAS WILLST DU?"

„Ich bitte um deine Weisheit. Es geschehen Dinge in der Welt, die wir nicht erklären können."

„ERKLÄREN?"

Huang Lung stieß Rauch aus seinen Nüstern. Seine Stimme war voller Verachtung.

„Ich erkläre euch eure Welt nicht, das weißt du genau. Was also WILLST DU?"

Brenda hob den Blick und sah dem Drachenkönig fest in die Augen.

„Es ist auch deine Welt, die durcheinandergerät. Ein Felsdrache wurde von Dämonen angegriffen und verletzt."

Schweigen. Nur Huang Lungs Schwanzspitze zuckte hin und her und erzeugte dabei riesige Wellen.

„Das ist nicht sehr wahrscheinlich", sagte der Drache schließlich zögernd.

„Du sagst nicht, dass es unmöglich ist." Brenda richtete sich auf.

„*WAS IST SONST NOCH PASSIERT?*"

Huang Lungs Stimme dröhnte so laut in Emilys Kopf, dass sie glaubte, er müsse zerbersten. In der vergeblichen Hoffnung, sich schützen zu können, riss sie die Arme hoch. Dann war es vorbei, doch als sie die Augen öffnete, begegnete sie einem Blick, der sich in sie hineinbrannte und auch noch den letzten Winkel ihres Geistes ausleuchtete.

Noch nie hatte sie sich so klein gefühlt.

„EMILY SPRING." Ihr Name hallte über den Ozean. „DU WARST IN DER VIERTEN DIMENSION UND LEBST."

„Äh", war alles, was sie herausbrachte.

Huang Lung schnaubte erneut und wandte sich wieder Brenda zu.

„DER GLATZKÖPFIGE KRIEGER?"

„Ist wohlauf", sagte Brenda. „Er beobachtet Balors Gefängnis."

„ES INTERESSIERT MICH NICHT, WAS ER TUT!"

Wieder senkte der Drache seine Stimme. „Und der Traumfänger ist immer noch ein Gefangener."

„Ja", sagte Brenda diesmal nur und schwieg.

Langsam drehte Huang Lung seinen Kopf wieder zu Emily. Diesmal meinte sie, etwas anderes in seinen Augen zu erkennen. Fragen. Erstaunen.

Wissen.

„*STEIG AUF!*", hörte sie ihn. Er beugte den Hals vor ihr, sodass sie mit ein wenig Mühe auf seinen Schädel und von dort aus weiter auf seinen Rücken klettern könnte.

Sollte das ein Witz sein?

„STEIG AUF!"

„Emily ..." Brenda beobachtete die Szene mit sichtlichem Unbehagen. Der Schwanz des Drachen peitschte auf den Ozean, so stark, dass die Wellen die Hüterin ins Taumeln brachten.

Wieder hörte Emily dieses Klingeln. Das Klingeln von Glöckchen, die an einem Besen hingen.

„Wach jetzt auf! Es ist Zeit."

Wie von alleine bewegten sich ihre Beine, griffen ihre Hände nach den goldenen Schuppen und zogen ihren Körper nach oben.

„AUF MEINEN RÜCKEN!"

Sie fand einen Platz, der für einen Reiter wie geschaffen war und umklammerte die Schuppe vor sich.

Der Drache spannte seine Muskeln. Er breitete die Flügel aus und schoss senkrecht in die Luft.

War das ihr Schrei?

Der Druck in ihren Ohren nahm schmerzhaft zu, als Huang Lung weiter geradewegs in den Himmel flog. Sie wagte es nicht, sich zu bewegen. Sie wagte es nicht, die Augen zu schließen oder ihre Muskeln zu entspannen. Vielleicht saß sie tatsächlich fest und sicher zwischen den goldenen Schuppen. Vielleicht aber auch nicht.

Unmittelbar unter sich konnte Emily die gewaltige Kraft des Drachen spüren … und er trug sie immer höher.

Was hatte er mit ihr vor? Wollte er sie abstürzen lassen? Wusste er überhaupt, was er tat? Würde er sie töten?

„HÖR AUF ZU DENKEN, MENSCH!"

Im nächsten Moment drehte sich die Welt und alle Befürchtungen erübrigten sich. Huang Lung hatte sich in der Luft auf den Rücken gerollt und Emily konnte in erschreckender Deutlichkeit sehen, dass sie schon höher – viel höher – über dem Erdboden war als jemals zuvor. Doch sie blieb weiter mit dem Drachenkörper verschmolzen.

„Ich habe verstanden", dachte sie mit aller Kraft und gleich darauf wandte Huang Lung seine Schnauze wieder dem Himmel zu und folgte seinem ursprünglichen Weg, als habe es diese kleine Demonstration nie gegeben.

Emily vergaß jeden Gedanken an Angst. Gewissheit erwachte in ihr, vertraut wie eine Erinnerung. Wo auch immer er sie hintrug, auf seinem Rücken war sie so sicher, als hätte sie den Boden nie verlassen. Sie erlaubte ihren Muskeln, sich zu entspannen, und gab sich ganz dem Empfinden hin:

Sie war frei!

*

Die Luft schien dicker zu werden, als sie den Nebel erreichten. Die Flügel des Drachen schlugen langsamer – oder verzögerte sich die Zeit?

Es war, als tauchten sie durch einen Traum.

Emilys Blick verlor sich im Weiß, suchte nach etwas, an dem er sich festhalten konnte, etwas, das nicht nach Drachen aussah.

Dann stieß Huang Lung aus dem Nebel heraus.

Sie hatten die Atmosphäre hinter sich gelassen. Über Emily öffnete sich das Universum – schwarze Unendlichkeit, Heimat von Abermillionen Sternen.

Unter ihnen drehte sich die Erde.

Der Drache hatte jede Bewegung eingestellt. Er ließ sich treiben und schien ebenso wie Emily den überwältigenden Ausblick zu genießen.

„Schau sie dir an", hörte sie seine Stimme in ihrem Kopf, ganz anders als vorhin, sanftmütig und gelassen. *„Seit Äonen dreht sie sich und es kümmert sie nicht, was auf ihrer Oberfläche geschieht. Sie weiß nicht, dass sie für viele hundert Milliarden Wesen eine Mutter ist, die sie nährt und schützt. Eine Mutter, die ganze Arten ausrottet, wenn sie sich neu einkleidet, die mehr als einmal fast komplett entvölkert war und doch immer und immer wieder neues Leben gebar."*

Emily hielt den Atem an. Unter ihnen glitt ein riesiger Kontinent vorbei. Dort unten war Nacht, doch es schien fast so, als würde sich der Sternenhimmel in dieser Nacht spiegeln. Zahllose Lichter bedeckten die Oberfläche, an manchen Stellen, dort, wo die Städte waren, verschmolzen sie zu großen, hellen Flecken.

Wie seltsam, dass nicht auch der Lärm bis hier oben vordrang.

„Jämmerlich." Diesmal schwang wieder Verachtung im Tonfall des Drachen mit. *„Schau dir an, wie sie versuchen, ihre Angst vor der Dunkelheit durch künstliches Licht zu besiegen. Dieses Licht ist genauso armselig wie ihre Versuche, sich als menschliche Rasse fortzuentwickeln und zu verbessern. Sieh genau hin, Emily: Dort ist das Original. Sieh dir an, was LICHT ist."*

Am Horizont, hinter der Nacht, war ein heller Streifen erschienen, der sich rasch nach vorne ausdehnte und die Welt in gleißende Farben tauchte.

Emily hob die Hände, um ihre Augen zu schützen. Nur durch einen kleinen Spalt zwischen ihren Fingern beobachtete sie, wie der Tag die Nacht verschlang.

„Hier oben wird meine Seele einst in die Ewigkeit eingehen, und hier oben wirst du auch die Antwort auf die einzige Frage finden, die für dich zählt."

Eine Frage nur? Sie hatte tausende!

„Für dich nur eine, Emily. Lausche in dich hinein, dort flüstert sie längst. Überwinde deine Taubheit, Mensch!"

Sie wagte nicht zu widersprechen. Hier schwebte sie im Weltraum, auf dem Rücken des Königs der Drachen, und der sagte zu ihr, dass es nur eine einzige Frage gab.

Wer war sie, dass sie seine Worte in Zweifel zog?

Ein mühsam unterdrücktes Lachen kam von ihm.

„Genau, Emily Spring. Wer bist du?"

Dann schwieg er, richtete seinen Körper senkrecht zur Erdoberfläche aus und öffnete die Flügel ganz.

„Von hier oben siehst du die Kraft der Erde und ihre Zerbrechlichkeit. Die Menschen werden es nicht schaffen, sie zu zerstören. Sie können nur ihre eigene Geschichte beenden. Noch schreiben sie daran – aber wie lange noch? Tausend Jahre? Millionen? Kommt das Ende schon morgen? Es spielt keine Rolle. Die nächste Spezies, die den Planeten beherrschen wird, steht bereits in den Startlöchern."

Emily wartete. *„Welche Spezies meinst du?"*

Ein Feuerstrahl loderte aus dem Maul des Drachen. Geräuschlos verteilten sich die Flammen, formten einen brennenden Kreis, der sich mit Nebel füllte.

„KAKERLAKEN", sagte Huang Lung und trug sie durch den Kreis.

*

Der Weltraum war verschwunden. Vor ihnen lag ein See, umgeben von lichten Wäldern und Hügeln. Der Himmel war blau, die Sonne schien, Vogelstimmen füllten eine klare Luft.

Huang Lung landete auf einem grasbewachsenen Platz. Auf ihm standen drei große, bunt bestickte Tipis.

Der Drachenkönig senkte den Kopf.

„ABSTEIGEN!", knurrte er.

Emily gehorchte wie in Trance. Sie kletterte über die gewaltigen Schuppen nach unten.

Vor ihr stand ein alter Mann. Federn schmückten sein weißes Haar. Seine lederne Haut wirkte, als sei sie ihm im Laufe der Zeit zu groß geworden. Doch seine braunen Augen funkelten. Er lachte, als er den Kopf neigte und ihnen die offenen Handflächen entgegenstreckte.

„Huang Lung, sei gegrüßt. Dein Besuch ist eine Freude. Wer ist diese junge Frau, die würdig ist, auf deinem Rücken zu reiten?"

Der Drache schnaubte, doch es klang nicht verächtlich, sondern eher wie eine Begrüßung.

„Ich bringe dir Emily Spring. Sie muss eine Frage beantworten und du wirst ihr Geschichten erzählen."

Jetzt sah der Alte Emily direkt in die Augen und hob eine Braue, bevor er sich abermals verneigte.

„Emily Spring, du bist eine Erwartete. Mein Name ist Haiowatha. Ich bin einer", er schien nach Worten zu suchen, „der wartet."

Emily kniff die Augen zusammen. „Ich hoffe, ich habe mich nicht zu sehr verspätet."

Haiowatha schlug die Handflächen zusammen und gluckste voll offensichtlichem Vergnügen. „Schon jetzt hat sich das Warten gelohnt." Er bemerkte wohl Emilys Irritation, denn sein Mund öffnete sich zu einem breiten, nahezu zahnfreien Lachen. „Ich fühle mich in eine Geschichte hineinversetzt, lass dich dadurch nicht stören. Du wirst hier Antworten finden, ich verspreche es dir."

„IHR VERSCHWENDET MEINE ZEIT!"

Haiowatha presste die Hände an die Ohren.

„Ich bitte dich, mein Freund! Auch wenn ich alt bin, so bin ich leider nicht taub. Deine Stimme dröhnt wie ein Berg, der zusammenstürzt."

„DU FÜHLST DICH MISSHANDELT? ICH HABE SOWIESO BESSERES ZU TUN!" Huang Lung verschwand mit einem beeindruckenden Knall.

Emily war mulmig zumute, doch Haiowatha zuckte nur mit den Schultern. „Das war ja schon fast ein Abschiedsgruß."

„Ich habe mich gerade an ihn gewöhnt", sagte Emily. „Und ich hoffe nur, dass ich auch ohne ihn wieder nach Hause komme."

„Keine Sorge." Der Alte machte eine einladende Geste in Richtung der Zelte. „Der Rückweg steht dir immer offen. Aber zunächst werden wir uns unterhalten. Lass uns zum Feuer gehen, ich habe gerade Tee aufgebrüht."

*

„Wo bin ich hier?", fragte Emily, noch bevor sie sich auf dicken Baumstämmen an einer Feuerstelle niederließen. Ein Kessel hing dort, aus dem es dampfte und angenehm roch. „Es würde mich wundern, wenn die Antwort lautet, dass dies die ganz normale Welt ist."

Haiowatha warf ihr einen überraschten Blick zu.

„Wieso sollte es nicht die normale Welt sein?"

Emily rutschte auf dem harten Stamm hin und her, bis sie eine einigermaßen bequeme Position fand. „Wir sind durchs All hierhergeflogen."

„Ah, der schöne Weg. Für mich ist diese Welt so normal, wie es die deine für dich ist – natürlich ist sie das. Und natürlich sind es verschiedene Welten. Diese hier befindet sich in der vierten Dimension. Es ist eine von sehr vielen, die du nur erreichen kannst, wenn dir jemand die Tür öffnet. In diesem speziellen Fall ist Huang Lung der Türöffner. Er entscheidet, wer herkommen darf. Bis dahin existiert meine Welt für euch nur als Möglichkeit. Und eine bloße Möglichkeit wird sie für dich wieder, wenn du sie verlässt."

Du warst in der vierten Dimension und du hast überlebt.

... nur als Möglichkeit ...

Auch *dort* war alles möglich gewesen. Ihr Haus, ihre Katze, ihre Mutter ...

Emily fröstelte. War auch das hier eine Falle?

Was immer passiert: Du hörst nur auf dich selbst!

„Dann ist Huang Lung sehr mächtig", sagte sie.

Haiowatha wiegte den Kopf. „Das ist er, wenn es auch nicht ungewöhnlich ist, dass nur ein Wesen den Schlüssel zu einer Dimension birgt. Er hat diesen Ort vor sehr langer Zeit erschaffen und ihn mir überlassen, als ich einen Unterschlupf brauchte. Es war sein Dank dafür, dass ich ihn gesund gepflegt habe, nachdem er in einem Kampf schreckliche Wunden davongetragen hatte."

„Das hört sich nach der ersten Geschichte an, die ich hören will. Huang Lung wirkt nicht so, als ließe er sich leicht verwunden."

„Oh, es gibt mächtigere Wesen als Huang Lung. Auf der anderen Seite sind einige von ihnen ausgestorben. Dämonen. Entitäten aus grauer Vorzeit, die Gegenspieler der sogenannten Götter. Alte Geschichten aus längst vergangener Zeit. Ich glaube dir, dass dich diese Geschichten interessieren – aber ich würde lieber erst wissen, wieso Huang Lung dich hergebracht hat."

Emily wartete gespannt. Haiowatha musste wissen, dass sie selbst ahnungslos war. Er griff in einen Beutel, der an seinem Gürtel hing, zog eine Handvoll getrockneter Kräuter hervor und warf sie in die Flammen. Mit einem verzweigten Ast wedelte er dem Feuer Luft zu, sodass sich der Rauch verstärkte. Dann legte er Emily die Hand auf die Stirn und schloss die Augen.

Irgendwann drang ein überraschtes Brummen aus seiner Kehle, er murmelte etwas Unverständliches vor sich hin. Sein Atem ging flach. Schließlich riss er die Augen auf und starrte Emily an.

„Dann ist es also wahr! Abbadon kehrt zurück und ruft nach seinem Handlanger. Und die alten Seelen formieren sich neu."

Eine kalte Faust schloss sich um Emilys Herz. Sie konnte nichts mit seinen Worten anfangen, aber sie entsetzten sie bis ins Mark.

„Wer bist du?", flüsterte sie.

Er zog seine Hand zurück. „Ich bin Haiowatha", sagte er. „Ich bin der alte Mann, der alte Geschichten kennt. Und ich koche einen sehr guten Tee."

Mühsam erhob er sich und befüllte eine Tasse aus dem Kessel über dem Feuer. Emily zögerte, als er sie ihr reichte. Die mahnenden Worte Duncans klangen ihr im Ohr. Andererseits – Haiowatha fühlte sich bedrohlich an. Im Gegenteil.

„Da du ja wohl weißt, wieso ich hier bin, wäre ich dankbar, wenn du mich einweihen würdest." Sie nahm die Tasse entgegen.

Er setzte sich ihr gegenüber, nahm aus einem anderen Beutel andere Kräuter, schob sie sich in den Mund und begann, sie zwischen den verbliebenen Zähnen zu zermalmen.

„Ich lebe schon so lange, dass ich erlebt habe, wie die Menschen lernten, das Feuer zu kontrollieren. Ich bin mit meinem Volk über das ewige Eis gezogen. Ich war Zeuge vom Ende eines großen Kampfes und vom Beginn der Blütezeit der Menschheit. Leider habe ich die nicht mehr miterlebt, weil ich vorher fliehen musste. Hierher, mit allem Wissen, das sonst verlorengegangen wäre. Aber ich greife vor. Lass mich von vorne beginnen." In hohem Bogen spuckte er die Kräuter ins Feuer. Es zischte.

„Zu jener Zeit verwüstete ein Dämon das, was die junge Menschheit gerade erst aufgebaut hatte. Du kennst seinen Namen schon – Balor. Er mordete ganze Stämme und zerstörte Siedlungen. Aber seine Spezialität war der Wahnsinn. Er war ein Abkömmling der Träume, musst du wissen. Wie ein Schatten, der sich vom Licht getrennt hatte und sein eigenes Leben führte. Er konnte Wahnvorstellungen am Netz des Traumfängers vorbei in die Köpfe der Menschen schleusen. Er war böse, und er ließ die Seelen glauben, dass sie dem eigenen Tod entkommen könnten, wenn sie seinem Ruf folgten."

„Dafür also das scharfe Schwert", murmelte Emily und winkte rasch ab, als der Alte sie verwirrt ansah. „Entschuldige, erzähle bitte weiter."

„Die Menschen waren ihm ausgeliefert. Seiner Körperkraft, seinen Manipulationen. Sie konnten fliehen oder versuchen, gegen ihn zu kämpfen – er fand sie. Er war stärker. Er trieb sie in den Wahnsinn oder in den Tod. Alle Macht lag in seiner Hand."

Haiowatha griff nach einem Ast und beugte sich vor, um damit im Feuer zu stochern. Funken stoben und die Flammen leckten höher in die Luft.

„Ich war schon ein alter Mann damals, der Schamane meines Volkes. Ich kannte mich mit Kräutern aus und mit der Welt der Geister. Zu jener Zeit gab es davon wesentlich mehr als heute."

Er lachte leise vor sich hin. Emily fragte sich schon, ob er selbst etwas von dem Wahnsinn abbekommen hatte, von dem er erzählte, als er sich räusperte.

„Entschuldige, das ist eine andere Geschichte. Wir hatten uns damals immer weiter in den Norden zurückgezogen, ins Eis, bis an das große Meer. Eine naive Hoffnung. Wir dachten, dort könnte Balor weniger Schaden anrichten. Immerhin war er ein Wesen des Feuers, erwähnte ich das schon? Er ist ein wandelndes Inferno mit einem eisernen Knochengerüst. Aber unsere Hoffnung war vergebens."

Noch nach all den Jahrtausenden zitterte die Hand des Alten, als er wieder in seinen Kaukräuterbeutel griff.

„Als Balor kam, warfen meine Leute sich ihm zu Füßen. Sie hatten keine Kraft mehr, und er wusste das. Einen nach dem anderen machte er sie zu Sklaven. Er löschte ihren Verstand. Er ließ sie tanzen, mit verblödeten Gesichtsausdrücken. Sie priesen ihn und die Freiheit, die er ihnen angeblich brachte. Sie dachten wirklich, er würde sie verschonen. Aber er machte sich nur einen Spaß daraus, sie gegeneinander aufzuhetzen. Es gefiel ihm, wie diejenigen, die ihm nicht verfallen waren, aufheulten angesichts dessen, was mit ihren Brüdern und Schwestern geschah. Als Schamane war ich in die Dynamik des Stammes nicht einbezogen – aber selbst ich war fassungslos. Die einen wollten sich verteidigen. Die anderen sahen gerade das als Fehler – ach was, als Sünde! Sie kämpften gegeneinander. Sie ermordeten einander. Unsere Anführerin wurde komplett wahnsinnig und stürzte sich von einer Klippe in den Tod. Das führte zu weiterem Hass ..."

Emily fröstelte. Die Wärme von Feuer und Sonne reichten nicht mehr. Diese Geschichte ging ihr näher, als sie sollte.

„Balor hat sie alle vernichtet, bis auf eine Handvoll Unglücklicher, die nicht nur weiterleben, sondern auch Nacht für Nacht träumen mussten."

Zum ersten Mal, seit er begonnen hatte zu erzählen, sah Haiowatha Emily direkt an. „Wir machten weiter, aber wir warteten eigentlich nur noch auf den Tod. Meine engste Vertraute damals war eine junge Fährtensucherin. Tagsüber berieten wir uns, was zu tun war. Wir wollten losziehen, um vielleicht andere Menschen zu finden, denen wir uns anschließen konnten. Meine Freundin verlor aber immer mehr den Mut, und sie erzählte mir, dass sie nachts nicht nur von den Toten träumte, sondern auch von Balor selbst. Sie sah, wie aus seinem Kopf ein Schatten entsprang. Dieser Schatten, davon war sie überzeugt, war noch viel gefährlicher als Balor, und sie hatte panische Angst, dass er uns durch ihre Träume hindurch finden würde."

Erneut spuckte er die Kräuter aus seinem Mund in die Glut. „Damals glaubten wir noch, dass Träume viel, viel mehr Macht hätten, als sie wirklich haben. Die junge Frau verzweifelte immer mehr. Sie begann, Drogen zu nehmen, um ihr Traumbewusstsein auszuschalten. Es half nichts. Der Traum von Balor und dem Schatten kehrte zurück, und ich beschloss, die Geister um Rat zu fragen. Was ich fand, hatte ich aber bestimmt nicht erwartet!"

Nur das leise Knistern des Feuers war zu hören. Inzwischen brach die Dämmerung hinein. Minuten verstrichen, bevor Haiowatha weitersprach.

„Als Schamane kannte ich natürlich Trancereisen. Die Welt der Geister erschien mir oft genauso real wie die der Menschen. Doch damals betrat ich zum ersten Mal Ilumenors Halle. Ilumenor war damals der Wächter des Gleichgewichts. Für mich war er erstmal nur eine Vision. Bei ihm war ein Krieger. Byamee. Der mächtigste seiner Zeit. Ein riesenhafter Mann, pechschwarz und mit Augen, aus denen mich das Universum selbst anblickte. Er trug mehrere Waffen bei sich und war genauso wie Ilumenor sehr freundlich zu mir. Im Nachhinein glaube ich, sie hatten ein wenig Angst, dass ich in Panik geraten könnte." Haiowatha schmunzelte. „Aber ich dachte ja noch, dass ich mich auf einer Trancereise befände, also nahm ich alles einfach hin. Obwohl ich noch nie ähnlichen Menschen begegnet war. Ilumenor, Hüter des Gleichgewichts, und Byamee, der erste Traumfänger menschlicher Gestalt."

„Traumfänger?" Emily runzelte die Stirn. Bislang hatte sie dem Alten gut folgen können, aber jetzt schien er etwas durcheinander zu kommen. „Gerade hast du noch gesagt, dass ein Krieger neben … Ilumenor? … stand. Aber jetzt ist er der Traumfänger?"

„Du passt auf." Haiowatha schien zufrieden. „Byamee war ein Krieger, und außerdem war er der Traumfänger. Aber lass mich die Geschichte erst weitererzählen. Der Traum meiner Freundin war das letzte Puzzleteil auf dem Weg, Balor unschädlich zu machen. Ich sollte dabei helfen. Es war wirklich eine seltsame Trancereise! Ilumenor erklärte mir, dass Balor eine Symbiose bildete mit dem, was im Traum als Schatten aus seinem Kopf erschienen war. Der Schatten war auch ein Dämon. Ursprünglich gehörten die beiden nicht zusammen. Für die Menschheit war dieser andere Dämon derjenige, der sie in den Wahnsinn trieb. Für Balor war er der Verstand. Ohne ihn hätte er nur seine Triebe gehabt und weder klug noch strategisch handeln können. Der andere Dämon würde ohne Balor seinen Zugriff auf die Welt verlieren, das hofften Ilumenor und Byamee jedenfalls. Wir mussten nur die Symbiose brechen. Für Balor war bereits ein Gefängnis vorbereitet. Eine Burg, tief im Jenseits. Ich spielte den Lockvogel für Balor. Im Gegenzug schickte Byamee dem Rest meines Stammes Träume, die sie in ein Land führten, in dem sie sicher leben konnten und andere Menschen fanden."

Der Alte stand auf, um Emily frischen Tee einzuschenken. „Ich überspringe den Teil mit dem Kampf, er war erfolgreich. Vielleicht findest du es amüsant zu hören, dass auch dein neuster Freund an ihm beteiligt war."

Gespannt sah er Emily an. „Huang Lung", sagte die und er nickte.

„Er hat gemeinsam mit Ilumenor den Bann über den zweiten Dämon gesprochen. Der Schatten aus Balors Kopf verschwand aus dem Gedächtnis des Universums, und mit ihm sein Name. Abbadon. Heute ist er höchstens noch ein Wispern in Huang Lungs Erinnerungen und möglicherweise eine Ahnung, die den Traumfänger beizeiten befällt. Wir dachten damals, dass es vorbei wäre. Aber der Schlussakkord ließ noch auf sich warten. Denn Ilumenor war dem Tode nahe. Er konnte das Gleichgewicht kaum noch halten und war kurz davor, aufzugeben. Die Zerstörung der machtvollen Symbiose zweier Dämonen forderte ihren Tribut: Um das Gleichgewicht zu bewahren, musste auch das Licht ein Opfer bringen. Eine zweite Einheit würde sich trennen müssen. Und dafür kam niemand anderes infrage als Byamee, in dessen Körper sich die alten Seelen zweier Archetypen vereinigten. Er musste sterben, damit seine Seele sich teilen konnte. Und seit diesem Tag, Emily, leben Traumfänger und Krieger in zwei unterschiedlichen Körpern, obwohl ihre Seelen aus einem einzigen kommen."

Der Alte schwieg. Emily starrte ins Feuer, bis vor ihren Augen Blitze zuckten. Alles in ihr war taub.

„Damals wurde ich in die Zwischenwelt aufgenommen", fuhr Haiowatha schließlich behutsam fort. „Ich wurde der Heiler. Ilumenor hat sich nie ganz davon erholt, dass er seinen Freund opfern musste."

„Und an all das erinnert sich heute niemand außer dir?", fragte Emily, obwohl sie es längst ahnte:

Immo und Duncan kannten diese Geschichte ganz sicher nicht!

„So ist es", antwortete Haiowatha. „Es war keine Absicht, dass es so kam. Ein anderer Dämon sorgte Jahrhunderte später dafür, dass ich ausgesucht wurde, so viel Wissen wie möglich vor dem Zugriff des Vergessens zu retten. Aber das ist eine andere Geschichte."

„Erzähle mir, wieso du glaubst, dass Abbadon zurückkehrt."

„Ich glaube nicht, ich weiß. Die Zeichen sind überdeutlich."

Wieder warf er Holz ins Feuer.

„Was für Zeichen sind das?"

„Als Erstes solltest zu wissen, dass seit Byamees Opfer die Gemüter der Traumfänger voller Frieden waren, sanft und wollig wie Schafe. Das erste Mal, dass Huang Lung zu mir kam und von einem Zeichen sprach, war damals, als in Immo das wütende Herz erwachte und er begann, sich wie ein Krieger in die Geschicke der Menschen einzumischen."

„Wie ein Krieger", sagte Emily. „Das hört sich aus seinem Munde anders an. Er hat Träume missbraucht, bis die Träumenden sich selbst ermordet haben. Er war wahnsinnig vor Schmerz und süchtig nach Vergeltung. Ich kenne nicht allzu viele Krieger, aber zumindest bei Duncan fühlt sich der Job komplett anders an."

„Du hast recht. Er ist kein Krieger, der zuallererst sich selbst beherrscht. Er hatte kein Schwert, nur seine eigenen Waffen, die allein seinem Geist entsprangen. Er machte alles falsch, aber ein Zeichen war es trotzdem. Als Nächstes fiel auf, dass es ausgerechnet Duncan war, der den Traumfänger stoppte. Der ihn an seine ursprüngliche Aufgabe erinnerte und doch keinen anderen Weg fand, als sich selbst von ihm zu trennen und ihn bloßzustellen."

„Laut Immo war es folgerichtig. Weil Duncan ihn am besten kennt und ihm wohl auch am meisten zutraut – in jeder Hinsicht."

„Nun, Immo irrt sich. Und er unterschätzt die Kraft seiner eigenen Intuition. Er hat sich selbst manipuliert und tut es noch immer."

„Ich verstehe nicht."

„Sein ganzer Wahnsinn diente genau diesem Ziel: ihn von Duncan zu entzweien. Nichts sonst – keine Gerechtigkeit, keine Rache. Und Huang Lung und ich mussten hilflos mit ansehen, wie das stärkste Gespann, das die Zwischenwelt je gesehen hatte, zerbrach. Ausgerechnet die beiden, die jeder für sich als Krone ihrer Vorgänger galten, opferten sich erneut. Nur diesmal ohne ihr Wissen und Einverständnis. Aber das Gleichgewicht muss gewahrt werden. In der Dunkelheit einer anderen Welt wächst die Möglichkeit, dass Abbadon einen Weg zurückfindet und sich mit Balor wiedervereinigt. Deshalb müssen die beiden getrennten Seelen – Traumfänger und Krieger – weiter auseinandertreiben."

„Sie müssen?" Emily war entsetzt. „Das kannst du nicht ernst-
meinen! Wie soll das überhaupt funktionieren – zu verhindern,
dass etwas Schlimmes passiert, indem man sich selbst zum Märty-
rer macht? Noch nie hat das funktioniert! Da kannst du mir was
vom Gleichgewicht erzählen, von Resonanz oder was auch immer!
Die beiden leiden, und sobald ich die Möglichkeit dazu habe, werde ich das beenden!"

Sie rechnete mit Protest, aber Haiowatha nickte nur nachdenklich. „Du riskierst viel, das sollte dir klar sein. Und du trittst gegen
die Intuition des Traumfängers an – das dürfte kein Spaziergang
werden."

„Aber was wäre denn die Alternative? Als ob dieser Abbadon
sich einfach wieder zurückzieht! Was, wenn er sonst nichts anderes
zu tun hat? Sollen Immo und Duncan für den Rest aller Zeiten leiden? Sich nie mehr versöhnen können? Das kann nur ein Scherz
sein, und zwar ein schlechter."

„Natürlich ist diese Alternative nicht festgeschrieben", erwiderte
Haiowatha nach kurzem Zögern. „Doch wenn sie sich wieder versöhnen, wird eine Kette aus Ereignissen weiter geknüpft, die
zwangsweise zur Wiedervereinigung Abbadons mit Balor führt.
Und jetzt kommt der Punkt, an dem du mir gut zuhören musst.

Denn es wird passieren. Die Zeit für große Ereignisse ist gekommen. Es hat längst begonnen. Duncan weiß das. Immo weiß es. Die
anderen wissen es, auch wenn sie sich dem Wissen verschließen.
Aber Balors Gefängnis wird von Dämonenheeren bestürmt. Und
Ambrosias Wissen wurde von der Person gestohlen, die einzig
dazu in der Lage war, dich auf den Plan zu rufen."

Er schwieg und wartete.

„Ich höre dir auch weiter zu", sagte Emily tonlos.

„Es ist kein Schicksal, was hier geschieht, Emily. Jemand steckt
dahinter. Abbadon findet nicht einfach einen Weg, und Dämonen
verbünden sich nicht einfach zu einem Heer. Hier ist eine mächtige
Figur am Werk mit machtvollen Fähigkeiten. Und wir kennen sie
nicht. Der einzige Hinweis ist der auf deinen Vater, aber er bleibt

vage und seien wir ehrlich – nicht besonders naheliegend. Aber du
... du, Emily ..."

Er brach ab, als er sah, dass sie zitterte. „Hab keine Angst!", sagte
er rasch.

Doch Emily schüttelte den Kopf. „Ich habe keine Angst", sagte
sie und betrachtete ihre zitternde Hand. „Ich meine – ich bin niemand. Irgendeine Studentin, viel zu häufig unfreiwillig gefickt. Ich
habe Angst vor Menschen, nicht vor Ereignissen. Dass ich die überlebe, das habe ich gelernt. Aber in letzter Zeit tun alle so, als sei ich
was Besonderes."

Sie ballte die Hand zur Faust. „Sag mir, was ich tun muss. Sag
mir, wer ich bin."

„Du bist jemand, den man ins kalte Wasser stößt in dem Wissen,
dass er schwimmen kann", sagte Haiowatha leise. „Du wirst dich
suchen müssen, in den Tiefen deines Selbst. Du wirst suchen müssen, was dich stark macht. Die Antwort liegt in dir und du musst
die Erste sein, die sie ans Licht holt. Wer du bist, das weißt du
selbst."

„Aber du weißt es auch, oder? Huang Lung weiß es. Immo weiß
es. Ich werde nicht die Erste sein."

Haiowatha schmunzelte. „Erlaube mir, dass ich dazu schweige,
meine Liebe. Du hast ein bisschen recht und ein bisschen irrst du
dich. Belass es dabei, in Ordnung? Es gibt Traditionen, die bewahrt
werden wollen."

Emily schnaubte verächtlich, woraufhin Haiowatha laut lachte.

„Es tut so gut, dich zu sehen", sagte er und ignorierte ihren em-
pörten Blick.

*

„Ich muss also in mein Selbst?"

„Das musst du."

„Wann?"

„Wann immer du bereits bist."

„Hast du einen Rat für mich?"

„Nimm niemanden mit, wenn du verstehst, was ich meine. Höre
nur auf dich selbst. Ich werde Kräuter ins Feuer werfen, damit dei-

ne Reise in die Tiefe schneller geht. Dein Geist soll mutig sein, damit du keinen Dämonen begegnest. Ganz nebenbei werde ich dich auch abschirmen vor Neugierigen."

„Du meinst Immo und Duncan."

„Sie und alle anderen alten Seelen. Außerdem kann es sein, dass du in den Fokus dunkler Mächte geraten bist, als Huang Lung dir erlaubte, auf seinem Rücken zu reiten. Solche Neuigkeiten sprechen sich schnell rum, und nicht immer ist das zu begrüßen."

Er zwinkerte ihr zu. „Aber wahrscheinlicher ist es, dass du dich vor Traumfänger und Krieger verbergen musst. Du bist hier immerhin an einem Ort, an dem sie noch nie waren, den niemand erreichen kann außer dem König der Drachen. Von meiner Existenz wissen sie nichts, sie werden es erst von dir erfahren. Also wären dir Fragen gewiss, vielleicht sogar Vorwürfe. Konzentrier dich zuerst auf dich selbst, bevor du dich dem stellst."

Er öffnete einen dritten Beutel und hielt ihn ihr hin. Ein betäubender Duft strömte ihr entgegen.

„Was meinst du?", lächelte Haiowatha. „Bist du bereit? Sollen wir für den Moment Auf Wiedersehen sagen?"

Emily spürte längst, dass ihr Körper sich fallenlassen wollte.

Mit aller Macht wurde sie gerufen.

Sie lag patschnass in ihrem Brunnen. Über ihr tanzte das Licht des Kristalls, um sie herum ein fragendes Wispern. Es fand kein Ziel.

Sie wusste, wem dies Wispern gehörte. Alle waren auf der Suche nach ihr. Haiowathas Schutz jedoch wirkte offenbar, und so war ja auch der Plan. Dennoch fiel es Emily schwer, nicht wenigstens ein winziges Lebenszeichen zu senden, einen Hinweis nur, dass es ihr gutging.

Nein! Wenn Immo sie jetzt berührte, wäre all ihr Mut dahin. Er musste warten. Sie mussten warten. Alle. Hatten sie nicht eben noch über die Kraft der Intuition gesprochen? Immo würde wissen, dass alles in Ordnung war.

Als sie aus dem Brunnen herauskletterte, wrang sie als erstes ihr T-Shirt aus. Es würde ewig dauern, bis alles trocken war. In dem nassen Zeugs konnte sie sich unmöglich bewegen. Aber wo sollte sie neue Klamotten hernehmen? Nackt gehen? Wieso bloß landete sie immer im Wasser?

„Komm schon", murmelte sie vor sich hin. „Irgendetwas?"

Und da stand er, der Stuhl. Säuberlich gefaltete Kleidungsstücke lagen auf ihm. Unterwäsche. Ein weißer Jogginganzug.

Wieder war sie ein wenig schlauer.

Noch immer hing ihr der Duft von Haiowathas Kräutern in der Nase. Sie sollte losgehen, solange sie so euphorisch war. Dämonen brauchten ihre Angst oder ihre Wut, das hatte sie begriffen.

Gegenüber der Flügeltür, die zu Ambrosia führte, war eine neue Tür aufgetaucht. Schlicht und ohne Verzierung sah sie Emily entgegen.

*

Überall war Himmel. Es gab nichts, an dem sich die Augen festhalten konnten, nur unter ihr …

Emily hielt sich am Rahmen der Tür fest, während sie in die Tiefe blickte. Weit unten sah sie ein Leuchten, so stark wie die Sonne.

Damit deine Reise in die Tiefe schneller geht …

Sie sprang.

*

Diesmal riss kein Gegenwind an ihr, trotzdem hatte sie das Gefühl, sehr schnell zu fallen. Sie fiel für Ewigkeiten, mit offenen Augen. Ihr Bewusstsein trübte sich, und im Blau über ihr blitzten Bilder von Erinnerungen auf. Gesichter, die mit Schmerz verbunden waren. Gesichter, denen sie vertraut hatte. Bruchstücke zerschlagener Geschichten, die sie woanders hätten hinführen können.

Schon einmal hatte sie all das losgelassen.

Damals war sie sicher gewesen, dass ihr Leben vorbei war.

Doch diesmal wollte sie ihr Leben finden. Und sie war nicht allein.

Wo damals Enge war, öffnete sich jetzt ihr Herz und alle Welt strömte in sie hinein. Sie spürte die Gegenwart des Traumfängers und begriff, wie vertraut sie ihr war. Hatte sie ihn nicht schon immer gefühlt – irgendwo in sich? Er fiel mit ihr, dann blieb er zurück.

Der Himmel verschwand in gleißendem Licht. Wärme wandelte sich in Hitze, kaum mehr zu ertragen. Es war tatsächlich eine Sonne, der sie entgegenfiel.

Und genau dorthin wollte sie.

Nach Hause.

Sie würde in der Sonne verbrennen und selbst Sonne sein.

*

Über Emily flimmerte die Luft. Sie lag auf festem Grund. Ihre Hände griffen in Sand. Sie schmeckte Sand auf ihren Lippen. Alles war still.

Vollkommen still, in der Tiefe ihres Selbst.

Wer bin ich?

Im nächsten Augenblick hörte sie das Klingeln kleiner Glöckchen. Sie schaffte es, sich aufzurichten und ihre Augen auf die Helligkeit einzustellen. Sie war in einer Wüste, so weit ihr Blick reichte, aber sie war nicht allein. Einen Moment brauchte Emily, bis sie die Gestalt erkannte, die dort über den Sandboden schlurfte und ihren Besen schwang.

Es war der alte Mann, der in Duncans Selbst getanzt hatte. Hier war er, in ihrer Tiefe, und fegte die Wüste.

Bemerkte er sie nicht? Er schien vollkommen in seine absurde Tätigkeit versunken.

Emily wollte etwas sagen, doch sie brachte nur ein heiseres Krächzen zustande. Er nahm sie dennoch wahr. Ohne Eile schlurfte er herbei, kniete nieder und berührte ihre Lippen. In seinen hellen Augen spiegelte sich die Wüste.

„Du musst warten, bis die Nacht kommt", sagte er mit einer Stimme, die sanft war wie Wasser, das über Jahrtausende die scharfen Kanten eines Steins rund schliff.

Als sie nichts sagte, nickte er, als sei er zufrieden, stand auf und fuhr fort, mit seinem Besen über den Sand zu kehren.

*

Bis zum Horizont gab es nichts zu sehen außer Sand und Dünen, Dünen und Sand. Und doch wandelte das Bild sich, in einer Gemächlichkeit, die Emily zunächst zweifeln ließ, ob ihre Wahrnehmung sie nicht täuschte.

Doch die Sonne sank tiefer, die Farben veränderten sich. Mild wurden sie, verloren ihre Tageshärte, bis nichts mehr blieb als der Dämmerung Blau. Ein Vollmond ging auf.

Die Glöckchen am Besen schwiegen seit geraumer Zeit. Als Emily den Kopf wandte, sah sie den Alten, wie er sich im Kreis drehte, die Arme ausgestreckt, die eine Hand zum Himmel, die andere zur Erde hin geöffnet. Sein Kopf lag schräg auf der Schulter, ein verzückter Ausdruck stand in seinem Gesicht – verzückt und ein wenig entrückt.

„Du bist ja ein Derwisch!"

Ohne seine Bewegungen zu unterbrechen, öffnete er den Mund.

„Nachts am offenen Fenster bitte ich den Mond, hineinzukommen und mein Gesicht mit seinem zu bedecken.

Atme in mich hinein!

Schließe die Tür zur Rede und öffne das Fenster zur Liebe.

Der Mond benutzt nie die Tür, nur das Fenster. Schließe die Tür, Emily, und öffne das Fenster."

Sie lauschte dieser Stimme. Was hätte sie sagen können, es gab nichts zu sagen. In der Stille der Wüstennacht, im fahlen Licht des Mondes saß sie und verlor ihre Fragen, ihren Schmerz, ihre Angst. Hier gab es keine Vergangenheit und keine Zukunft, nur ein Fenster, das weit offenstand.

Es gab nichts zu tun, als aufzustehen und zu tanzen.

*

Der Wüstenboden öffnete sich. Wasser sprudelte heraus, zunächst aus einer, dann aus zwei, drei, aus immer mehr Quellen. Es verwandelte den Sand in Schlamm und schließlich in einen See. Im Licht der Morgensonne trieb Emily rücklings unter Palmen, die Schatten spendeten.

Was auch immer in dieser Nacht mit ihr geschehen war, sie fühlte sich wacher als jemals zuvor. Sie richtete sich auf und bekam Boden unter die Füße. Am Rand des Sees sah sie den Alten im Schatten sitzen. Er winkte sie herbei.

„Komm", sagte er, „komm und iss."

Er hielt ihr eine Dattel entgegen, während er sich selbst eine in den Mund steckte. Die Süße der Frucht war überwältigend nach der langen Zeit ohne Nahrung.

„Trink auch." Sie spuckten beide den Kern neben sich in den Sand. Er reichte ihr einen Becher, aus dem der Geruch nach Wein strömte. Emily wurde warm, noch bevor sie einen Schluck getrunken hatte.

Wie viel hatte Immo bereits von ihr gewusst?

„Beinahe alles", sagte der Alte. „Eure beiden Seelen sind alt. Ur-, uralt. Sie haben einander sofort wiedererkannt. Nur wusstest du es nicht – er schon."

Emily horchte in sich nach Fragen, doch da waren keine. All das schien klar zu sein.

„Er ist ein Stück mit mir gefallen", erinnerte sie sich.

„Das wird er immer tun", entgegnete der Alte. „Deine Seele hat den Funken geschlagen, der einst die Traumzeit explodieren ließ. Aus ihr heraus ist seine Seele entstanden."

„Die Traumzeit?"

„Eine Geschichte. Traumzeit war, bevor das Universum begann und alles Form erhielt. Davor war alles nur Möglichkeit. Und alles war möglich. Bis es explodierte."

Emily kicherte. „Mir kannst du viel erzählen, ich war noch nie gut in Physik."

„Kein Wunder", lachte der Alte und offenbarte eine Reihe blendend weißer Zähne.

Schweigend tranken sie einen Schluck.

„Alte Seelen", sagte Emily schließlich. „Die anderen haben davon auch schon gesprochen. Ich bin mir nicht sicher, ob ich begreife, was damit gemeint ist. Schon gar nicht auf mich bezogen. Ich soll den Funken geschlagen haben, der die Traumzeit explodieren ließ?"

„Denk nicht drüber nach. Zeit funktioniert nicht so, wie Menschen sich das im Allgemeinen vorstellen. Du bist noch zu sehr Mensch, als dass du begreifen könntest. Es sollte dir reichen, wenn ich dir sage, dass du – dass *wir*, denn alles hier ist du – die Seele bist, die für den Anfang steht. Und das ist es, was du ins Universum trägst, wenn du inkarnierst: einen Anfang."

Emily schloss die Augen. „Und ich selbst werde gerade geboren", sagte sie leise. „Ich weiß weder etwas über mich noch über diese Welt. Ich erinnere mich nicht, so wie es die anderen tun. Wenn ich der Anfang bin, dann brauche ich keine Vergangenheit."

Sie sah den Alten an. „Ich weiß nicht einmal, wie du heißt."

„Ich bin Hani", sagte er. „Wenn du jemals glaubtest zu wissen, wer du bist und wie das Universum funktioniert, dann ist das in der Sonne verbrannt und in der Wüste vertrocknet. Du hast jeden Glauben verloren, und deshalb kannst du anfangen zu wissen. Es wird ein steiniger Weg, ich will dir nichts vormachen. Aber du bist stark, viel stärker als sonst eine Seele."

„Haha, wenigstens etwas. Ich bin eigentlich hergekommen, um Dinge herauszufinden. Nicht, um alles zu vergessen."

„Natürlich bist du deswegen hier, und du hast doch auch was gefunden. All das bist du. Ich bin du. Die Wüste ist du. Der Mond. Das Wasser. Der Himmel. Diese Palmen sind du, genauso wie die Datteln und der Wein. Mein Besen – es ist deiner. Du bist Hani, der die Wüste fegt. Und du bist Emily, die nicht das ist, was sie war. Das alles weißt du jetzt. Von hier an geht dein Weg in eine neue Richtung. Du hast Aufgaben, die schon auf dich warten, auch wenn du sie noch nicht kennst."

„Eine kenne ich schon", sagte Emily und seufzte. „Es fühlt sich plötzlich ganz anders an. Viel – größer, verstehst du? Als ich zu Haiowatha sagte, dass ich nicht zulassen würde, dass Immo und Duncan sich nicht versöhnen, dachte ich, das sei einfach nur – mein Mitgefühl, was auch immer, das da spricht. Aber ich bin auch ein Teil des Plans, stimmt's? Das ist es, was Haiowatha versucht hat, mir zu sagen. Ich bin nicht zufällig hier. Scheiße. Ich fühle mich ganz schön allein. Was für eine Verantwortung!"

„Du bist nicht allein."

Eine faltige Hand griff nach der ihren und drückte sie. Emilys Blick öffnete sich in die Wüste. Dort fand sie keine Sorge darum, es nicht schaffen zu können – zu klein zu sein für irgendwas. Dort waren nur Gelassenheit und Stille. Und sie begriff, dass sie in ihrem Selbst keine Dämonen mehr finden würde. Anders als Duncan brauchte sie weder Angst noch Wut.

„Sie suchen dich", sagte Hani.

Emily nickte, beugte sich zu ihm und hauchte ihm einen Kuss auf die Wange. „Ich bin mir sehr dankbar!"

Sein Lachen klang jung und ausgelassen.

„So ist es recht, Emily, so ist es recht. Aber nun geh und denke daran, dass du das, was du in dir gefunden hast, nicht mehr vergessen brauchst."

„Das werde ich", versprach sie und lenkte ihre Gedanken zu Ambrosias Halle.

Das Erste, was sie wahrnahm, war das Blitzen eines Schwertes, das auf sie zukam.

„Verflucht!", schrie Duncan, senkte die Klinge und trat zurück. Emilys Blick glitt durch den Raum. Brenda war da. Mit schnellen Schritten kam sie auf sie zu und riss sie an sich.

„Dem Himmel sei Dank!"

„Emily!" Ambrosia sah müde aus.

„Mir geht's gut." Emily löste sich aus Brendas Umarmung. Auf einem Tisch saß Immo, die Beine übereinandergeschlagen, und sah sie an. Nichts an ihm verriet, was er dachte. Sie wusste es trotzdem – wusste, dass *er* wusste. Sie ging zu ihm hinüber und schmiegte sich an ihn. Sein Herz raste. *„Du hast für Wirbel gesorgt."*

„Ich habe dich vermisst!"

Er presste sie an sich. *„Und ich dich. Du warst ziemlich weit weg."*

„Verdammt, Emily!", schimpfte Duncan in ihrem Rücken. „Du hättest uns wenigstens eine Nachricht schicken können. Ein paar Worte, irgendetwas!"

Emily drehte sich zu ihm um. „Ich weiß", sagte sie ruhig. „Es tut mir auch leid. Aber es musste so sein und ich wollte es nicht anders."

Seine Miene verfinsterte sich, als er nähertrat. „Du *wolltest* es nicht anders? Das ist alles? Das heißt, wir haben da was missverstanden, als du ohne irgendeine Erklärung auf den Rücken eines Drachen geklettert bist? Als der dich ins All geflogen hat? Das alles wolltest du lediglich so, ja? Dann vermutlich auch, dass wir uns Sorgen machen? Erst recht, als jener Drache ohne dich zurückgekommen ist?"

„Hör auf", sagte Immo scharf. „Es ist vorbei."

Emily begriff, dass sie in einen Streit hineingeraten war.

„Nein, sprich weiter!" Sie löste sich vom Traumfänger und ging auf Duncan zu. „Nachher erstickst du noch. Lass es nur raus, alter Mann."

Seine Hand schoss nach oben, und für den Bruchteil einer Sekunde dachte sie, dass er sie schlagen wollte. Stattdessen schlug ein Blitz in den Boden, und der folgende Donner ließ Emily zusammenfahren vor Schreck.

Doch Duncan flog, wie von einem gewaltigen Stoß getroffen, zurück. Immo stürzte sich auf ihn und schlug ihm ins Gesicht. Der Krieger wehrte sich nicht, sondern versuchte nur, sich mit den Armen zu schützen. Drei, vier Schläge steckte er ein, bevor Immo so schnell von ihm abließ und sich zurückzog, als ekle er sich vor dem, was er gerade getan hatte.

Sie hassen sich.

„Das war nicht sehr nett", sagte Emily und stellte sich dicht an den Krieger. Sie streckte die Hand aus, um ihm aufzuhelfen.

„Entschuldige", erwiderte der grob. „Aber du hast es herausgefordert."

Ihre Hand fuhr zurück. „Bullshit!", rief sie. „es war deine Entscheidung!"

Der Zorn, der die Luft elektrisierte, steckte auch Emily an. Immo war der Nächste, auf den sie losging. „Und du – du schlägst nicht noch einmal jemanden für mich, hörst du?"

Sie sah in grüne Augen, dann in schwarze. Die Wut darin wich Unsicherheit. Es war soweit.

„Kommt mit", befahl sie. Zu Brenda und Ambrosia sagte sie: „Es gibt hier etwas zu klären. Wir kommen wieder."

Duncan tastete nach dem Blut an seiner Lippe.

„Ich gehe nirgendwo hin", blaffte er und, „ich habe überhaupt nichts zu klären", der Traumfänger.

„Oh doch", erwiderte Emily, drehte sich um und ging zur Tür. „Mitkommen!"

„Tut, was sie sagt, Jungs", hörte sie Brenda aus dem Hintergrund. Emily stieß die Flügeltüren auf.

*

Sie fand die Tür, durch die sie in ihre Tiefe gefallen war, verschlossen.

Eine neue Tür zeigte das Relief eines Drachens. Emily ahnte, dass für sie der Weg zu Huang Lung jetzt so offenstand wie der zu Ambrosia.

An den Wänden ringsum waren Fenster erschienen, durch die Licht hineinströmte. Emily öffnete sie weit und verschloss zugleich ihre eigenen Gedanken.

„Setzt euch da an den Brunnen", sagte sie schließlich. Keiner der beiden reagierte. *Verfluchte Sturköpfe!*

Auf dem einsamen Stuhl fand sie ein sauberes Tuch. Sie tauchte es ins Wasser und wollte es auf Duncans Lippen tupfen, doch der zuckte zurück.

„Was soll das?"

„Du blutest, halt still."

Widerwillig ließ er zu, dass sie ihn wusch. Die Stelle begann bereits anzuschwellen.

An Emily vorbei fixierten Traumfänger und Krieger einander.

„Du hast mich geschlagen!" Duncan klang, als hätte er das tatsächlich erst in diesem Moment realisiert.

„Du hast es verdient", gab Immo zurück. Seine Miene war starr und er sprach mit eiskalter Stimme.

Es fiel Emily schwer, sich zurückzuhalten. Sie ahnte, dass es Duncan verrückt gemacht haben musste, schon wieder nichts tun zu können, und dass er Immo mit seiner Angst genervt hatte. Dessen Intuition war sicher eine andere gewesen – und er hatte nicht mehr gewusst, wem er trauen sollte.

Aber sollte sie ihnen das so sagen? Als ob sie das nicht selbst wüssten!

Sie stand auf und trat ein paar Schritte vom Brunnen weg. Während der Traumfänger die Arme vor der Brust verschränkt hatte, hielt der Krieger nach wie vor das Tuch an seine Lippe.

„Zieht euch aus", sagte Emily, einer Eingebung folgend.

Von zwei Seiten erntete sie verständnislose Blicke.

„Ich meine es ernst!". Entschlossen zog sie das Oberteil ihres eigenen Jogginganzugs über den Kopf und warf es achtlos zur Seite. Die Hose folgte. Sie stemmte die Hände in die Hüften. „Na los, worauf wartet ihr noch?"

Der Traumfänger zog die Augenbrauen hoch und ließ seinen Atem mit einem leisen Zischen entweichen. Duncan senkte das Tuch und schaffte es, den finsteren Ausdruck in seinem Gesicht noch einmal zu verfinstern. „Du hast sie ja nicht mehr alle", knurrte er.

„Warum lässt du es nicht drauf ankommen?", gab Emily zurück. Sie setzte sich im Schneidersitz vor die beiden. „Angst?"

Der Krieger betrachtete sie, als müsse er sich neu darüber klar werden, wen er vor sich hatte.

„Ich habe euch etwas zu erzählen", sagte Emily. „Nicht einfach nur eine Geschichte. Nicht einfach nur, was ich erlebt habe. Sondern etwas, dass mit euch zu tun hat. Aber dafür brauche ich euch. Ihr müsst mir zuhören. Richtig zuhören. Ohne Masken, versteht ihr? Ohne irgendwelche Hüllen. Bitte ... zieht euch aus."

Die Sekunden dehnten sich zu Minuten, während sowohl Immo als auch Duncan ihre Chancen abwägten. Dann, endlich, kamen sie offensichtlich gleichzeitig zu dem Schluss, dass es nichts brachte, sich zu weigern.

„Setzt euch", sagte Emily, als alle Kleidung auf dem Boden lag.

Diesmal gehorchten die beiden sofort. Sie selbst stand auf, trat an den Brunnen, sank auf die Knie und streckte ihre Hände aus – eine in Richtung Immo, eine in Richtung Duncan. *Bitte!*", bat sie stumm, schloss die Augen und wartete. Als Erster legte Immo seine Hand in ihre. Duncan tat es ihm nur Sekunden später gleich.

Emily öffnete ihnen ihren Geist und ließ die Erinnerungen aus sich herausströmen. Sie begann bei dem Drachenflug und bei Haiowatha, hielt die Geschichten des alten Heilers jedoch zurück. Sie wollte, dass Traumfänger und Krieger zuerst erfuhren, was sie selbst jetzt über sich wusste. Als sie in ihrer Erinnerung die Wüste und Hani wieder verließ, öffnete Emily die Augen.

„Wer hätte das gedacht?", sagte Duncan ohne jeden Spott.

Immo drückte schweigend ihre Hand.

„Ich bin noch nicht fertig", sagte Emily. „Wenn ihr euch überwinden könnt … ich kann euch nur bitten …" Sie atmete tief ein. „Gebt euch die Hände, ja? Würdet ihr das machen? Für mich?"

Mit einem Schlag kehrte Immos gereizte Stimmung zurück. Er ließ sie los, sprang auf und lief unruhig hinter ihr hin und her. Duncans Augen folgten ihm ausdruckslos, während Emily gar nicht daran dachte, sich umzudrehen.

„Was soll das alles?", schimpfte der Traumfänger. „Ich komme mir vor wie ein Kind. Willst du uns erziehen?"

„Nein", sagte Emily. Er hatte recht: Sie musste ihnen reinen Wein einschenken. Seine Geduld war am Ende.

„Ich will, dass ihr euch versöhnt."

Duncan schnaubte.

Immo kam zurück und sah Emily entgeistert an. „Das kann nicht dein Ernst sein. Hier? Jetzt? Sein Blut ist noch nicht mal getrocknet! Ich habe ihm eine reingehauen. Und du kannst mir glauben, dass ich es auf der Stelle wieder tun werde, wenn er ein falsches Wort von sich gibt."

„Nur, wenn ich es zulasse, Traumfänger. Diese Chance bekommst du nicht zweimal!"

„Stopp!"

Verflucht nochmal … auch ihre eigene Geduld kannte Grenzen. Und sie kam ihnen immer näher.

„Seid still! Gebt euch die Hände, na los! Nichts weiter. Ihr braucht euch nicht mal anzugucken dabei. Vertraut mir einfach, schafft ihr das? LOS!"

Immo setzte sich zurück auf den Brunnenrand und streckte Duncan trotzig die Hand entgegen. Der Krieger ergriff sie, als wollte er die ganze Angelegenheit so schnell wie möglich hinter sich bringen. Abermals griff Emily nach den freien Händen.

„Öffnet eure Herzen", flüsterte sie und schloss die Augen.

Diesmal bekamen sie den Rest.

*

Ein ersticktes Geräusch leitete eine Stille ein, die durch nichts mehr unterbrochen wurde. Emily wagte es nicht einmal, ihre Hand zu bewegen – obwohl Immo sie zu zerquetschen drohte.

Kein Gedanke drang nach außen, und sie konnte es ihnen nicht verdenken. All die Jahre ... die Sprachlosigkeit ... all der Hass ...

Ein schwieliger Daumen streichelte ihre Hand. Sie öffnete die Augen und traf Duncans Blick. Nie hatte sie eine größere Verletzlichkeit gesehen. „Ich hasse nicht", flüsterte er. „Ich hasse schon lange nicht mehr."

Er wandte sich zu Immo, der ihn ansah, als habe er ihn seit Ewigkeiten nicht gesehen. Der Blick des Traumfängers folgte einer Träne, die Duncans Gesicht hinunterlief. Immo ließ Emily los, führte Duncans Hand zu seinen Lippen und küsste sie.

„Saiai ..." Seine Stimme schaffte es kaum in den Raum hinein. „Was soll ich bloß tun?"

Der Krieger schloss die Augen und senkte den Kopf. „Halt mich einfach fest", sagte er und es war, als würde eine Stahltür aufgesprengt.

*

Seit sie die beiden kannte, war die Stimmung zwischen Traumfänger und Krieger angespannt gewesen. Es fiel Emily jetzt erst wirklich auf – als die Beklommenheit verschwand. Erleichterung machte sich breit und eine entfesselte ... Größe, anders ließ es sich nicht beschreiben.

Emily zog sich zurück. Vom Rand der Halle aus beobachtete sie die Umarmungen, die zärtlichen Berührungen, die Küsse. Und sie spürte das Beben, das vom Zentrum des Brunnens aus erst das Wasser in Bewegung setzte und dann konzentrische Kreise hinausschickte ins Universum.

Eine Waagschale senkte sich.

Die Dinge nahmen ihren Lauf.

Irgendwann war Emilys Grenze erreicht. Die Versöhnung hatte sie zu tief berührt dafür, dass sie schon zuvor einen emotionalen Marathon gelaufen war. Sie saß mit dem Rücken zur Wand, high von dem neuen Duft, der die Halle füllte, und zugleich unfähig, sich zu bewegen.

„Komm, ich helfe dir hoch", bot Immo sich an. Duncan war damit beschäftigt, das nachzuholen, was ihm vorhin nicht gestattet war – er sah sich um. Er sagte nichts, doch man musste keine Gedanken lesen können, um zu erkennen, was er dachte.

„Es gefällt dir", sagte Emily.

„Mehr als das", gab Duncan zurück. „Ich hatte etwas anderes erwartet."

Er kam zu ihr, nahm ihr Gesicht in beide Hände und drückte ihr einen langen Kuss auf die Stirn. „Lasst uns gehen", sagte er dann munter und ging voran zur Doppelflügeltür.

*

„Es tut mir unendlich leid, es ging alles so schnell".

„Schnickschnack" polterte Brenda fröhlich und zog Emily in ihre Arme. „Ich bin ganz anderes gewöhnt, auch wenn mein lieber Ziehsohn sich darüber lustig zu machen pflegt. Hörst du zu, Duncan? Emily hat gesagt, dass es ihr leidtut, ich hoffe, du lernst etwas daraus."

„Ja Ma'am", erwiderte der Krieger, ohne eine Miene zu verziehen.

Prüfend betrachtete Brenda sie der Reihe nach. Sie musste einen Verdacht haben. Die neue Energie zwischen Krieger und Traumfänger war mitgekommen in Ambrosias Halle. Das Einzige, was die Drachenhüterin sagte, war jedoch: „Du siehst schrecklich erschöpft aus, mein Kind."

„Ja, und deshalb wird sie sich jetzt auch ausruhen. Allein. Keine Widerrede!" Immo legte seine Hände auf Emilys Schultern. Er sah ihren Blick. „Wenn du aufwachst, bin ich da."

„Versprochen?"

„Du brauchst Zeit für dich, verschwinde schon! Und keine Ausflüge, hörst du. Ich werde da sein!"

Als sie sich im Spiegel ihres Wohnwagens sah, erschrak sie selbst. Ihre Augen lagen tief in den Höhlen, ihre Haut war bis auf die fiebrig roten Wangen blass.

„Drachen, Drogen und Psychokacke", murmelte sie, zog sich aus und glitt unter die Bettdecke. „Wieso lass ich mich ständig auf sowas ein?"

*

Irgendwann erwachte sie, weil sich die Matratze neben ihr senkte. Seufzend kuschelte sie sich an einen warmen Körper und vergrub ihre Nase in seinem Duft. Immo schlang die Arme um sie und ließ sie zurück in den Schlaf gleiten.

*

Als sie das nächste Mal aufwachte, saß er wach neben ihr. „Na du."

„Hey." Emilys Mund war trocken, ihre Kehle rau. Stumm reichte Immo ihr ein Glas Wasser.

„Danke." Sie trank es in einem Zug leer. Das trunkene Gefühl hatte sie verlassen, dafür hatte sich ein Knoten in ihrem Magen gebildet. Der Traumfänger musterte sie.

„Danke wofür?"

„Dass du hier bist und mein Freund bleiben willst."

„Dein Freund?"

„Naja ..." Emily spürte, wie sich rote Flecken auf ihrem Gesicht bildeten. „Ich meine nicht Freund-Freund. Einfach Freund. Danke für das Wasser."

„Geht's dir gut? Was meinst du mit ‚nicht dein Freund-Freund'?"

„Du bist jetzt wieder mit Duncan zusammen, oder nicht?"

Immos Blick leerte sich. Er runzelte die Stirn, doch gleich darauf kehrte ein Funkeln in seine Augen zurück. „Falsche Schublade", sagte er, kam zu ihr und drückte sie zurück aufs Bett. „Glaubst du, ich bin wahnsinnig?"

*

„Wie lange habe ich vorhin geschlafen?"

„Was weiß ich?" Er drehte eine ihrer Locken auf seinen Finger. „Es ist noch hell draußen. Brenda ist auf dem Weg zu Haiowatha. Ich habe gemeinsam mit Ambrosia beschlossen, dass wir das Wissen zurückholen, das Haiowatha mitgenommen hat."

„Ah." Emily fand diese Information folgerichtig. Dennoch ... „*Du* hast beschlossen?"

„Gemeinsam mit Ambrosia, ja." Seine Miene blieb unbewegt – er hatte nichts Besonderes festgestellt.

„Das hört sich so an, als wärest du hier der Chef oder so."

Er verzog das Gesicht. „Auch das wäre wohl eine falsche Schublade. Wobei sie vielleicht besser passt als die andere. Ich denke nicht gern darüber nach. Es ist auch nicht wichtig. Und wenn du jetzt wieder da bist, hat sich das eh erledigt."

Emily stützte sich hoch. „Rede weiter bitte."

Belustigt erwiderte er ihren Blick. „Deine Seele ist so alt wie das Universum, und das auch nur, weil es zuvor keine Zeit gab, die wir jetzt draufrechnen könnten. Ich glaube nicht, dass es im Ernstfall jemand wagen wird, sich dir zu widersetzen."

„Hmm ..." Zart kitzelte ihre Zungenspitze seine Wange.

„Hey, lass das!"

Sie verbarg ihr Gesicht lachend an seiner Brust, aber schnell wurde sie wieder ernst. „Das ist mir echt zu groß. Ich bin ein ganz normaler Mensch. Ich erinnere mich nicht daran, alt zu sein, weise oder sonst was. So lange zu leben wie du – oder auch nur Patricius – ist unvorstellbar für mich."

„Ich weiß." Er barg sie in seinen Armen. „Glaub mir, ich weiß. Aber du wirst dich erinnern, Schritt für Schritt. Es ist nicht das erste Mal, dass du es tust."

„Woher weißt du das?"

„Das finde ich noch raus."

„Nicht sehr befriedigend."

„Ach komm schon!" Immo schob sie von sich, stand auf und schlüpfte in seine Kleidung. „Als du da unten in deiner Wüste warst, kanntest du die Wahrheit – du weißt, dass es so ist! Hani ist kein Fremder für dich und ich", er hielt kurz inne, „ich bin es ebenfalls nicht. War es nie. Auch du hast mich sofort erkannt. Deine Seele hat es." Er nahm seine Haare und verknotete sie zu einem Dutt. „Brenda ist zurück."

Im nächsten Moment erstarrte er. Alle Farbe wich aus seinem Gesicht. Er zog Emily vom Bett. „Zieh dich an", befahl er. „Schnell!"

Sie gehorchte, ohne nachzufragen. „Komm!", drängte Immo, kaum dass sie ihr T-Shirt übergezogen hatte, fasste ihre Hand und begann zu laufen, durch den Schrank hindurch, durch die Wand ihres Wohnwagens, mit einem weiteren Schritt hinein ins Chaos einer Schlacht.

*

Abgebrannte Felder. Eine schwelende Hügellandschaft, aus dem Boden kam Rauch.

Eine letzte grüne Insel war von einem lodernden Feuerkreis umgeben. In seiner Mitte kniete eine über und über mit Brandwunden bedeckte Brenda und schwang ihr Schwert gegen ihre Angreifer. Schwarze Raubkatzen, so groß wie Kühe, umringten sie und kamen geschlossen näher. Ihre Tatzen standen in Flammen, aus ihren Augen zuckten Blitze.

Duncan war da – natürlich war er das. Todesverachtend sprang er durchs Feuer und begann, die Dämonen niederzumähen.

Doch wie viele mochten es sein? Zu schnell hatten die Biester ihre Überraschung überwunden. Ihr brennender Geifer traf jetzt auch ihn.

„Wir müssen sie schützen". Immo ballte die Hände zu Fäusten und öffnete sie im nächsten Moment wieder. Um Brenda und den Krieger begann es zu leuchten. Wie eine Rüstung ließ das Licht die Angriffe abprallen.

Wir? *Wir* müssen sie schützen?

Duncan brauchte keinen weiteren Schutz, er war vollständig in seinem Element. Doch Brenda lag zusammengesunken da, als hätte sie nach dem Auftauchen des Kriegers ihre letzte Kraft in sich hineingezogen, um sie zu sparen – vergebens. Während das Leben aus ihr wich, wurde die Umgebung außerhalb des Feuerkreises dunkel und kalt.

Unter Immos Schild begannen auch die Dämonen zu leuchten. Doch im Gegensatz zu Duncan taumelten die Katzen und verloren die Orientierung. Sie standen da und vergaßen, sich zu wehren oder gar ihrerseits einen Angriff zu starten. Dieser Kampf würde nicht mehr lange dauern.

„Huang Lung!"

Wie ein Blitz hatte die Erkenntnis sie getroffen. Emily stürzte los, mitten durch das Feuer, ohne es zu spüren, riss Brenda an sich und ließ sich mit ihr fallen – fort von diesem sterbenden Ort, in ihr eigenes Selbst, in ihren Brunnen.

*

Der Körper der Feuerfrau lag schlaff in ihren Armen, doch die Brandwunden mussten als erstes ins Wasser. Die Tür mit dem Drachenrelief stand offen, und dahinter sah Emily bereits den Schuppenpanzer Huang Lungs.

„Bring sie raus!"

Emily schleifte Brendas Körper durch die Tür.

„Sie muss zu Haiowatha", keuchte sie.

„Mir ist klar, dass sie zu Haiowatha muss." Huang Lung hob Brenda mit einer Klaue hoch. „Ständig muss irgendjemand zu Haiowatha. Interessant, dass du mich so selbstverständlich in Anspruch nimmst."

„Komm nicht zurück", erklang Immos Stimme nahezu zeitgleich in Emilys Kopf. *„Geh zu Ambrosia."*

Huang Lung, schon fast im Abflug, senkte seinen Kopf noch einmal. „DU GEHST NICHT ZU AMBROSIA!"

„Entschuldige? Natürlich gehe ich zu Ambrosia."

Ganz nah kam der Atem des Drachens ihr. „NEIN, WIRST DU NICHT!"

Emily suchte bestürzt seinen Blick und versuchte gleichzeitig, mit Immo Kontakt aufzunehmen.

„Vergiss den Traumfänger! Du stehst unter meinem Schild, wenn du neben mir stehst. UND DU WIRST DEINEN GEIST VER-SCHLIESSEN, solange ich weg bin. WARTE HIER!"

Mit zwei Flügelschlägen war er in der Luft und verschwand. Nur Minuten später kam er zurück – ohne Brenda. Sein Glutblick traf Emily und wieder hatte sie das Gefühl, durchleuchtet zu werden. „Gut, du konntest dich beherrschen", sagte der Drache.

„Du warst schnell zurück", erwiderte sie. „Hast du Brenda wirklich zu Haiowatha gebracht oder sie zwischendurch irgendwo abgeworfen?"

Hatte sie das wirklich gesagt? Zum König der Drachen? Der vermutlich nur einmal husten musste, um sie in ein Häufchen Asche zu verwandeln?

„Ich kann wohl kaum Respekt von jemandem erwarten, der mir einstmals aus dem Ei geholfen hat."

Erstaunlich sanft klang die Stimme des Drachen. Zwar blies er ihr eine Rauchwolke ins Gesicht, doch es wirkte eher wie eine zärtliche Berührung – für eine Wesen seiner Größe. Emily hustete.

„Schon hunderte Male", fuhr der Drache fort, „habe ich deine Seele dabei beobachtet, wie sie sich neu erinnern musste. Du besitzt einen bemerkenswerten Willen, jedes Mal als Fötus zur Welt zu kommen."

„Du meinst, ich mache das tatsächlich absichtlich? *Sie* macht das absichtlich? Mit mir? Meine Seele? Immo sagte auch schon sowas."

„Er kann es nicht wissen, nur ahnen. Das Wissen war verloren – jetzt ist es womöglich wieder zugänglich. Für den Moment aber unwichtig."

„Richtig. Was ist mit Brenda? Kriegt Haiowatha sie wieder hin?"

„Sie hat Brandwunden, hauptsächlich. Nichts, was ihre Haut nicht kennen würde. Aber sie ist von Dämonen angegriffen worden, die sich normalerweise nicht in ihrem Selbst tummeln. Das ist die eigentliche Gefahr – es könnte sie zu sehr geschockt haben."

Huang Lung wich zurück, um Emily wieder mit beiden Augen anschauen zu können. „Mach dir keine Sorgen um sie. Brenda ist ein Phönix. Mit Feuer kann niemand sie bezwingen. Du hast eine andere Sorge, eine dringendere. Ambrosias Halle ist nicht der Ort für dich jetzt. Denn es werden nicht alle da sein. Einer wird die Gelegenheit nutzen, um den größten Verrat am Bund der alten Seelen zu vollenden. Denn ihr habt euch entschieden, die Waagschale des Lichts viel weiter zu senken, als ihr es hättet tun dürfen. Und ihr wart erfolgreich. Der Weg ist frei für Abbadon selbst – und keiner von euch Winselgestalten wird auch nur ansatzweise ein Mittel gegen seine Macht haben. DU MUSST HIER UND JETZT EINGREIFEN!"

Die dröhnende Stimme des Drachen ließ keinen Zweifel offen: Eine Wahl hatte sie hierbei nicht. Doch die Bedeutung dessen, was er sagte, sorgte dafür, dass ihre Knie weich wurden.

„Du sagts mir, dass es einen Verräter gibt? Wer soll das sein?"

„KEINE NAMEN!" Huang Lung schüttelte den Kopf. „Du musst es selbst herausfinden. Sei wachsam, alte Seele! Du kennst deine neuen Freunde noch nicht gut genug, um zu wissen, worauf du dich stützen kannst und wo sie im Dunkeln tapsen wie blinde Kaninchen in einer Schlangenhöhle. Deshalb darfst du ihnen auch nicht offenbaren, dass du einen Verräter suchst."

„Scheiße, das kann nicht dein Ernst sein! Und wieso willst du mir nicht helfen?"

Die Antwort ließ auf sich warten. „Weil ich es nicht kann", sagte der Drache endlich. „Ich weiß nicht, wer ein falsches Spiel spielt – ich weiß nur, dass es jemand tut und was zu diesem Zeitpunkt das ist, was er folgerichtig tun wird. Und bevor du mich weiter nervst: ICH WEISS ES. Weil eure Seite der Waage viel zu tief hinge, wenn die andere Seite nicht ebenfalls mitspielen würde – nur so kann es sein, dass das Universum nicht jetzt schon taumelt. Und das tut es nicht."

„Erwartest du von mir, dass ich irgendwas davon verstehe?"

„In deinem momentanen Menschzustand? Nein. Aber du kannst vertrauen."

„Wieso sollte ich das tun? Ich habe bislang nicht den Eindruck, dass du uns sonderlich magst. Wieso solltest du uns also helfen wollen?"

„Nimm es als Hinweis darauf, was der Erde blüht, wenn ihr versagt. Die Menschheit ist mir egal – der Planet nicht."

Er zögerte.

„Du hast entschieden, zu inkarnieren. Du hast diesen Körper gewählt und dieses Leben. Du hast dafür gesorgt, dass der Traumfänger auf dich aufmerksam wurde. *Du*. Vergiss das nie! Deine Zweifel hast du so gewollt. Du hast schon hunderte Namen vor diesem getragen – aber eines warst du immer: eine Spielerin, die sich selbst am meisten verwirrt."

Hervorragend.

Die Tür zum Drachen war wieder verschlossen. Nur mit Mühe unterdrückte Emily den Impuls, trotz Huang Lungs Ansage in Ambrosias Halle zu eilen. Zu viel hatte er ihr noch mit seinen letzten Worten mitgegeben, als dass sie nicht das dringende Bedürfnis hätte, mit jemandem zu sprechen. Lenk dich ab, mahnte sie sich selbst.

Seine Gegenwart schirmte sie also ab? Hatte Brenda das gewusst? Irgendjemand? Kein Wunder, dass Duncan ausgeflippt war.

Sie sollte einen Verräter finden. Vielleicht auch eine Verräterin? Emily holte sich alle vor ihr inneres Auge – Ambrosia, Albuin, Malaika, Patricius, Brenda. Duncan. Immo.

Nicht Immo. Nicht Duncan. Nicht Brenda.

Huang Lung war so sicher gewesen, dass sie diese Aufgabe jetzt übernahm. Sie persönlich.

Nur warum?

„Am besten suchst du nicht nach den komplizierten Antworten, sondern nach den einfachen."

Da saß Hani am Brunnen und sah ihr aufmerksam entgegen.

„Und die wären?"

„Du bist noch am meisten Mensch, Emily. Und im Menschsein kann sich die mächtigste Kraft am leichtesten verbergen."

„Ich verstehe nicht."

„Doch, das tust du. Und wenn es dir nicht bewusst ist, dann stell dir einfach die Frage: Wo warst du am meisten Mensch?"

Emily starrte hinauf in das Lichtspiel des Kristalls. „Das ist leicht", sagte sie und ließ sich fallen.

*

Wieder ließ sie sich von den Farben der Zwischenwelt faszinieren, als sie durch die Straßen ihrer Heimatstadt lief. Doch ... ach du meine Güte! Kein Wunder, dass man verrückt werden konnte in der Stadt! Und ebenfalls kein Wunder, dass es trotzdem so viele Menschen genau dorthin zog. Lebendigkeit: Das war das große Versprechen, das die Nähe zu anderen bot. All das Gewusel eine einzige Absicherung gegen den einsamen Tod.

Emily nutzte ihre Unsichtbarkeit, um hemmungslos zu schauen – in Gesichter, auf Klamotten und das, was ihre Träger taten. Etwas, das sie schon immer mal tun wollte – wenn sie nicht den Ärger gefürchtet hätte.

Ihre Schritte führten sie zur Kneipe.

Natürlich saß Robert dort, umgeben von einer Schar Rob-Bunnys.

Emily wollte sich neben ihn setzen, hielt es aber nicht lange aus. Die testosterongefüllte Jauchegrube widerte sie an.

Sie stellte sich etwas abseits und beobachtete Robert von fern. Wie klar sie jetzt erkennen konnte, dass er spielte! Keine seiner Bewegungen schien echt, jede Miene aufgesetzt. Doch irgendwo darunter musste doch noch das sein, was er ihr so häufig gezeigt hatte!

„Du bist in der Tat ein Virtuose", flüsterte sie.

„Ach sieh an, na so etwas!" Ein meckerndes Lachen drang aus der dunkelsten Ecke der Kneipe.

Emily fuhr herum. Ein Mann humpelte aus dem Schatten. Er kam direkt auf sie zu, schien jedoch wie alle anderen durch sie hindurchzusehen. Der Trunkenbold, sie erinnerte sich an ihn. Je näher er kam, desto stärker wurde ihr Impuls, zur Seite zu treten – würde er sie wirklich nicht bemerken?

Doch in dem Augenblick, als sie nachgeben wollte, stoppte er. Und ehe sie reagieren konnte, zog er seine Hand unter seinem Mantel hervor und warf ihr feinen Sand ins Gesicht. Im nächsten Moment streckte ein Schlag sie in einen Blackout. Auf dem Boden kam sie wieder zu sich. Sie krabbelte auf allen vieren und hustete. Eine grobe Hand zerrte sie hoch und rammte sie auf einen Stuhl.

„Emily Spring", zischte eine Stimme neben ihrem Ohr. „Du bist so berechenbar."

Ihre Wange brannte, ihr Kopf dröhnte. Doch es war nicht die erste Ohrfeige, die sie in ihrem Leben erhalten hatte. Mehr Schwierigkeiten bereitete Emily der Sand in ihren Augen. Als sie ihn mit den Fingern herausreiben wollte, schlug der Trunkenbold ihr die Hand weg. „Lass den Unsinn!" Wasser klatschte in ihr Gesicht, spülte den Sand fort und durchnässte ihr T-Shirt. Außerdem weckte es ihre Lebensgeister. Sie wollte um Hilfe rufen – laut und in den Äther hinein –, doch sofort wurde ihr klar, dass das nicht mehr ging. Ihr Geist war verschlossen und taub.

Sie war ausgeliefert.

„Großartig, dass nie jemand auf mich achtet. Sonst hätte ich gerade für einen schönen Aufruhr gesorgt."

Emily blinzelte. Ihre Sicht wurde klar. Vor ihr stand jemand, der nicht mehr leuchtete. Er musste die Welten gewechselt haben.

Sie kannte diese Augen, sie kannte diese Stimme.

Albuin.

Wieso hatte sie ihn nicht früher erkannt? Oder in ihm den irren Säufer? Oder wenn schon nicht sie – wieso hatte *Immo* ihn nicht erkannt?

Er grinste sie an, ganz der junge Bursche, der einem den Kopf verdrehen konnte. „Das ist der Vorteil des Alters und der fremden Spezies – niemand kennt alle deine Geheimnisse. Auch alles Wissen, das mich betrifft, ist damals aus der Welt getilgt worden. Seitdem bin ich noch einsamer als zuvor."

Emily schwieg. Aus Erfahrung wusste sie, dass es nicht immer klug war, Aussagen zu kommentieren. Stattdessen forschte sie behutsam in ihrem Körper, ob er trotz des Sturzes bereit war, aufzuspringen und davonzulaufen.

„Vergiss es", sagte Albuin. Er nahm ihr Handgelenk in einen Griff, der schmerzte wie ein Schraubstock, sobald sie versuchte, die Position zu verändern.

„Du bist hier, jetzt hörst du erstmal zu. Denn was ich vorhabe, kannst du nur gutheißen, wenn du darüber nachdenkst. Es ist doch deine Seele, Emily, die am meisten leiden muss, wenn sie sieht, was aus dieser Welt geworden ist! So kannst du dir das doch nicht gedacht haben, als damals alles anfing!"

„Ach so?" Sie musterte ihn kühl. „Wie glaubst du denn, *habe* ich es mir vorgestellt? Ich bin ernsthaft interessiert, weil ich mich nämlich dummerweise nicht mehr daran erinnere."

„Blödsinn!", zischte er und schlug ihre Hand auf den Tisch. „Es ist egal, ob du dich erinnerst. Deine Seele durchdringt dein ganzes Leben, du kannst das nicht einfach abstellen. Nicht durch hunderte Wiedergeburten, nicht durch Drogen. Nicht für immer. Es kommt zu dir zurück, ob du willst oder nicht. Du hörst sie schreien, die Welt. Sie brennt in deinen Träumen, und du brennst mit ihr."

„Sprichst du von mir oder von dir?"

Wieder schlug er sie hart, doch diesmal riss er sie zurück und wartete, bis Schmerz und Betäubung wichen. „Stell dich nicht dumm! Du weißt genau, was ich meine. Alle wissen es! Ihr seid nur zu bequem, um die Konsequenzen zu ziehen. Zu feige seid ihr – habt Angst, dass eure Privilegien verschwinden, wenn die Menschheit dran glauben muss."

„Was denn für Privilegien?", schrie sie zurück. „Du willst was ändern und schlägst mich – ist es das, was du erhalten willst in dieser Welt? Willst du mich verarschen? Glaubst du ernsthaft, mich so überzeugen zu können?"

Seine freie Hand schoss vor, griff ihre Haare dicht an der Kopfhaut und donnerte ihr Gesicht auf die Tischplatte. Dann zerrte er Emily mit sich in die Höhe, schleuderte sie zu Boden und warf sich auf sie. Voller Entsetzen spürte sie seine Erregung. Viel zu nah kam sein Atem, viel zu deutlich machten seine Hände, was er vorhatte.

„Es gibt so viel klügere Menschen als dich", flüsterte er heiser. „Die wissen, dass sich nichts ohne Schmerz und Opfer verändern wird."

Im nächsten Moment wurde er von ihr fortgerissen. Sie sah noch den ungläubigen Ausdruck auf seinem Gesicht.

„Bring sie weg!" Immos Stimme zitterte vor Wut.

„Komm hoch, Emily." Duncan schlang seine Arme um sie und zog sie mit sich in den Fall.

*

Sie schaffte es gerade noch ins Badezimmer, um sich zu überge-
ben. Duncan hielt ihr die Haare aus dem Gesicht und reichte ihr
anschließend ein feuchtes Tuch.

„Geht's?"

Sie nickte schwach. Ihre Beine wollten nachgeben. Der Krieger
führte sie zum Bett, drückte sie sanft in die Kissen und legte ihre
Beine hoch. Er füllte Wasser in ihren Wasserkocher, begutachtete
ihre Teevorräte, schnaubte verächtlich, löste einen Beutel von seinem Gürtel und gab daraus Kräuter in eine Tasse. Während das
Wasser heiß wurde, sah er aus dem Fenster in den Nebel.

Emily war ihm dankbar für diese Minuten, die er sie mit ihrem
Schock alleine ließ. Schließlich stellte er eine dampfende Tasse neben ihr auf den Nachttisch und setzte sich zu ihr. Seine Augen funkelten dunkel. In ihnen lag ein Zorn, von dem Emily inständig
hoffte, dass es sich nie gegen sie richten würde.

„Albuin also."

„So sieht es aus."

„Hm." Vorsichtig berührte er sie dort, wo die Schläge ihr Gesicht
getroffen hatten.

„Wieso wart ihr plötzlich da?", fragte Emily. „Er hatte diesen
Sand … ich konnte niemanden mehr rufen …"

„Schschsch." Duncan zog sie in die Arme. Ihre Anspannung
wich. „Dein Derwisch hat große Macht. Er hat uns geholt. Anscheinend bewegt er sich auch unabhängig von dir, das ist etwas
ziemlich Besonderes. Trink deinen Tee."

„Der ist noch viel zu heiß!"

Ein Lächeln flog über sein Gesicht. „Weichei."

Emily lachte. „Du bist unschlagbar."

„Auch nicht wirklich, wie du weißt."

Er wartete, während sie vorsichtig nippte. Neben der Hitze kroch
Schärfe in ihren Körper und weckte ihre Lebensgeister vollständig.
Die Schmerzen in ihrem Gesicht ließen ebenso nach wie Unruhe
und Entsetzen.

„Wow, was ist das denn für ein Hexengebräu?"

„Eine Spezialität von Brenda", sagte er leichthin. „Sie mischt es selbst und es ist ihr wichtig, dass ich immer genug davon mit mir trage."

„Ein bisschen wie eine Droge, oder?"

„Es beruhigt. Und es nimmt Schmerzen, die ein Heiler nicht heilen kann."

„Oh Duncan ..." Rasch beugte sie sich zu ihm und drückte ihm einen Kuss auf die Wange. „Aber das hast du jetzt hinter dir, oder?"

„Wir werden sehen", sagte er und rückte von ihr ab. Die Tür des Wohnwagens öffnete sich, Immo kam herein. Er setzte sich auf den Sessel.

„Wieso bist du alleine losgezogen?", fragte er nur.

„Ich bin auch froh, dich zu sehen", erwiderte Emily.

Er seufzte. „Rück mal", sagte er zu Duncan. Gleich darauf kuschelte Emily sich an ihn.

„Ich wollte dir keine Vorwürfe machen, verzeih", sagte Immo. „Allmählich frage ich mich nur, ob ich mich daran gewöhnen sollte, dass du ständig auf eigene Faust losziehst."

„Ich mache das nicht mit Absicht."

„Darf ich mir deine Erinnerungen ansehen?"

„Nur zu."

Er umarmte sie fester, als er in ihren Kopf tauchte und sich ansah, was Albuin getan hatte.

„Dann waren es keine Lügen", flüsterte er und ließ sie los. Sein Blick suchte den Duncans. „Er hat uns verraten. Und er ist im Bund mit einer sehr dunklen Macht. Mehr konnte ich nicht aus ihm herausholen."

„Was meinst du damit?" Emily richtete sich auf. Ein schrecklicher Gedanke durchfuhr sie. „Was hast du mit ihm gemacht?"

„Ich habe ihm ein Liedchen vorgesungen", erwiderte er bissig.

„Traumfänger!" Duncan wirkte ungehalten. „Die Frage ist berechtigt."

„Schon gut, schon gut." Immo vollführte eine vage Geste. „Ich habe ihn nicht umgebracht, nicht mal geschlagen. Wenn ich Emily jetzt sehe, dann war das ein Fehler. Aber ich habe meine Lektion gelernt. Alles, was ich getan habe, ist, ihm seine Erinnerungen zurückzugeben." Er zögerte. „Alle auf einmal."

„Immo!" Duncan sah nicht sonderlich beruhigt aus.

„Reg dich ab! Du weißt genau, dass er anders funktioniert als andere Leute. Sein Bewusstsein ist geflohen. Er ist jetzt ein Säugling. Ohne jegliche Fähigkeit der Exempathie."

„*Ohne* die Fähigkeit zur Exempathie?" Der Krieger durchmaß den kleinen Raum mit großen Schritten. Zweimal setzte er an, etwas zu sagen, bis er schließlich vor Immo stehenblieb. „Wie lange wird es dauern?"

„Ganz genau weiß ich es nicht. Aber ich schätze, etwa drei Jahre."

„Drei Jahre?", rief Duncan. „So lange können wir ihm keine Fragen stellen?"

„Naja, genau genommen schon, nur ..."

„Halt den Mund!"

Gehorsam presste der Traumfänger seine Lippen zusammen.

„Wieso weißt du überhaupt irgendetwas darüber, wie Albuin funktioniert?", fragte Duncan friedlicher.

Immo strich sich eine Strähne aus dem Gesicht. Er wirkte irritiert. „Ich weiß es einfach? Nein. Ich glaube, dass das Wissen zurück ist. Brenda hat es mitgebracht."

„Und wieso weiß ich dann nichts davon?"

Diesmal sah Immo ihn länger an, bevor er antwortete. „Es ist nicht dein Spezialgebiet, im Bewusstsein anderer Leute herumzupfuschen."

Bevor Duncan etwas erwidern konnte, hob der Traumfänger die Hand. „Lass gut sein." Erschöpft legte er sich auf die Seite und zog die Beine an die Brust. „Ich brauche Ruhe", murmelte er und schloss die Augen.

*

Nach einer Weile stupste Emily Immo mit dem Fuß an und hielt ihm den Becher mit dem Tee hin, als er aufsah.

„Hier, du kannst das auch gebrauchen."

Er wehrte kopfschüttelnd ab.

„Nein, das war für dich bestimmt. Diese Mischung ist kostbar."

„Nimm schon", knurrte Duncan.

Immo trank, als habe er Angst, auch nur den kleinsten Tropfen zu verschütten. Dann streckte er den Becher zum Krieger.

„Der Rest für dich", sagte er.

„Ich brauche es nicht mehr", sagte Duncan.

„Schön", sagte Emily. „Lasst uns nach vorne blicken, in Ordnung?"

„Ich bin mir nicht sicher, ob die Aussicht dahin so viel besser ist als zu dem, was hinter uns liegt." Immo löste den Blick zum Krieger. „Und da ihr beide wisst, wovon ich spreche, wisst ihr auch, was ich befürchte."

„Das sehen wir dann", sagte Emily.

Duncan schwieg.

Immo fuhr fort. „Ich bin mir nicht sicher, ob wir auf dem richtigen Weg sind."

„Wie meinst du das?" Jetzt wurde der Krieger unruhig.

„Ich kann es dir nicht sagen. Noch nicht. Ihr habt vorhin Pläne geschmiedet. Bevor Hani uns geholt hat. Versteh mich nicht falsch, es hört sich alles gut an und ich denke, dass wir mit all der versammelten Gewalt das Heer vor Balors Festung besiegen sollten. Aber etwas – ist unreif."

„Unreif?"

„Es genügt nicht, was wir vorhaben."

Blinde Kaninchen in einer Schlangenhöhle.

Von zwei Seiten trafen Emily scharfe Blicke. Sie zuckte mit den Schultern. „Das hat Huang Lung gesagt."

„Er hat recht", sagte Duncan bitter. „Hier stehen wir, mein Freund, mit unseren geballten Tausenden Jahren, und wissen nicht, was auf uns zukommt."

„Nun." Immo trank den letzten Rest Tee aus der Tasse und stand auf. „Das kann nur eins bedeuten: Wissen können wir es nie. Und jetzt gehen wir zurück zu Ambrosia. Emily – nach dir!"

„Emily!" Malaika eilte zu ihr, blieb aber in einigem Abstand stehen. Im Hintergrund richtete Patricius sich auf. In Ambrosias Armen schlummerte ein Säugling.

Die Hüterin des Gleichgewichts sah grau aus. „Ja", sagte sie, als Emilys Gedanken sie erreichten. „Der Verräter ist aus dem Spiel – jetzt ist es einen Schritt näher am Abgrund, das Universum. Unser Freund Huang Lung mag weise sein und sicher hat er recht damit, wenn er sagt, dass dies unsere einzige Chance war – aber wir sind jetzt zum Handeln gezwungen. Wir haben keine Zeit mehr."

„Dein Alleingang hat das Gleichgewicht massiv zu unseren Gunsten verändert", schnarrte Patricius, als er Emilys fragenden Gesichtsausdruck sah. „Und nach allem, was uns an kosmischen Regeln bekannt ist, wird das nicht so bleiben."

„Ach Unsinn!", entfuhr es Emily. „Ich habe die Nase voll von eurer Schwarzseherei! Ihr wollt das Gleichgewicht wieder herstellen? Balor besiegen? Den anderen Typen daran hindern, sich mit ihm wiederzuvereinigen? Und jetzt sind wir *gezwungen*, zu handeln? Gut! Handeln ist krasser als Wollen – handeln wir! Immo sagt, ihr habt einen Plan. Er sagt auch, dass er glaubt, er reicht nicht. Na und? Ich sage euch, wir starten einfach mit dem, was wir haben – und dann schauen wir, was kommt. Wir kennen unser Ziel. Wir machen das, was uns hinführt und lassen das, was uns wegführt. Das ist wirklich basic stuff, Leute!"

„Ah", sagte Duncan in die folgende Stille hinein. „Ich hatte ein bisschen befürchtet, dass ich die Dosis zu hoch angesetzt habe." Doch noch während er sprach zog er sein Schwert vom Rücken. „Ihr habt sie gehört. Worauf warten wir noch? Balor besiegen wir nicht mit Gesprächskreisen."

„Was, wenn doch?"

Die Aufmerksamkeit aller richtete sich auf den Traumfänger. Immo trat vor in den Kreis – im Vorbeigehen legte er Emily flüchtig die Hand auf den Rücken. „Nicht mit Gesprächskreisen natürlich", fuhr er fort. „Aber doch mit etwas anderem als der Art von Gewalt, die er erwarten wird."

„Drück dich klarer aus", sagte Patricius. „Wir haben keine Zeit für deine Ratespielchen."

Immo schloss die Augen, öffnete sie wieder und stellte sich so nah vor Patricius, dass der erschrocken einen Schritt zurücktrat. „Liebe", sagte Immo so leise, dass er fast nicht zu verstehen war. „Ich werde Balor mit aller Liebe konfrontieren, die ich in den Träumen des Universums finden kann. Ich werde dafür sorgen, dass sein Hass keine Chance mehr hat, sich zu entfalten. Und während ich das tue, werdet ihr ihn und seine Armee töten und die Drachen werden das Tor schließen, durch das Abbadon in diese Welt gelangen will."

Etwas gesellte sich zu Patricius Furcht. Scham?

„Wenn du glaubst, dass es funktioniert ...", sagte er.

„Ja", mischte sich Malaika ein. „Wieso glaubst du, dass es funktioniert, Immo?"

Er wandte sich ihr zu. „Das alte Wissen ist zurück. Dies ist die Stärke des Traumfängers, und er sollte sie ausspielen. Die Drachen haben schon damals Abbadon gebannt."

Duncan konnte sich nicht mehr zurückhalten. „Bist du dir sicher, dass du weißt, was du sagst? Balor selbst ist vielleicht ein leichtes Ziel, aber sobald er unter den Einfluss Abbadons gerät, wird er deine Angriffe erwidern. Und ich wette, er schmeißt nicht mit Blumen, mein Freund!"

„Emily unterstützt mich", sagte Immo. „Sie wird dafür sorgen, dass ich im Licht bleibe."

„Ähm", sagte Emily, doch niemand beachtete sie.

Duncan kämpfte um Beherrschung. „Du kannst nicht einfach in das Bewusstsein eines so mächtigen Dämons steigen, eine Kerze anzünden und einfach hoffen, dass du ihm damit alle Dunkelheit nimmst."

„Doch, das kann ich", sagte Immo ruhig. „Weil ich besser bin als dieser Dämon."

„Ich bin nicht einverstanden!", sagte Ambrosia. „Du musst die Kämpfenden schützen, Immo, du kannst nicht dein eigenes Schlachtfeld aufmachen. Wir müssen unsere Kräfte konzentrieren!"

„Das wird aber nicht reichen", sagte er.

„Dein Weg gefährdet alle, die an dem Kampf teilnehmen werden!"

„Nein", sagte Emily laut, „das tut er nicht." Sie runzelte die Stirn. „Es gefährdet eure Menschen-Ichs, aber ernsthaft jetzt? Erinnert ihr euch noch daran, wie lange ein normales Menschenleben dauert? Wollt ihr mir erzählen, dass ihr euch an das klammern wollt, was schon so aberwitzig lange dauert, dass es für mich nicht einmal vorstellbar ist?"

Sie wartete, doch eine Reaktion bekam sie nicht. Etwas in ihr trieb sie vorwärts.

„Eure Seelen sind nicht gefährdet, das wisst ihr genau. Es braucht etwas anderes als Schwerter und ... Feuer und ... was auch immer, um eine Seele zu zerstören."

„Stimmt genau", sagte Duncan, und sein Blick lief Amok. „Traumfänger! Unter vier Augen. Jetzt!"

Er packte Immo und verschwand mit ihm.

„Nun gut", sagte Patricius leise. „Die beiden haben also noch ihr persönliches Drama. Ich für meinen Teil schlage vor, dass wir uns auf den Kampf vorbereiten – unabhängig davon, ob der Traumfänger uns schützen wird oder sein Ding durchzieht."

Mit einer Drehung um die eigene Achse verschwand auch er.

Malaika nickte Emily zu. „Viel Glück", sagte sie. „Wenn ich nicht überlebe, ist von meinem Volk nichts mehr übrig. Aber du hast sicher recht: Niemand sollte sich an solche Gedanken klammern."

Auch sie war fort, bevor ihre Worte ihr Gewicht entfalten konnten. „Nimm es dir nicht zu Herzen", sagte Ambrosia, als sie Emilys betroffene Miene sah. „Ich weiß, dass Immo grundsätzlich auf dem richtigen Pfad ist. Und auch du bist wohl mehr vom alten Wissen gestreift worden, als du ahnst. Aber ich mache mir große Sorgen, kannst du dir das vorstellen? Es ist gefährlich, was er vorhat. Nicht für die anderen. Für ihn."

Bevor sie nachfragen konnte, kehrten Traumfänger und Krieger zurück. Duncans Miene war versteinert, Immo wirkte blass und fahrig. Ohne Umschweife schritt der Krieger Richtung Flügeltür.

„Dann soll es so sein!", rief er und donnerte seine Faust dagegen, bevor er sie öffnete.

*

Ambrosia trat zu Immo und legte ihm eine Hand auf den Arm. „Ich hoffe, das hat dich nicht zu viel Energie gekostet."

Er schüttelte den Kopf. „Gar nicht. Er hat Angst um mich, wie sollte mich das schwächen? Ich werde auch für ihn kämpfen."

Sein Finger strich sanft über das Gesicht des Babys in ihrem Arm – über Albuins Gesicht. „Und für dich", flüsterte er. „Verzeih mir!"

Er beugte sich zu Ambrosia und küsste sie, erst auf die Wange, dann, nach kurzem Zögern, auf den Mund. Ihr Gesicht ruhte zwischen seinen Händen, seine Stirn an ihrer, als er wieder sprach. „Auch dich bitte ich um Vergebung. Ich habe kein Recht dazu, aber ich muss es fragen: Kannst du sie mir gewähren?"

„Mein lieber Traumfänger!" Ambrosia zog ihn in ihre Arme. „Das weißt du doch längst, oder du solltest es wissen. Dein Herz ist wieder frei, ich kann es spüren. Ich habe dir schon lange verziehen!"

„Gut." Einen Moment noch verweilte er bei ihr, dann kam er zu Emily und nickte ihr zu. „Also wir beide", sagte er. „Die nächste Tür muss ich dir öffnen. Wir gehen durch mein Selbst."

*

Fast war es Emily, als ob sie weiter im Nebel stünde. Doch das Schwarz des Traumfängers zeichnete sich klar gegen seine Umgebung ab. Die war komplett weiß – so weiß, dass es schwierig war, Konturen eines Raumes zu erkennen.

Immo nahm Emily an die Hand und leitete sie behutsam vorwärts, bis ihre Füße auf eine weiche Unterlage traten. „Leg dich hin", bat er.

„Ich hätte vorher noch ein paar Fragen", sagte sie, doch er schüttelte den Kopf.

„Es wird sich alles klären, ich verspreche es dir. Unser Weg ist genauso weit wie der Weg der anderen – wir sollten starten. Balor wird uns nicht den Gefallen tun, zu warten."

Nur halb überzeugt kam Emily seiner Bitte nach. Er kniete sich neben sie und legte ihr eine Hand über die Augen.

„Ich werde dich in einen Traum schicken, denn anders gelangst du nicht in diesen Teil meiner Tiefe. Wir sehen uns dort."

*

Sie sah das frische Grün junger Zweige über sich. Emily lag auf dem Rücken in einem Boot. Ein blauer Schmetterling tanzte über ihr, ließ sich kurz auf ihrer Nase nieder und flatterte weiter, als sie sich aufsetzte.

Das Boot trug sie auf einem kleinen Fluss durch eine blühende Landschaft. Alles war still bis auf das Plätschern des Wassers. Jedes andere Geräusch schien sich zurückgezogen zu haben. Nebel verbarg den Blick in die Ferne. Dann rauschte etwas, lauter und lauter.

Das Boot stürzte über die Kante eines Wasserfalls und verschwand. Emily fiel, doch sie war nicht mehr allein.

Neben ihr breitete ein Mädchen die Arme aus. Sein rotes Kleid flatterte im Wind. Es drehte sich um sich selbst und schlug Purzelbäume.

„Schau mal!", rief es. „Schau mich an!"

„Hey!", rief Emily zurück. „Das sieht nach Spaß aus."

Sie streckte ihre Hand aus, und das Mädchen griff zu. Seine Augen strahlten, als Emily begann, sich mit ihm zu drehen.

Dann standen sie in einem Flammenmeer. Feuerzungen leckten an Emily, ohne ihr zu schaden. Das Kind jedoch brannte lichterloh, und in seinem Gesicht stand Schmerz. Als Emily zu ihm eilte, lief es davon. Es bewegte die Arme auf und ab, als wollte es fliegen – schneller, immer schneller.

In dem Moment, als sein Körper zu Asche wurde, hob das Mädchen vom Boden ab. Seine Arme verwandelten sich in Schwingen. Als schwarzer Vogel flog es davon.

Das Flammenmeer wich schwerelosem Raum.

„Schließ die Augen."

Immo war da, sie konnte ihn spüren. Gemeinsam fielen sie ins Bodenlose.

*

Als Nächstes war sie allein. Ihre Hände tasteten Sand, sie hörte eine Meeresbrandung. Emily schlug die Augen auf und blinzelte in die Helligkeit eines weiten, verlassenen Strandes.

Über ihr erklang ein Vogelschrei. Eine weiße Möwe tauchte aus dem Himmel und flog kreisend tiefer.

„Schau mich an."

Die Flügel der Möwe streckten sich. Eine menschliche Gestalt leuchtete zwischen ihnen, heller und heller, bis die Flügel mit einem Male zu schwarzem Rauch verpufften und das Wesen haltlos ins Meer stürzte, wo es zischend versank.

Aus den Wellen stieg eine Frau. Trockene, bunte Seidentücher umspielten ihren Körper und verhüllten einen Teil ihres pechschwarzen Haares. Sie hinterließ keine Spuren im Sand.

Vor Emily kniete sie nieder und senkte den Kopf. „Ich fühle alles", hauchte sie, und als sie den Kopf wieder hob, hatte sich ihr Gesicht gewandelt. Sie war nun ein Kind, ein Junge, der fließend älter erschien, bis ein Mann vor Emily saß, ein Fremder, der sich in die Gestalt eines Wolfs verwandelte. Das Tier knurrte, schüttelte die Tücher ab, sprang fort und hetzte durch den Sand, ins Wasser, sprang über Wellen und kehrte an den Strand zurück. Vor Emily schüttelte es sich, Salzwasser regnete auf sie herab. Es setzte sich auf die Hinterläufe und sah sie an.

So viel Traurigkeit lag in seinem Blick!

Emily näherte sich dem Wolf und streckte vorsichtig die Hand aus, um ihn zu kraulen. Er winselte und legte sich ausgestreckt auf die Seite, entspannte sich unter ihren Fingern – zerrann zu Sand.

„Ich bin hier", flüsterte eine vertraute Stimme hinter Emily. Sie drehte sich um und sah Immo, der dicht bei ihr kniete. Er beugte sich zu ihr. „Willkommen", sagte er und küsste sie.

*

Emily erwachte in seinen Armen. Gemeinsam lagen sie am selben Strand wie vorhin, doch Emily wusste, dass sie jetzt nicht mehr träumte.

Immo strich ihr die Haare aus dem Gesicht.

„Ich werde deinen Schutz brauchen", sagte er.

„Sag mir, was ich tun muss."

„Ich werde in Dunkelheit stürzen. Ich brauche dein Licht."

„Wie könnte ich denn mehr Licht haben als du?"

Aus seinen Augen verschwand der Ernst. Sie lächelten. „Erinnerst du dich, dass ich mit dir gefallen bin, in deinem Selbst? Für mich war die Sonne zu hell. Sie ist dein Element, Geliebte. Sie ist es, die ich brauchen werde."

Sie berührte seine Wange. „Hast du Angst?"

„Ich werde Angst haben."

Emily musterte ihn. Ja, in ihm lauerten gewiss nicht weniger Dämonen als in Duncan. Und wenn sie halbwegs verstanden hatte, was der Krieger befürchtete, dann stünde dem Traumfänger ein harter Gang bevor.

Doch in sich selbst fand sie nur Ruhe. Die Wüste hatte tatsächlich alle Angst unwiederbringlich verschlungen.

„Das ist in Ordnung", sagte sie. „Ich passe auf dich auf."

„Ich glaube dir." Noch einmal zog er sie an sich. „Verflucht sei Balor! Ich würde viel lieber mit dir hierbleiben."

Er setzte sich auf und schaute sich um. Mit einem Mal sprang er auf, stieß einen Freudenschrei aus und rannte fort.

Eine Greisin kämpfte sich mühsam durch den Sand. Auf ihrem kahlen Schädel waren nur noch einzelne Strähnen schlohweißen Haares übrig. Jeder Knochen und jede Ader zeichneten sich unter der pergamentenen Haut ab. Sie füllte das nachtblaue Kleid, das um ihre Glieder schlotterte, nicht einmal zur Hälfte aus.

Vor dieser Frau sank Immo auf die Knie, ergriff ihre Hände und führte sie an seine Wange. „Ama", rief er, „du bist da!"

„Wo sollte ich denn sonst sein, mein Junge?" Ihre Stimme war kratzig, aber erstaunlich kraftvoll. Sie tastete Immos Gesicht ab und murmelte dabei vor sich hin. Offenbar war sie blind.

„Blind nur mit diesen Augen, Emily, sie sind schon vor langer Zeit müde geworden."

„Ama." Immo berührte sie an der Schulter. „Wir müssen kämpfen."

„Ich weiß, mein Junge. Ihr habt eine schwere Aufgabe vor euch. Ihr werdet stärker sein müssen als ein stürmisches Meer und heller als der Sand am Mittag. Aber eure Herzen sind bereit, und deshalb öffne ich den Weg. Lass mich tanzen, Immo! Ich bin diesen alten Körper leid."

Sie griff unter ihr Kleid und zog eine Geige und einen Bogen hervor. Immo nahm beides behutsam aus ihren Händen, anschließend riss er erst sich selbst, dann ihr einige Haare aus. Einem Impuls folgend zupfte auch Emily an ihren Locken und hielt ihm zu den weißen und den schwarzen noch eins ihrer dunkelblonden Haare hin.

„Sehr gut, sehr gut", nickte Ama. Immo spannte die Haare in den Bogen und setzte die Geige an sein Kinn.

Dann begann er zu spielen.

Ama lauschte. Die Arme eng vor dem Bauch verschlungen, wiegte sie sich hin und her. Es war eine zauberhafte Melodie, die aus der Geige erklang – voller Melancholie. Emily beobachtete Immo mit offenem Mund, als könne sie die Töne samt seinem Anblick inhalieren.

Langsam begann Ama, sich zu drehen. Ihre Arme lösten sich vom Körper und glitten durch die Luft wie die Zweige einer Weide im Wind. Gleichzeitig ging eine wundersame Veränderung mit der Greisin vor sich. Sie streckte sich, ihre Haut straffte sich, schwarze Haare wuchsen auf ihrem Kopf.

Ama drehte sich schneller, als auch Immos Spiel sich beschleunigte. Einen Wettkampf trugen sie aus, wirbelten und stachelten einander an. Unter das Geigenspiel mischten sich die rhythmischen Klänge von Glöckchen, die an Amas Fußgelenken aufblitzten.

Sie wuchs weiter, in die Breite und in die Höhe.

Die Geige verlangsamte ihr Spiel. Jetzt klang sie würdevoll und dramatisch.

Dort tanzte kein Mensch mehr, sondern ein Baum tanzte dort.

Ein Baum, herausgetanzt aus seinem Kokon, er ein Schmetterling, Ama die Raupe. Er wuchs immer weiter in die Höhe. Seine Wurzeln pflügten durch den Sand, denn immer noch drehte er sich. Es war Zeit, ein paar Schritte zurückzutreten.

Immo ließ das Instrument sinken. Seite an Seite standen er und Emily und sahen dem Schauspiel zu. Der Tanz stoppte, als der Stamm des Baumes gut zehn Meter dick war.

„Das ist mein Tor." Immo nahm Emilys Hand und legte sie an den Stamm. Unter der Rinde war ein Herzschlag zu spüren.

„Es bringt mich in die Welt, die nur dem Traumfänger offensteht. Dorthin wirst du mir nicht folgen können. Aber beobachten und berühren können wirst du mich von dort aus, wo dich dein Tor hinführt."

„Welches ist meins?" Emily sah sich um.

„Es ist noch nicht hier", sagte Immo. „Es wird erscheinen, sobald ich meinen Platz eingenommen habe."

„Erkenne ich es?"

„Natürlich. Und sei nicht ungeduldig. Wenn du durchgegangen bist, schau dich um. Nimm auf, was du siehst und was du spürst. Vermutlich ist es ziemlich viel auf einmal. Ich sage dir, wenn es für uns losgeht. Balor allein ist nicht unser Ziel – ich warte darauf, dass Abbadon näherkommt."

Emily lehnte ihre Stirn an seine Brust.

„Ich habe im Ohr, dass Duncan etwas davon sagte, dass es gefährlich wird für dich, wenn Balor unter Abbadons Einfluss gerät. Ambrosia glaubt das auch."

„Ich wollte eigentlich nicht weiter darüber nachdenken", sagte er. „Duncan hat recht: Vielleicht bin ich wahnsinnig."

„Bist du nicht", gab sie zurück. „Und ich bin bei dir."

„Das zumindest fühlt sich sehr gut an", sagte er. „Aber jetzt sollten wir uns für den Moment verabschieden." Er drückte sie noch einmal so fest an sich, dass ihr die Luft wegblieb. Dann lehnte er sich mit dem Rücken gegen den Stamm.

Von den Zweigspitzen der Baumkrone flirrten silberne Fäden durch die Luft und spannen ihn ein. Immo begann zu leuchten, genauso wie der Baum. Gleichzeitig verschmolzen seine Konturen mit der Rinde. Der Boden zitterte, als die Wurzeln aus ihm herausbrachen. Der Baum flog in die Höhe, drehte sich erneut, verlor seine Konturen und zerfaserte in die Breite – wirbelte durch den Himmel wie ein ausgeworfenes Fischernetz.

Am Ende spannte sich dieses Netz silbern funkelnd bis zum Horizont über Meer und Strand. Wellenartig bewegte es sich und verblasste.

Aus dem Grund des Loches, das Amas Wurzeln hinterlassen hatten, sprudelte eine kräftige Quelle hervor.

„Das dauert eine Weile", sagte jemand neben Emily. Dort saß Hani, im Schneidersitz und kerzengerade, die Augen halb geschlossen und die Hände offen im Schoß. Emily war froh, ihn zu sehen. Gerade war es ihr wie eine sehr einsame Aufgabe vorgekommen, im Selbst des Traumfängers alleine zu sein.

„Komm, setz dich", forderte der Derwisch sie auf. „Beobachte. Es gibt nicht oft so eine Gelegenheit, bei der du alles sehen kannst, was sich zu sehen lohnt."

Eine Weile lang betrachtete Emily das sprudelnde Wasser.

„Es hört sich vielleicht seltsam an", sagte sie, „weil du ja eigentlich ich bist – aber ich möchte mich trotzdem bei dir bedanken. Du hast mich vor Albuin gerettet."

„Du hast recht", erwiderte er. „Es könnte sich seltsam anhören. Zum Glück sind wir unter uns."

Danach blieben sie stumm.

Das Loch vor ihnen füllte sich. Das klare Wasser vermischte sich mit dem sandigen Boden und erzeugte eine Brühe aus Schlamm. Die Zeit zog sich unerträglich zäh.

War dies doch schon ihr Tor?

Aber Immo war sich sicher gewesen, dass sie es erkennen würde.

„Beobachte!" Hani blieb vollkommen ruhig.

Endlich blieb das Wasser still. Nur vereinzelt tauchten Blasen aus dem Schlamm auf und zerplatzten.

Dann öffnete sich die Oberfläche des Sees für eine riesige Knospe. Sie wuchs empor und brach auf. Eine zartrosa Lotosblüte entfaltete sich. Vom Ufer aus bog sich eine glitzernde Brücke bis zu ihr hinüber.

Hani und Emily standen auf.

„Die Menschen haben dir im Laufe der Jahrtausende viele Namen gegeben", sagte der Derwisch, während sie gemeinsam auf die Brücke traten. „Eins hatten sie stets gemeinsam: Sie schrieben dir die Kraft der Sonne selbst zu, denn sie steht am Anfang allen Lebens. Vergiss das nie, was auch immer geschehen mag. Immo baut auf diese Kraft. Und wir sind zusammen du."

Er wandte sich ihr zu und trat in sie hinein. Emily war wieder allein.

Nein, nicht allein. Sie spürte Hani in sich und mit ihm die Jahrmillionen Jahre ihrer Seele.

Sie ging durch ihr Tor und fand sich in einem Sturm.

Emily stand auf einem Felsplateau inmitten zerklüfteter Tafelberge. Blitze zuckten durch eine Finsternis, die entsteht, wenn am helllichten Tag die Sonne hinter einem Schatten verschwindet.

Am Boden der engen Schlucht stand eine pechschwarze Burg, die so aussah, als sei sie mit Gewalt dort hineingezwängt worden. Aus ihrem Inneren drangen rhythmische Schläge: Balor schlug gegen die Mauern. Er witterte Freiheit, raste vor Gier nach ihr. Von außen bestürmte eine Armee aus Dämonen die Burg.

Mitten unter ihnen tanzte Duncan mit seinem Schwert. Niemals würde er allein die ganze Horde aufhalten können – doch dort, wo er war, wandten die geifernden Mäuler sich ihm zu und vergaßen ihre Mission. Und er war nicht allein.

Patricius und Malaika öffneten Tore, durch die lebendige Wirbelstürme und schiffsgroße Kraken drangen, Zwitterwesen aus Hummer und Hai sowie Drachen – mehr und mehr Drachen. Sie alle stellten sich dem anstürmenden Heer entgegen.

Über dieser einen Welt lag noch eine andere – wie ein halbtransparentes Foto über einem zweiten. Hier gewann ein Tunnel mehr und mehr an Substanz, der vom Dach der schwarzen Burg hinauf in den Himmel führte. Er pulsierte.

„Es ist so weit", drang die Stimme des Traumfängers als ein Flüstern in jede Nische der Landschaft. Auch er wurde sichtbar, schwebend über einem aufgewühlten Ozean. Immo streckte die Handflächen zum Himmel. Aus dem Wasser stieg Licht, bündelte sich, schoss durch alle Realitäten hindurch in die schwarze Burg hinein und mitten in Balors Brust.

Der Dämon brüllte.

Das Pulsieren des Tunnels kam für einen Moment zum Erliegen. Doch dann setzte es wieder ein, heftiger und schneller als zuvor. Die Mauern der B*urg zeigten Risse.

Aus dem Ozean stiegen Hunderte halb verfallene Leichen und kamen auf Immo zu. Ihre Schädel grinsten voller Rachelust.

„Erinnerst du dich an uns, Mörder?"

Schon zogen sie ihn hinunter, berührten seine Füße die Gischt, da erwachte Emily aus ihrer Schockstarre.

„Immo! Sie sind nicht wirklich, lass sie ziehen! Lass los! Die Vergangenheit kann dir nichts mehr anhaben. Du findest in ihr weder deinen Tod noch deine Heilung. Schau ins Jetzt – schau in die Zukunft!"

Das Bild des Kriegers schwebte über der Szene. Es blieb stumm, aber der Traumfänger schüttelte sich und stieg wieder in die Höhe. Erneut beschwor er das Licht.

*

Zwischen den Dimensionen stand der Drachenkönig über der Burg und hielt eine ganz andere Form der Beschwörung ab. Er musste verhindern, dass der Tunnel zum Durchgang wurde – musste Abbadon, den er einst in jene Richtung geschickt hatte, von der Rückkehr abhalten. *„ICH BRAUCHE HIER UNTERSTÜTZUNG!"* Mehr Drachen gesellten sich zu ihm und verbanden ihre Feuer.

*

Balor witterte seine Chance. Tief in seinem dummen Gehirn blitzte ein Funke Verstand auf, der ihn an das erinnerte, was er verloren hatte.

Macht über das Bewusstsein. Macht über Leben und Tod.

Noch einmal verdoppelte er die Kraft, mit der er auf die Mauern seines Gefängnisses einschlug. Doch dann traf ihn abermals der Schmerz des Lichts wie ein Eiszapfen die Glut. Er taumelte.

Dann wurde er richtig wütend.

*

„Es ist gleich soweit!" Duncan roch den bevorstehenden Bruch der Mauern. Er spürte die zunehmende Stärke des Tunnels. *„Immo?"*

Der Traumfänger stand kurz vor einer weiteren Attacke durch Balors Finsternis. Emily passte auf ihn auf. Sie würde ihn aus der Dunkelheit ziehen. Dann wäre Immo frei, seinen nächsten Angriff zu starten. Bis dahin sollte er, Duncan, dort sein, wo sie es abgesprochen hatten.

Er hoffte, dass er Emily nicht umsonst vertraute.

Der Krieger brauchte nur drei Schritte, dann sprang er die bröckelige Burgfassade an und kletterte an ihr nach oben wie eine Spinne.

*

Das Ende stand bevor. Kinder starben. Menschen schrien. Flohen, verfolgt von Gewalt. Der Tod traf sie gnadenlos. Schläge. Hass und Kälte ... so viel Kälte. Verloren – sie waren alle verloren! Einst getroffen von Leid gaben sie Leid weiter. Die ewige Geschichte – sie schnitt durch Immo hindurch, schleuderte ihn in die Tiefe. Dort war der Ozean verschwunden. Der Traumfänger prallte auf den schwarzen Boden erstarrter Lava und war wieder ganz Mensch. Seine Lungen wurden zusammengepresst, sein Kopf dröhnte. Die Bilder jedoch blieben, scharten sich um ihn, gewannen Gestalt ...

„Lass dich nicht einfangen! Immo – löse dich davon! Diese Welt musst du nicht retten, nicht in diesem Moment. Du kennst doch ihre Träume, du weißt, was ihnen möglich wäre – gib sie Balor! Hörst du? Pump ihm ihre Träume in die Eingeweide! Sie werden ihn vernichten!"

„Hilf mir!" Immo blieb auf dem Rücken liegen und kämpfte gegen die Ohnmacht. Zwischen den Dimensionen begannen Huang Lungs Flügel zu zittern. Patricius verlor das Bewusstsein.

Jemand stand neben dem Traumfänger und hob einen Dolch, um zuzustechen.

*

Die schwarze Burg zerbarst.

Duncan sprang mitten in die Flammen von Balors Knochenkörper und schrie nach Immo und seinem Plan. Mit letzter Kraft sandte der das stärkste Licht aus, das er in seiner Erinnerung finden konnte. Sein Körper bäumte sich vor Schmerz auf.

Das Mädchen im roten Kleid ...

Der Dämon stolperte auf seinem Weg in die Freiheit.

In ihm leuchtete der Krieger weit heller als nur eine Kerze.

Doch der Dolch fuhr herab.

*
Die Zeit stoppte.
*

Alles erstarrte, bis auf Emily und jene Gestalt, die jetzt den unbeweglichen Dolch losließ und sich ihr zuwandte. Ihr kleines Plateau wurde zur Bühne.

„Hast du etwa Angst? Fürchtest du dich vor dem, was gleich passieren wird? Deine Bemühungen sind sinnlos, geliebtes Töchterchen!"

Kein Lächeln lag in der Miene von Jeremy Spring.

„Du?" Emilys Gesichtszüge entglitten ihr. „*Du?*"

Bevor ihr Vater reagieren konnte, sprang sie auf ihn zu und stieß ihn zurück. Er strauchelte. Erst kurz vor der Klippenkante konnte er sich abfangen. Dort blieb erstehen und lachte.

„Du wagst es tatsächlich, wieder aufzutauchen?", schrie Emily ihn an. „Du hast ihr Leben zerstört, du dämlicher Wichser! Unser ganzes Leben hast du zerstört!"

„Wie naiv du bist, es ist großartig! Du stehst hier mit mir am Ende der Welt und hasst mich, weil ich *euer* Leben zerstört haben soll?" Sein Spott biss ihr in die Eingeweide. „Dass du so kleinkariert denkst, ist wirklich erbärmlich."

Emily stand mit geballten Fäusten da und versuchte, ihre Wut zu zügeln.

„Hast du hingesehen? Der Krieger wird als Erstes sterben, sobald ich das Messer in den Traumfänger ramme. Davon wirst du kleines Menschlein mich nicht abhalten können! Wenn Balor nicht abgelenkt ist durch die Spielchen deiner Freunde, wird alles sehr schnell gehen. Und wenn meine Klinge den Traumfänger auch nicht töten kann, so wird er doch aufgeben, wenn sein Geliebter stirbt. Das verkraftet er nicht, kannst du dir das vorstellen?"

Mit wenigen Schritten stand er wieder vor Emily. „Kannst du dir vorstellen, so sehr zu lieben? Nicht? Sei froh, glaube es mir! Es ist pathetisch und macht einen ausgesprochen angreifbar."

Mit ausladender Geste deutete er um sich. Ein maliziöses Lächeln verzerrte sein Gesicht. „Das alles wird zusammenbrechen. Alle hier werden sterben, all deine neuen Freunde und ihre jämmerlichen Lichtkreaturen. Du selbst auch – nicht, dass ich vergesse, es zu erwähnen. Balor wird eure Gedärme fressen. Der Weg für die Wiedervereinigung ist frei und die Menschheit wird endlich unter das Joch gezwungen, das ihrer Bösartigkeit gerecht wird."

„Du laberst nur Scheiße!", stieß Emily hervor. „Bist du neuerdings ein Gott, dass du weißt, was passieren wird? Eher bringe ich dich mit meinen eigenen Händen um, als dass du die Chance bekommen würdest, dein verficktes Messer nochmal zu erreichen!"

„Ach ja?" In Jeremys Augen vereiste der Übermut. „So sprichst du also mit mir? Ich würde dich hier und jetzt übers Knie legen, wenn es nicht völlig egal wäre. Deine Liebe hätte niemals gereicht, um den Traumfänger zu retten, niemals. Du bist seiner nicht würdig, und er war so dumm, sich dir auszuliefern."

Emily starrte ihren Vater an. Seine Worte sickerten wie zähflüssiges Gift in sie hinein, betäubten Atem und Puls. Gleichzeitig schrie ihr entgegen, was sie zuvor nicht bemerkt hatte:

Jeremy roch nicht.

Irgendwas war hier vollkommen anders, als es zu sein schien.

„Versuchst du, mich zu manipulieren?", fragte sie. „Mit deiner eigenen Liebe ist es ja wohl nicht besonders weit her – wieso glaubst du also, dir ein Urteil über andere erlauben zu können? Du hast mich verlassen, als ich ein Kind war. Du weißt nichts von mir. Gar nichts!"

„Wenn du wüsstest, wie groß meine Liebe wirklich ist, würdest du nicht so reden. Sie geht weit über das hinaus, was du dir in deinem kleinen Menschenhirn vorstellst. Egozentriker seid ihr, krankhaft alle miteinander! Albuin hat das verstanden. Er wusste, was nötig ist, um das Universum zu befreien."

„Was nötig ist? Was ist denn nötig? Er hat mich verdroschen, meinst du das?"

„Wie dumm bist du eigentlich?" Jeremy schlug sich mit der flachen Hand vor die Stirn. „Das ist alles, was dir dazu einfällt? Es ist nötig, die Menschen auszumerzen, geliebtes Töchterchen. Oder sie zumindest zurechtzustutzen auf die Größe, die ihnen zusteht. Und niemand wird auch nur eine Träne vergießen, denn es sind immer nur sie selbst, die um sich weinen."

„Fuck, du bist wirklich krank!"

Diesmal landete seine Hand in ihrem Gesicht, und sollte sie zuvor den Verdacht gehabt haben, dass er gar nicht richtig da sei, so wusste sie es jetzt besser.

„Albuin war auch nur schwach! Er wurde in dem Moment unwichtig, als er den Stein ins Rollen gebracht hatte. Ich habe ihn nur als Spion benutzt, um ihn zum richtigen Zeitpunkt fallenzulassen zu können. Das Spiel des Gleichgewichts ist ein sehr anregendes. Beinahe schade, dass es bald keine Rolle mehr spielen wird."

„Immo hat dafür gesorgt, dass Albuin aus diesem Spiel, wie du es nennst, raus ist."

„In der Tat, und das war sehr freundlich von ihm. Letztlich war es deine Blödheit. Deshalb war es durchaus doch wertvoll, dass du in die Zwischenwelt gestolpert bist – wer hätte das gedacht? Die Mühe mit den Träumen war ganz umsonst."

„Die Mühe mit den Träumen?"

Gezielt spuckte Jeremy neben ihr auf den Boden. „Was glaubst du denn, wer sie manipuliert hat? Denkst du nicht mit? Ich wollte nicht, dass du deine Mutter findest. Ich wollte nicht, dass du dem Traumfänger folgst."

„Aber jetzt bist du froh drum?" Emily kniff die Augen zusammen. „Weißt du was, *Vati*? Ich glaube allmählich, dass du mir hier einen Haufen Bullshit auftischst. Nichts an dir ist wahrhaftig! Du bist und bleibst ein Lügner!"

Sie hätte damit gerechnet, dass er abermals zuschlug. Doch stattdessen wirkte er kurz wie ausgeschaltet. Als lauschte er einer Stimme, die ihm in seinem Kopf Anweisungen gab.

„Dein Urteil interessiert mich nicht", sagte er schließlich kalt. „Du bist kaputt. Ein Krüppel, ein Wrack. Du wirst niemals jemandem vertrauen können – nicht länger als ein paar Tage. Du wirst niemals jemanden lieben können, und das, was du für Liebe hältst, wird immer nur für Leid und Enttäuschung sorgen. Ich bewahre dich vor Schmerz, glaube mir. Dich und deinen Traumfänger. Er hätte dir sowieso bald den Rücken gekehrt!"

„Lügen!", schrie sie und wollte sich auf ihn stürzen. Doch sie kam nicht mehr dazu.

Hani trat aus Emily heraus und hielt seinen Besen wie ein Schild zwischen sie und ihren Vater.

„Es stimmt, er lügt", sagte er. „Aber du solltest dich nicht von ihm provozieren lassen. Er hat verloren, und das weiß er. Wenn die Zeit weiterläuft, wirst du Sonne sein, Emily, und er ein Nichts. Den Dolch erreichst du nicht mehr, du armseliger Mann. Mach dich bereit für *dein* Ende!"

Die Glöckchen klingelten und ein Surren erfüllte die Luft, als der Derwisch seinen Besen schneller und schneller drehte, bis ein Wirbel in der Luft entstand, der Jeremy Spring unbarmherzig festhielt. Das Letzte, was Emily von ihm sah, war ein irres Lachen in einem verzerrten Gesicht.

„Sei Sonne!", rief Hani ihr zu. „Balor muss vernichtet werden, sonst ist es zu spät!" Er drehte sich zu ihr und sprang zurück in sie hinein.

Die Zeit lief weiter.

*

Genau unter Emily krümmte sich Duncan. Die Flammen des Dämons hüllten ihn ein. Am Rande ihrer Wahrnehmung sah sie Immo mit den Fäusten auf den Boden schlagen. Huang Lungs Flügel fingen Feuer und Abbadons Klaue streckte sich in die Welt.

Sei Sonne!

Sie wich vom Rand der Klippe zurück, doch nur, um Anlauf zu nehmen.

Emily rannte los und sprang.

Sie breitete die Arme aus.

Alles verschwand in gleißendem Licht.

*

„*Nein!*", gellte Immos Schrei durch alle Dimensionen.

Balor zerbarst, als Emilys Leuchten ihn traf. Hani fing den Krieger auf, umschlang ihn und bewahrte ihn davor, auf blankem Felsen zu zerschmettern.

Emily fiel ohne Schutz. Sie stürzte die Felswand hinab in die Tiefe und wusste, dass dies ihr Ende war.

*

„Nein!" Es war nur noch ein ersticktes Schluchzen.

*

Sie stand in der Bahnhofshalle, eine Münze in der Hand. Sie hob den Blick, um für die Rose zu bezahlen. Immo sah sie an – es war sein Gesicht, es waren seine liebevollen Augen. Er schob die Hand mit dem Geldstück zurück.

„Sie gehört bereits dir", sagte er. „Du hast uns nur wiedergefunden."

*

Emily fiel.

*

Der Mond schien. Übergroß thronte er am Himmel, und die Stille, die von ihm ausging, war bedrohlich …

Eine Gestalt zog sie mit sich. „Du musst dir das anschauen!"

Es war nicht ihr Vater – auch dies war Immo. Wie hätte es jemals jemand anderes sein können?

Sie sah durch das Teleskop und hörte seine Stimme: „Das, was er ist, wird explodieren. Du musst uns helfen, wir brauchen dich."

Das Blut aus den Eimern, das auf dem Boden verlief, sammelte sich in Form eines pulsierenden Herzens.

„Vom höchsten Standpunkt aus ist alles Liebe", flüsterte der Traumfänger. Dann schlang er die Arme um sie.

*

Sie fiel.

Sie schlug auf den Boden und zerbrach.

„Immo." Ihr letzter Gedanken suchte nach ihm, suchte sein Echo und tauchte ein in ein Meer voller Traurigkeit.

„Ich sterbe."

Tot.

Schon wieder?

Doch konnte ein Körper so sehr wehtun im Tod?

„Ja genau, Emily, so ist es gut. Du musst etwas trinken. Ich helfe dir, komm …" Die Stimme ließ sie einfach nicht in Ruhe.

Jemand flößte ihr eine bittere Flüssigkeit ein.

„Du darfst wieder gehen."

Ihre Wahrnehmung schwand.

*

Sie blickte auf eine Wand aus Leder. Sie selbst war in Decken gehüllt und lag auf weichem Grund. Ein Gesicht beugte sich über sie. Es kam ihr vage vertraut vor, aber sie hatte weder eine Ahnung, wem es gehörte, noch konnte sie seinen Ausdruck deuten.

„Gut, du bist da. Trink etwas, Emily."

Trinken?

Sie fiel doch! Das hier konnte nicht real sein! Sie musste sich festhalten, musste was versuchen – irgendwas … Immo …

„Schsch." Aus einem Becher floss Wärme in ihren Mund. „Ich bin Haiowatha, du kennst mich. Du bist nicht tot, aber dein Körper muss noch heilen."

Nicht tot?

Aber da war eine Leere in ihr, die sie nichts anderes glauben ließ.

Nicht tot, aber ganz sicher nicht am Leben.

„Schlaf weiter", flüsterte Haiowatha und legte seine Hand über ihre Augen.

*

Als sie das nächste Mal die Augen öffnete, wusste Emily sofort, wo sie war. Sie konnte den Kopf drehen und wandte sich Haiowatha zu, der in der Mitte des Zeltes vor sich hin summte. Er eilte zu ihr, zog ihre Augenlider hoch und prüfte ihren Blick.

„Gut", sagte er. „Gut." Dann verschwand er.

Sie fühlte sich, als hätte sie den Kater ihres Lebens. Ihr Mund war völlig ausgetrocknet.

„Emily!"

Duncan schob sich durch die Öffnung des Zeltes und setzte sich zu ihr und ihrem verstörten Herzen. Er presste ihre Hand an seine Lippen. Nie hatte sie in ein müderes Gesicht geblickt. Doch er war da. Er lebte.

Und jemand anderes fehlte.

„Duncan." Er verstand die Frage, ohne, dass sie sie hätte stellen müssen, hob seine Hand und schüttelte sie. Ein goldener Faden erschien und verlor sich im Nichts.

„Ich konnte ihn doch nicht einfach gehen lassen", sagte er, heiser, als hätte er selbst seit Langem kein Wort mehr gesprochen.

„Ist er ...?"

Der Krieger drückte ihre Hand. „Nein", sagte er leise. „Ich weiß nicht genau, was er ist, aber tot ist er nicht. Er ist ... Er ist von der Zeit abgeschnitten. Es ist, als würde er in einer Blase aus Zeitlosigkeit schweben, ohne irgendeinen Kontakt nach außen. Ich habe keine Ahnung, wie er das gemacht hat."

Er ist nicht tot – das war alles, was Emily in diesem Augenblick hörte. Nicht tot.

„Können wir ihn nicht einfach herausholen?"

Duncans Augen begannen zu funkeln.

„Ich weiß es nicht", sagte er vorsichtig.

„Aber dann müssen wir es versuchen!" Emily ignorierte ihre Benommenheit, als sie die Beine aus dem Bett schwang.

„Hör auf damit", sagte Duncan ruhig.

„Aber ..."

„Lass es!"

Was sollte das? Wenn eine Chance bestand, Immo zurückzuholen, dann wollte sie keine Sekunde länger warten. Und sie verstand absolut nicht, wieso er zögerte. Es musste ihm doch genauso gehen!

„Lass es? Ich bin kein Kind mehr!"

„Nein, das bist du nicht", entgegnete er. Entschlossen drückte er sie zurück auf die Kissen. „Aber du bekommst ein Kind. Deshalb wirst du dich schonen, bis deine Kraft zurückgekehrt ist."

„Was?"

Immo war fort. Dort, wo sie sein Echo gespürt hatte, war nichts als leerer Raum. Das, was sie mit ihm wiedergefunden hatte, war fort und hinterließ ein Loch, das begann, sich in sie hineinzufressen. Doch zugleich streichelte ein Luftzug ihre Seele, schlich sich ein kleiner Duft in ihre Nase. Duncans Miene nach zu urteilen wusste er genau, wie es ihr in diesem Moment ging.

„Du bist schwanger, Emily", sagte er, und alles sprang auf Anfang.

to be continued ...

... but first:

Lola lächelte. Das war der Julián, an den sie sich gern erinnerte. Rotzfrech und nie um eine Antwort verlegen.

Sie stand auf und brachte ihren Teller in die Küche. Mrs. Ochmonek folgte ihr auf dem Fuße. Ihr Schwanz wedelte, als gelte es einen Preis zu gewinnen. Als sie jedoch erkannte, dass Lola zum Bücherregal ging und das Päckchen mit den Tarot-Karten aus dem Schrank zog, verkroch die Hündin sich beleidigt unter den Tisch.

Was hatte es mit Kyriels Auftauchen wohl auf sich? Und was hatte es für Julián zu bedeuten?

Mischen. Ausfächern.

Lola schloss die Augen. Behutsam glitten ihre Finger über die Karten dahin, bis sie den kühlen Sog spürte. Sie zog die Karte heraus.

Nachdenklich betrachtete sie sie.

„Gar nicht so schlecht", murmelte sie und legte die Karte auf den Tisch.

Es war *Der Tod.*

(aus dem „Mosaik der verlorenen Zeit" von Elyseo da Silva)

*****

Elyseo ist freier Autor, Lektor und Schreibcoach. Er lebt in Lissabon, und wenn Ihr jemanden braucht, der mit Euch an Texten arbeitet, könnt Ihr über <u>elyseodasilva.de</u> Kontakt zu ihm aufnehmen.

Danke, dass es Dich gibt, mein Freund!

Und last but not least ein fettes **Danke!** an Emilia Detering, die die Umschläge für die Traumfänger-Saga gestaltet. Emilia studiert Kommunikationsdesign an der abk Stuttgart – dies ist ihre erste Coverarbeit. Gerne dürft Ihr Kontakt über die Autorin aufnehmen!

(Die Autorin.

Nott Darka lebt und arbeitet in Stuttgart. Sie schreibt unter diesem Pseudonym, um ihre Lebenswelten nicht durcheinanderzubringen.

Gerne könnt Ihr Kontakt aufnehmen über <u>Nott.Darka@gmx.de</u>)

Zeitfracht Medien GmbH
Ferdinand-Jühlke-Straße 7
99095 Erfurt, Deutschland
produktsicherheit@kolibri360.de